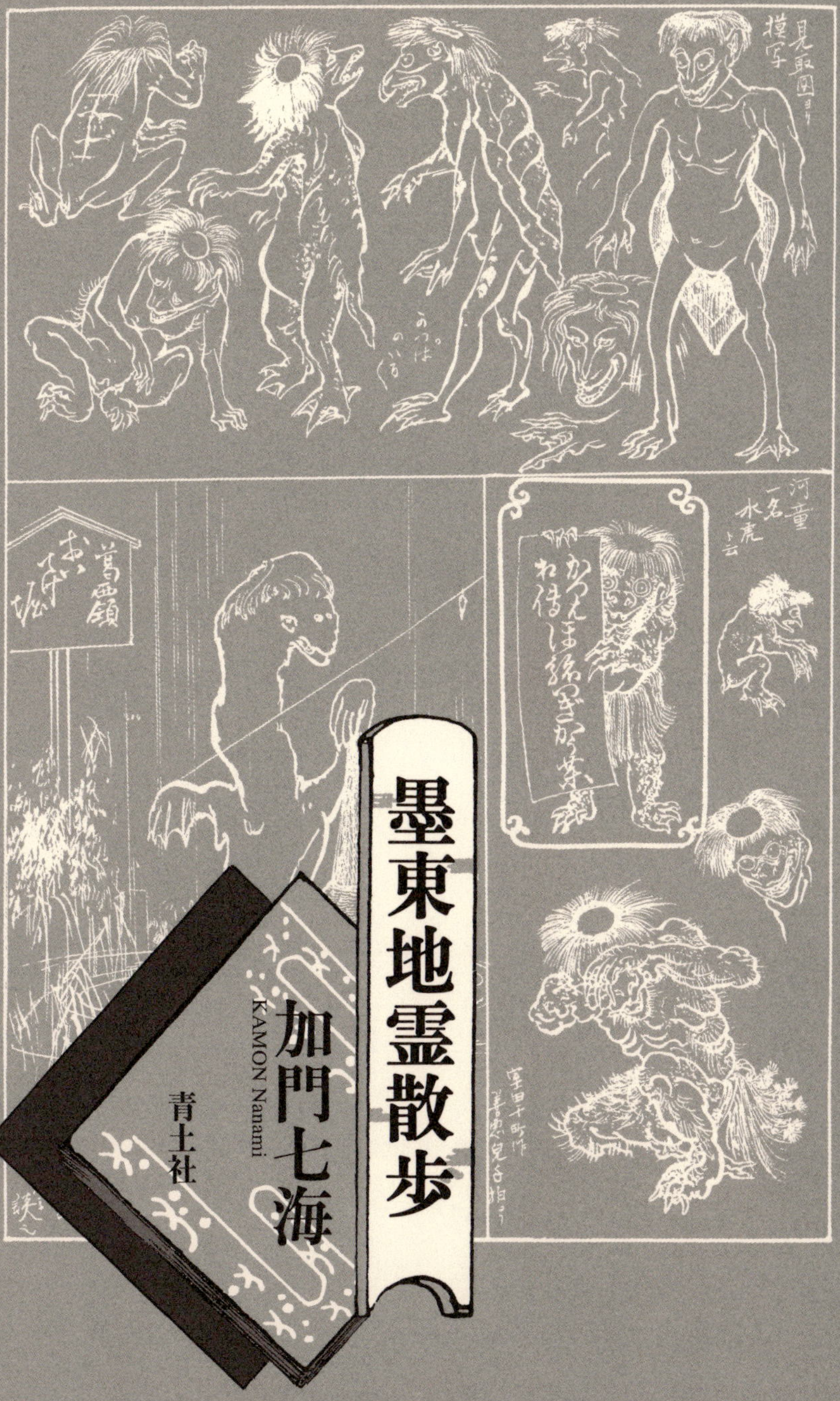

墨東地霊散歩

加門七海
KAMON Nanami

青土社

墨東地霊散歩　目次

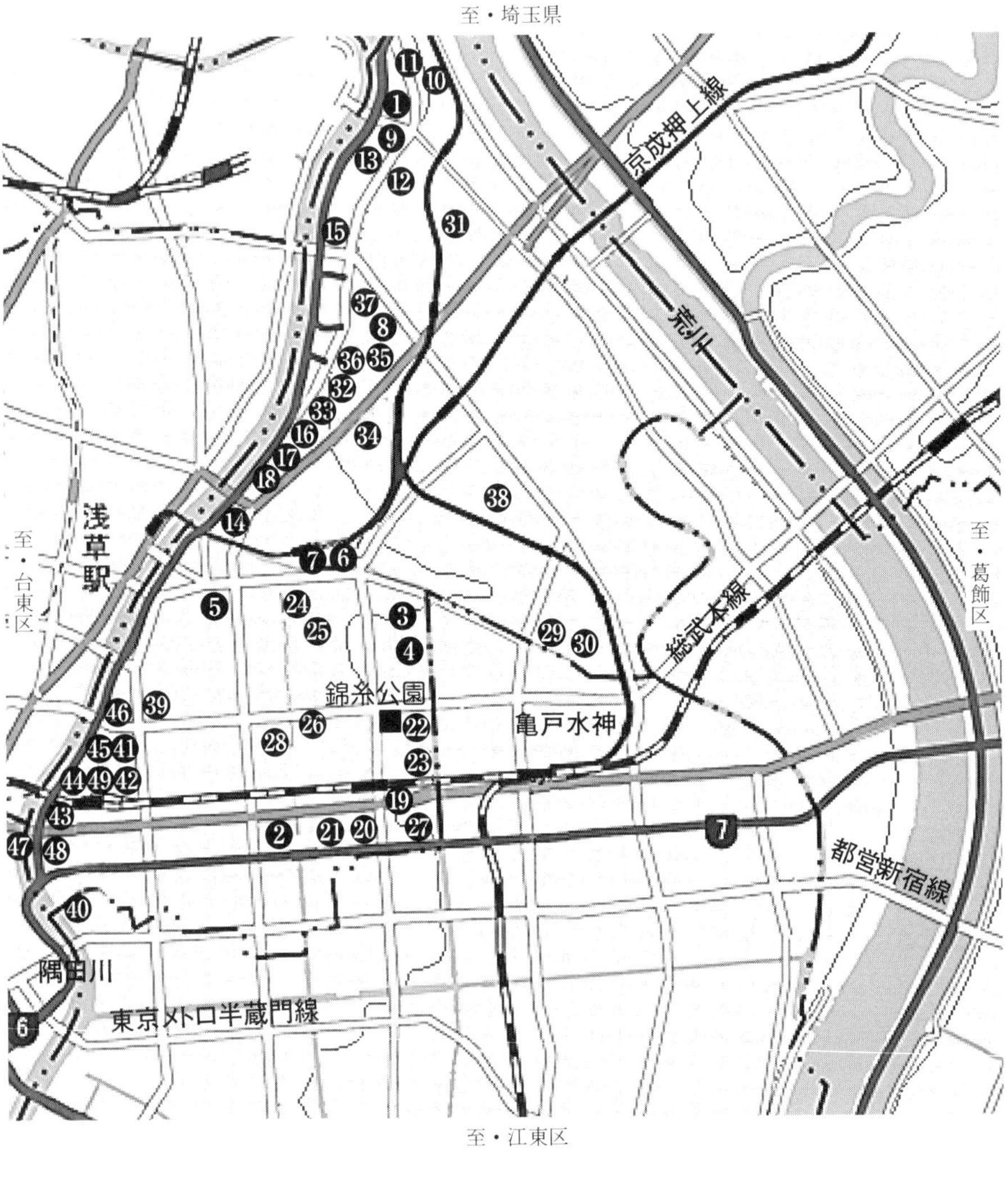
至・埼玉県
京成押上線
荒川
浅草駅
至・台東区
至・葛飾区
総武本線
錦糸公園
亀戸水神
都営新宿線
隅田川
東京メトロ半蔵門線
至・江東区

墨田区

❶ 木母寺（堤通２－16－１）
❷ 本所撞木橋跡（緑４－３～江東橋１－４）
❸ 柳島橋（業平５－７）
❹ 法性寺（業平５－７－７）
❺ 蛇山庵室跡（東駒形３丁目／桃青寺西）
❻ 中之郷四ッ谷（押上１丁目）
❼ 東京スカイツリー（押上１－１）
❽ 向島百花園（東向島３－18－３）
❾ 鐘ヶ淵（墨田５丁目付近）
❿ 多聞寺（墨田５－31－13）
⓫ 下の道（墨田１・２・５丁目付近）
⓬ 正福寺（墨田２－６－20）
⓭ 隅田川神社（堤通２－17－１）
⓮ 牛島神社（向島１－４－５）
⓯ 都営白鬚東団地（堤通２丁目）
⓰ 長命寺（向島５－４－４）
⓱ 弘福寺（向島５－３－２）
⓲ 三囲神社（向島２－５－17）
⓳ 東京楽天地（江東橋４－27－14）
⓴ 江東寺（江東橋３－６－５）
㉑ 田螺稲荷神社（江東橋３－３－９）
㉒ 錦糸公園（錦糸４－15－１）
㉓ 千種稲荷神社（錦糸４－15－１）
㉔ 妙見山別院（本所４－６－14）
㉕ 鷗稲荷大明神（本所４－６－14）
㉖ 報恩寺（大平１－26－16）
㉗ 置いてけ堀跡（江東橋４－17／錦糸堀公園）
㉘ 大横川親水公園（業平橋北～竪川合流地点）
㉙ 吾嬬神社（立花１－１－15）
㉚ 福神稲荷神社（立花１－１－15）
㉛ 玉ノ井（東向島５丁目～６丁目・墨田３丁目）
㉜ 鳩の街（東向島１丁目・向島５丁目）
㉝ 有馬温泉跡（向島５－38－18）
㉞ 秋葉神社（向島４－９－13）
㉟ 地蔵坂通り（東向島１丁目・３丁目）
㊱ 子育地蔵堂（東向島３－２－１）
㊲ 白鬚神社（東向島３－５－２）
㊳ 橘館通り（京島３丁目）
㊴ 徳之山稲荷神社（石原１－36－10）
㊵ 江島杉山神社（千歳１－８－２）
㊶ 東京都慰霊堂（横網２－３－25）
㊷ 江戸東京博物館（横網１－４－１）
㊸ 百本杭跡（両国１丁目～横網１丁目）
㊹ 駒止石（横網１－12－１）
㊺ 旧安田庭園（横網１－12－10）
㊻ 両国公会堂（横網１－12－10）
㊼ 両国橋（中央区東日本橋２丁目～両国１丁目）
㊽ 回向院（両国２－８－10）
㊾ 両国国技館（横網１－３－28）

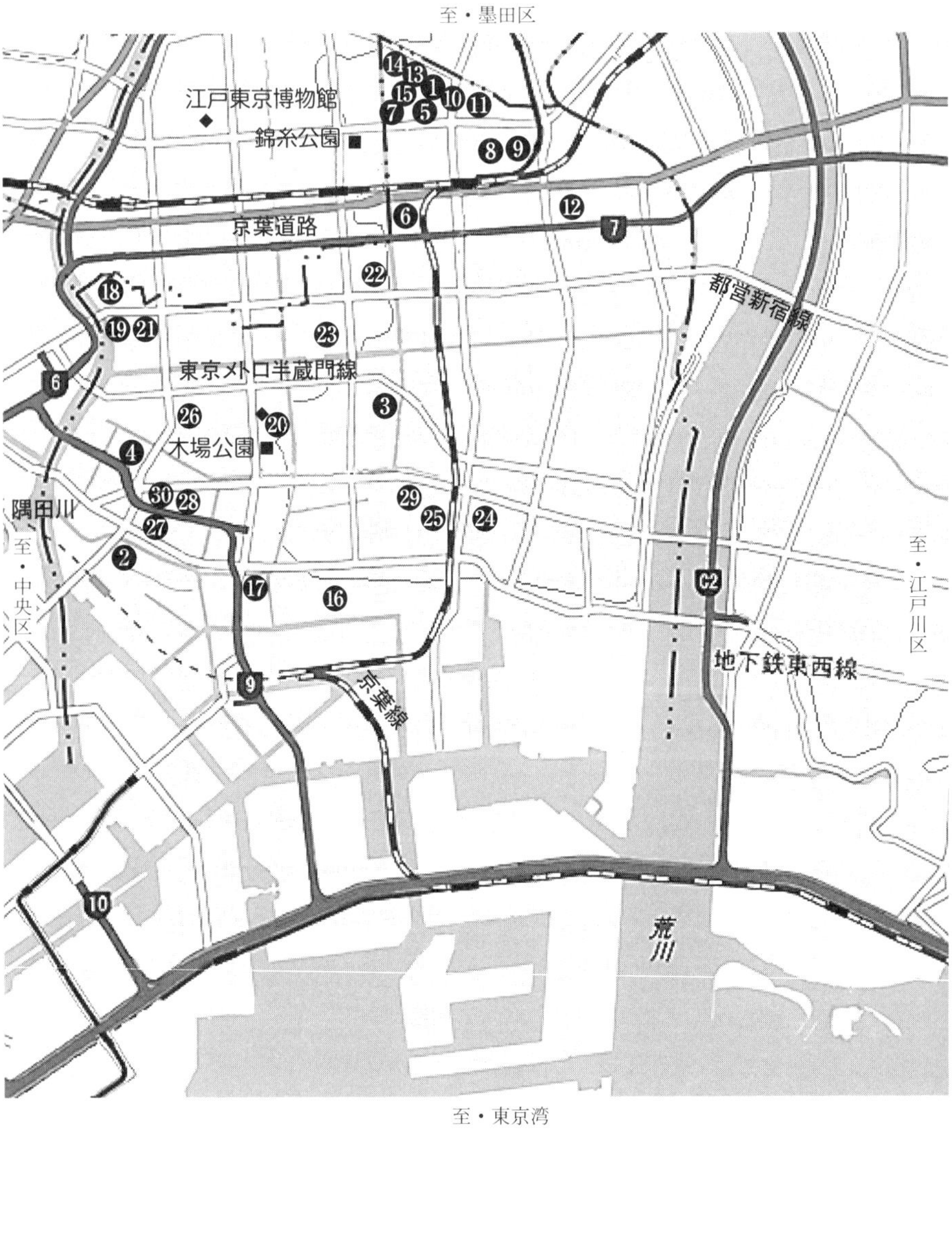
至・墨田区
江戸東京博物館
錦糸公園
京葉道路
都営新宿線
東京メトロ半蔵門線
木場公園
隅田川
至・中央区
至・江戸川区
地下鉄東西線
京葉線
荒川
至・東京湾

江東区

❶ 亀戸梅屋敷跡（亀戸３－56）
❷ 於三稲荷神社（牡丹１－６－５）
❸ 隠亡堀（横十間川／江東扇橋町・北砂町）
❹ 深川三角屋敷跡（深川１－５）
❺ 普門院（亀戸３－43－３）
❻ オイテケ堀跡（亀戸１－12－10／第三亀戸中学校）
❼ 亀戸天神（亀戸３－６－１）
❽ 元天神塚（亀戸５－36－18）
❾ 亀戸水神宮（亀戸４－11－18）
❿ 亀戸香取神社（亀戸３－57－22）
⓫ 亀戸石井神社（亀戸４－37－13）
⓬ 亀戸浅間神社（亀戸９－15－７）
⓭ 祐天堂（亀戸３－39）
⓮ 江東天祖神社（亀戸３－38－35）
⓯ 城東花柳街跡（亀戸３丁目／亀戸天神裏）
⓰ 洲崎遊郭跡（東陽町～木場）
⓱ 洲崎弁財天社（木場６－13－13／現・洲崎神社）
⓲ 深川安宅町（新大橋１丁目）
⓳ 安宅丸稲荷神社（新大橋２－５－９）
⓴ 木場公園（平野４－６－１）
㉑ 深川神明宮（森下１－３－17）
㉒ 猿江恩賜公園（住吉２丁目・毛利２丁目）
㉓ 猿江神社（猿江２－２－17）
㉔ 仙気稲荷神社（南砂３－４－２）
㉕ 都営南砂住宅（南砂２丁目）
㉖ 霊巌寺（白河１－３－32）
㉗ 富岡八幡宮（富岡１－20－３）
㉘ 蕎麦切稲荷神社跡（冬木６丁目付近）
㉙ 砂村新田六地蔵（南砂２－28－27）
㉚ 深川櫓下跡（門前仲町２－４）

墨東地霊散歩

写真資料提供：墨田区立ひきふね図書館
・お稲荷様と河童の町「夜の錦糸町界隈（昭和41年頃）」
・東京っ子達「橘館通り（昭和40年頃）」
・御竹蔵今昔「駒止石と大銀杏（昭和40年頃）」

その他の写真：著者撮影

岩井橋

於三《おさん》稲荷神社

怪談から始めよう。

本書は怖い本ではない。それでも、怪談から始めたい。

趣味に走っているわけではない。

いや、確かに怖い話は好きだけど、私の生まれ育った下町は、偉大な怪談の故郷《ふるさと》でもある。『怪談　乳房榎《ちぶさえのき》』『怪談　牡丹灯籠《ぼたんどうろう》』そして『東海道四谷怪談《とうかいどうよつやかいだん》』と、日本文学・芸能史上に重要な位置を占める怪談は、みな、現在の江東区《こうとうく》と墨田区《すみだく》を舞台にしているのだ。

落語・歌舞伎《かぶき》好きにはお馴染《なじみ》の『怪談　乳房榎』は、江戸《えど》落語の大名跡三遊亭圓朝《さんゆうていえんちょう》の作品だ。この話は日本の怪談には珍しく、男の幽霊が主役になっている。

――武家から絵師になった菱川重信《ひしかわしげのぶ》は、南蔵院《なんぞういん》という寺院から龍の天井画を依頼される。その留守を預かった浪人磯貝浪江《いそがいなみえ》は、重信の妻おきせを口説き落とす。そして、落合《おちあい》の蛍狩りの帰り、邪魔な重信を殺害する。

金をもらって共犯者にされた菱川家の下男・正介《しょうすけ》は、重信の子・真与太郎《まよたろう》を殺せと浪江に迫られて、泣く泣く四谷角筈村十二社《つのはずむらじゅうにそう》の大滝に子供を投げ込む。その滝壺から、重信の亡霊が我が子を抱いて現れる。亡霊に非を諭されて、正介は真与太郎を連れ、自分の故郷である板橋《いたばし》・赤《あか》塚村《つかむら》にある松月院《しょうげついん》という寺に落ち着く。

真与太郎は、松月院境内にある乳房の形をした榎のコブから滴る汁を、母乳代わりにすくすく育ち、やがて父の仇・浪江を討って本懐《ほんかい》を遂げる……。

途中、死んだはずの重信が絵を描き上げて落款《らっかん》を残したり、夫の殺害を黙認したおきせが浪江の子を亡くした挙げ句、乳に腫れ物ができて狂乱したり、と、圓朝得意の入り組んだ因果物《いんがもの》の怪談となっている。

天井画を依頼した南蔵院は現豊島区《としまく》。重信殺害現場の落合・十二社の滝は現新宿区《しんじゅくく》、四代目「乳房榎」の立つ松月院は現在の板橋区にある。

こう記すと、墨東《ぼくとう》にゆかりはないように思える。が、あにはからんや。

この話の序盤はすべて、墨田区内でまかなわれているのだ。

即ち、菱川重信夫婦が居を構えていたのが柳島《やなぎしま》。磯貝浪江がおきせを知ったのが木母寺《もくぼじ》。その浪江は、本所撞木橋《ほんじょしゅもくばし》の辺りに住んでいたという設定だ。

柳島という地名は住居表示としては存在しないが、現墨田区業平《なりひら》から横川《よこがわ》辺りのことを指す。東京スカイツリーの脇を通る北十間川《きたじっけんがわ》と横十間川《よこじっけんがわ》と交わる所に柳島橋《やなぎしまばし》（墨田区業平五―七）という橋があり、近くには柳島妙見《みょうけん》として知られた法性寺《ほっしょうじ》が建っている。

生憎《あいにく》、面影は残っていないが、往時の柳島は亀戸天神《かめいどてんじん》や梅屋敷《うめやしき》にもほど近く、江戸の人達にとっては風流な行楽地であったのだ。

浪江が住んでいた本所――昔は「ほんじょう」と発音した――そこの撞木橋は、もう少し両《りょう》国《ご》寄りとなる。

撞木橋も今はなく、大横川《おおよこがわ》は埋め立てられて大横川親水公園《おおよこがわしんすいこうえん》になっている。ここも景色は変わったが、撞木橋と柳島までは歩いて三十分ほどだ。充分、通える距離となる。

ちなみに、当時の侍は有能な現職ほど城の近くに住んでおり、待機組や無能な奴は城から離れて暮らしていた。

つまり、隅田川をも越えた本所に住むのは、侍としては最底辺。時代劇に出てくる不良侍が本所割下水《わりげすい》に居を構えているのと同じく、磯貝浪江も武士としては上等とはいえない男だったのだ。

そんな浪江がおきせと出会った木母寺は、墨田区の北、鐘《かね》ヶ淵《ふち》に近い隅田川沿いだ。後述するが、ここは謡曲でも有名な梅若《うめわか》伝説ゆかりの寺で、『乳房榎』では、浪江はその梅若忌の日におきせを見初《みそ》めるという設定だ。

そう。話が動き始めるまでの舞台はすべて、墨東なのだ。

一方、重信が天井画を頼まれた南蔵院は、東京《とうきょう》西部の豊島区にある。電車や車のない時代、墨田区から豊島区まで、歩いて通うには無理がある。ゆえに、重信は柳島の家を離れて南蔵院に住み込んだ。

江戸の人達にとって、江戸城を挟んだ東と西は、気軽に行き来できる場所ではなかった。今でも、風土や人の気質に差違を感じるほどなのだから、当時の人には尚更だろう。

『乳房榎』の後半は一気に西が舞台となるが、それはある意味、別の国での出来事であり、圓朝はその距離感をもって、日常と非日常の対比を描き出したのだ。

同じく圓朝の作品である『怪談　牡丹灯籠』も、墨東が重要な舞台となる。『牡丹灯籠』の主な舞台は本郷《ほんごう》・谷中《やなか》周辺で、現文京区《ぶんきょうく》となるのだが、主役である荻原新三郎《おぎわらしんざぶろう》と、新三郎に恋焦がれ、のちに幽霊となるお露《つゆ》のふたりが出会ったのは江東区亀戸《かめいど》にある臥龍《がりょう》梅《ばい》の梅見の帰り。お露が暮らす柳島の寮を新三郎が訪ねたことから話は始まる。

臥龍梅は亀戸の梅屋敷にあった白梅で、徳川光圀《とくがわみつくに》即ち水戸黄門《みとこうもん》が名前をつけたと伝わる名木だ。梅屋敷は本来の名を「清香庵《せいこうあん》」といい、呉服商・伊勢屋彦右衛門《いせやひこえもん》の別荘だった。季節ともなると多くの人が訪れる観光名所で、往時は三百本以上の梅が植えられ、徳川家将軍も訪れるほどの名園だった。

その様子は広重《ひろしげ》の浮世絵「亀戸梅屋舗《かめいどうめやしき》」にも描かれている。が、生憎、明治《めいじ》四十三年（一九一〇）の大洪水の被害から立ち直ることが叶わずに、廃園してしまったという。

現在、梅屋敷近くの「亀戸梅屋敷跡」（江東区亀戸三―五六）には、説明板と共に白梅の木が立っている。か細い木ながら、季節になると、花をつけるのがなんともゆかしい。

この浅草《あさくさ》通りには北十間川が沿っており、重信夫婦やお露が住んだ柳島は目と鼻の先だ。

少しばかり話が逸れるが、ここに建つ法性寺即ち柳島妙見には興味深い話がある。

このお寺は天才浮世絵師・葛飾北斎《かつしかほくさい》が信仰したことでも知られているが、北斎がまだ無名の頃、参詣の帰りに雷雨となった。雷は彼の間近に落ちたが、北斎は土手下の田圃《たんぼ》に転がり落ちて、なんとか一命を取り留めた。そして、そのときから画風が変わり、以来、頭角を現したという。

北斎は何度も名前を変えているが、落雷後、最初の雅号は北斎辰政《ときまさ》。北斗七星《ほくとしちせい》と北極星《ほっきょくせい》を神格化した妙見菩薩《みょうけんぼさつ》にあやかっている。そして、そののちも彼は雷や北辰、北斗七星にゆかりのある号を好んで用いた。

雷に打たれるというのは、普通は不運なことなのだけど、北斎の場合は柳島の妙見菩薩より才能と強運、そして八十九まで生きるという長寿を授かったのだ。

また、この境内には松の古木があって、妙見菩薩はここに降臨したと伝わっていた。幹回り二メートル以上という大木で、洞《ほら》には白蛇が棲んでいたという。古謡にも「白蛇の出るのは柳島」とあり、かなり有名だったらしい。

この蛇は、見ると運が上がるとされていて、木の周りに蛇の絵馬や土人形を納める人が多くいた。それは木が枯れたのちも続いたが、大正《たいしょう》二年、線香の火が原因で松は燃えてしまったという。そのときにまだ、白蛇が棲んでいたかどうかはわからない。

ともあれ、つい最近まで、柳島から梅屋敷、亀戸天神は、一日遊べる場所でもあり、信仰の道でもあったのだ。

この行楽ルートを使った話に『怪談　阿三《おさん》の森』がある。

圓朝の作品ではないものの、この話の冒頭は『牡丹灯籠』とよく似ている。

本所割下水に住む阿部新十郎《あべしんじゅうろう》は、臥龍梅を見に行って、亀戸天神前の団子屋「梅見団子《うめみだんご》」のお三《さん》と相思相愛となる。そして初夏、新十郎は亀戸天神の藤見を理由に、お三と密会して結ばれる。

今でも亀戸天神の藤は見事だが、江戸時代から既にここの藤棚は、観光名所となっていた。

梅に藤と、花を縁《えにし》に結ばれた新十郎とお三だが、新十郎の母の遺言で、ふたりは異父兄弟であることが発覚。新十郎は関係を断つ。だが、真実を知らないお三は気を病み、やがて没する。

気鬱《きうつ》の病に罹《かか》った新十郎は向島で療養する。と、そこにお三の霊が通ってくる。

護符によって、それを退けた新十郎はやがて妻を迎えるが、お三は新十郎にしか見えない蛇となってつきまとう。蛇は法力によって捕らえられるものの、結局、妻は死に、新十郎は出家する……。

お三の化身である蛇が埋められたのは「雀《すずめ》の森《もり》」という場所で、現江東区牡丹《ぼたん》一丁目に当たる。塚自体はもうないが、そこから少し南には、於三稲荷神社《おさんいなりじんじゃ》が建っている。

一般民家の塀内にある社《やしろ》だが、参拝することは可能だ。黒々とした狐穴にお狐様達が鎮座して、お百度石《ひゃくどいし》まである光景は古い記憶の古い空気をまだ存分に纏《まと》っている。

この話の舞台はすべて、本所・亀戸・向島《むこうじま》・牡丹と徒歩圏内でまとまっている。

牡丹という町名は、牡丹を栽培する農家が多くあったことに由来する。

梅、藤と続いて、牡丹も隠れて登場する『怪談　阿三の森』は、花尽くしの怪談にもなっているというわけだ。

『怪談　阿三の森』の中には、於三稲荷のはす向かいにある黒船稲荷神社《くろふねいなりじんじゃ》も登場している。ここは奇《く》しくも、四代目鶴屋南北終焉《つるやなんぼくしゅうえん》の地だ。

「奇しくも」と記したわけは、鶴屋南北こそ、日本史上最強の怪談ともいえる『四谷怪談』の作者だからだ。

そして、『四谷怪談』もまた、この墨東を舞台にしている。

話の筋は今更述べるまでもないだろう。

南北の著《あらわ》した『東海道四谷怪談』は、当初、『仮名手本忠臣蔵《かなでほんちゅうしんぐら》』の外伝という体裁で記されて、のちに独立した物語となった。

現在、四谷《よつや》（新宿区左門町《さもんちょう》）には於岩稲荷田宮神社《おいわいなりたみやじんじゃ》とお岩様を祀る陽運寺《よううんじ》が、中央区新川《ちゅうおうくしんかわ》にも、於岩稲荷田宮神社がある。

四谷怪談を興行にかけるとき、役者や関係者らはこれらの社寺で祈禱を受けるのが慣例だ。さもないと祟りを受けるといわれ、実際、参拝を怠《おこた》った多くの人が、偶然とは思えない禍《わざわ》いに遭った。

大正から戦前に活躍した挿絵画家・小田富弥《おだとみや》の体験を記そう。

「嘗て行友李風氏作の四谷怪談の挿絵を新聞に執筆中のこと、お岩の幽霊をモデルに依って求めることが出来ず、散々苦心の末に想像による凄い幽霊を描くことに成功した。これならばキット読者に満足して貰えるだろうと、其の晩は安心して寝に就いたが、夢の中にそのお岩様が現れて、『あの絵が気に入った、御礼を言います』と何時までも枕元を離れない。一晩中うなされ続けたが、その次の晩も同様、又その翌晩も――。とうとう発熱四十度で命の問題になって来た。止むなく執筆を断って、只管気持の沈静につとめたが、老母は心配して、『芝居をするにも四谷稲荷に御詣りすると言うのに、御挨拶もしないで絵を描くのが悪いんです』と四谷稲荷のお札を受けてくれた。その晩はそれを抱いて寝たせいか、毎晩苦しめられたお岩の幽霊も現れず、幸に命もとりとめたと言う。（後略）」（講談社『富士』昭和十四年一月号「小田富弥氏と幽霊」）

夢枕で感謝を述べながら、画家を衰弱させていく……というのが、なんとも恐ろしい。

ううむ。本を上梓《じょうし》した暁には、私もお参りに行ってこよう。

実際、周辺や近所において、お岩様は恐れられていた。

曰《いわ》く「お岩様の名を口にしたときは、背後にお岩様が立っている」

曰く「お岩様は呼び捨てにしてはいけない。様付けで呼ばなくてはならない。さもないと、悪いことが起きる」

ゆえに、拙稿も「様」づけなわけだ。

幼い頃は誰かが『四谷怪談』の話をしだすと、後ろに立たれないように、壁に背をつけたりしたほどだ。

史実のお岩様は貞女《ていじょ》であったとされているし、お岩様に悪いことをした覚えもない私らが、怖がる理由もないはずなのだが……東京の人間にとって、お岩様はよっぽどの存在であるらしい。

そんな『四谷怪談』中、白眉《はくび》といえるのが「戸板返《といたがえ》し」のシーンだろう。

お岩様と小平《こへい》の死骸が打ち付けられた戸板が流れ着くのは、隠亡堀《おんぼうぼり》。江東区の江東扇橋町《おうぎばしちょう》と北砂町《きたすなまち》の間を流れる横十間川の辺りである。

横十間川は現在、一部が親水公園となっていて、隠亡堀だった辺りも緑陰の濃い遊歩道が続いている。一見、長閑《のどか》な風景だが、ここはまごうかたなき怪談の舞台だ。

「上の方、土橋、その下に籠りし彼芦、干潟の体。（略）誂へのよき所に樋の口、土堤の上に石地蔵。松の大樹、釣枝。

ところ〴〵に水草重なり、すべて十万坪、隠亡堀の景色。」

芝居三幕目の台本中、「土橋《どばし》」に相当すると思われるのが岩井橋《いわいばし》だ。

この名は、一説によると、後年、お岩様に因《ちな》んでつけられたものという。

隠亡とは火葬に従事する人のことで、『江戸明治東京重ね地図《えどめいじとうきょうかさちず》』によれば、この堀の側に「阿弥陀堂（極楽寺）と俗称される無縁仏と人足寄場囚人の茶毘所があ」ったため、「隠亡堀」または「やきば堀《ぼり》」と呼ばれるようになったとか。

『四谷怪談』のせいか、はたまた火葬場があったせいなのか、最近まで、近所の子供達は「岩井橋に行くときは、気をつけろ」と言われたそうだ。

浮世絵を見ても、日本橋川《にほんばしがわ》をはじめ、ほとんどの河川はみんな、まっすぐ——東京弁で言うなら「まっつぐ」描かれている。

江戸の人達は、このまっつぐな川こそが都会的であり、粋《いき》なものだと考えた。

ゆえに隠亡堀のごとくに屈曲したり、淀みのできる川の流れは、田舎めいたものとみなされた。

加えて、人の手が入らない場所は、人の介入を拒否するモノが棲まう場所ともされたらしい。

だから、焼き場ならずとも、隠亡堀や置《お》いてけ堀《ぼり》などの淀みには怪談がついて回るのだ。

さて。戸板に打ち付けられて、隠亡堀に流れ着いたお岩様と小平の亡骸《なきがら》は、深川《ふかがわ》——岩井橋から西に当たる法乗院《ほうじょういん》に運び込まれる。

法乗院は江戸時代、「深川《ふかがわ》ゑんま堂《どう》」として知られ、歌舞伎『髪結《かみゆ》い新三《しんざ》』「ゑんま堂の場」の舞台にもなった名刹《めいさつ》だ。

この辺りは明治ののちまで、木場《きば》に続く大小の堀に囲まれていた。

今の清澄《きよすみ》通りも法乗院付近は油堀《あぶらぼり》という名の堀であったし、隣接する首都高速道路《しゅとこうそくどうろ》の下も十《じゅう》五間川《ごけんがわ》という川だった。

地獄におわす閻魔《えんま》様が鎮座まします場と、入り組んだ水場という陰気さは、怪談の舞台としてもうってつけだったに違いない。

『四谷怪談』では、その法乗院からすぐの所にある「深川三角屋敷《ふかがわさんかくやしき》」に、お岩様の妹・お袖《そで》が暮らす。

この「深川三角屋敷」は法乗院から清澄通りを渡った先、首都高が屈曲する辺り（江東区深川一―五）にあった。地図で見るとよくわかるのだが、深川一丁目の三〜五番地はきれいな三角形を成している。三角屋敷はその一角だ。

今、その跡地は、疎《まば》らに木の植わっている小さな緑地になっている。使いようのない土地だから緑地にしているのだろうが、不思議なことに、こういう因縁《いんねん》のある場所は、公園だったり駐車場だったり、都や区の施設などになっていて、一般家屋のない場合が多い。

江戸の面影は窺えずとも、人がなんとなく忌避《きひ》する場所や因縁を感じる土地は変わらないのか。

もっとも、「深川三角屋敷」そのものに『四谷怪談』の舞台だという以上の因縁があったかどうかはわからない。ただ、この名前は古地図の上にも記されている。なんらかの因縁があったゆえ、怪談の舞台として採用された疑いもあるのではなかろうか。

もうひとつ。『四谷怪談』大詰めの見せ場、「蛇山庵室《へびやまあんじつ》の場」の舞台も墨東地域に存在している。物語では、ここに建っていた庵《いおり》にて、お岩様の化身でもある鼠が大量に走り回り、南瓜《かぼちゃ》が笑い、伊右衛門がおかしくなってくる。

場所は墨田区東駒形《ひがしこまがた》。

旧町名を中之郷原庭町《なかのごうはらにわまち》といい、松尾芭蕉《まつおばしょう》ゆかりである桃青寺《とうせいじ》（墨田区東駒形三―一五―一〇）の西に位置する。

昔、この辺りは竹藪《たけやぶ》で、多くの蛇が棲んでいたため、蛇山と呼ばれたというが、現在はごく普通の住宅地になっている。三角屋敷とは違い、この場所は〝保存〟されてない。物語の背景となる怪異は存在しなかったのか。

何はともあれ、こまこまと並べてきたごとく、墨東地域が『四谷怪談』とただならぬ縁があることは承知していただけたと思う。

いや、縁があるどころの話ではない。

『四谷怪談』すべての舞台は、この界隈で始まり、終わっている――そんな説が存在するのだ。

『四谷怪談』の名のとおり、一般に知られる話の舞台は、於岩稲荷田宮神社のある場所、即ち新宿区の四谷界隈とされている。

ゆえに新宿区から江東区の隠亡堀まで戸板が流れていくのはおかしい、と、物議《ぶつぎ》を醸《かも》すことになる。

実際、四谷から隠亡堀まで戸板が行くには、現神田川《かんだがわ》から隅田川を越え、いくつもの堀割《ほりわり》を無事に通らねばならない。真面目に考えると、馬鹿馬鹿しくなる設定だ。そこで大概は、物語上のことだから……と、お茶を濁してしまうのだけど、実はこれには異説があるのだ。

『四谷怪談』にはいくつかのマイナーバージョンがあるのだが、そのひとつに『絵本《えほん》いろは仮名《かな》四谷怪談』というものがある。

その中では、なんと、四谷という地名は現墨田区のものとなっているのだ。

まずは『ぼくらは怪談巡礼団《かいだんじゅんれいだん》』「郷里《ふるさと》の怪」に記されている「スカイツリーとふるさと怪談」(東雅夫《ひがしまさお》)から引用しよう。


――「緑図書館所蔵の『絵本いろは仮名四谷怪談』は初演後に出た改訂版だが、その四幕目「法乗院門前の場」で、住処を問われた按摩の宅悦が「本所の方へ行って居りやした」「本所はどの辺に」「四谷町の近所にさ」と答えるくだりがある。(中略) 松島氏いわく――「お岩さんは新宿四谷の家から本所四谷の伊右衛門宅に住み、殺されて北十間川に戸板で流され、柳島妙見の所を横十間川に入り砂村隠亡堀に現れ、小名木川万年橋に流れ着きます。その後は本所原庭の蛇山庵室に民谷一家を滅ぼすべく幽霊となって再び現れます。本所を時計回りにぐるりと取り囲むように現れて、最後は回向院で義士與茂七らに仇伊右衛門を討たせる」。」

松島《まつしま》氏というのは、当時、墨田区立緑《みどり》図書館に勤務していた松島茂《しげる》氏のことで、四谷＝本所説は、氏の発見と言ってもいいほどだ。

墨田区立緑図書館発行のリーフレットに、松島氏が記した「スカイツリーの下をお岩は流れる」という一文がある。

それによると、

「本所の四谷町ですがそのような町名は実在しないのですが、地図を探してみると明治20年の東京実測図に中之郷四ツ谷という地名を発見することができます(参:「墨田の地図」)。曳舟川と北十間川の間、ちょうど東京スカイツリーの建つ辺りです。明治初年の府下の現状を調査した『東京府志』巻百十五にある中之郷村の項には四ッ谷は小梅中之郷入会地にありと記されているところです。」

なんと、「四谷」はスカイツリーの辺りだったと書いてある。

念のため、地図を引き合わせると、まさに「中之郷四ッ谷《なかのごうよや》」はスカイツリーのほぼ真下に当たっていた。

スカイツリーの脇には北十間川が流れている。隠亡堀までは川筋ひとつだ。

松島氏の指摘どおり、戸板がここから流されて、そのまま下流に至るのは、なんの不思議もないことだ。蛇山や隠亡堀が話の舞台となったのも、伊右衛門の住まいが本所にあれば、これまたなんの不自然もない。

往時の人々は徒歩で歩いていたからこそ、正確な地理感覚を持っていた。だから、川筋、道筋、徒歩圏内と、それ以外の差をきちんと知っていた。

話を聞けば、風景や距離感もすぐ摑めたに違いない。そういう観客を前にして、適当なことは話せまい。

『東海道四谷怪談』の元版では、「四谷」はなぜか「水道橋《すいどうばし》の近所」となっている。そうした理由はわからない。が、当時の観客にとって、水道橋の「四谷」では納得できなかったに違いない。墨田区にあってこそ腑に落ちる。

そう。

スカイツリーこそが『四谷怪談』真の舞台なのである。

スカイツリーの敷地内で、お岩様は亡くなったのだ。

多聞寺 狸塚

下の道

お岩《いわ》様殺害現場であるスカイツリーの足下は、私の故郷だ。

私はこの近辺で生まれて育ち、親の実家も本籍地もみな、本所《ほんじょ》辺りに固まっている。ゆえに、「四谷《よつや》」という字の載っている古い地図を見たときは、かなり動揺してしまった。

父方の本籍地が……件《くだん》の「四谷」にほぼ被っていたからだ。

慌てて古地図と照合してみたところ、どんぴしゃり！

本籍地の住所は今でこそ、押上《おしあげ》二丁目となっているが、古くは中之郷《なかのごう》。「四谷」地区に入っていた。伊右衛門《いえもん》さんちは同じ町内、しかもご近所だったのだ。

今や全国的に有名な観光地と、古《いにしえ》より著名な怪談の地が自分と縁があるなんて、妙な気分になってくる。

そのことを人に話したところ、「だから、お岩様を様付けで呼ぶような習慣ができたんじゃない？」と笑われた。

確かに、この〝伝統〟が我が家だけのものなのか、それとも東京人《とうきょうじん》全般のものか、確認したことはない。歌舞伎《かぶき》役者や落語家は、お岩様どころか「四谷様」と、隠語で呼ぶほど恐れているが、私の家族に噺家《はなしか》はいない。もし我が家だけのものだとしたら、ますます、ご近所にいた伊右衛門さんちの事情を憚《はばか》っているようで、かなり落ち着かない気分になる。

怪談を物する人間としては光栄だともいえようが、思いはもっと複雑だ。なぜならば、「ここがそうだよ」と人に自慢したくとも、その土地はもう跡形もなく、面影すら追えないからだ。

母の実家も、父方の本籍地も、再開発によって消えてしまった。

実家に住んでいた叔父の家族は、立ち退きを余儀なくされて余所《よそ》に移った。古い家は更地となり、その上に商業施設が建った。

幼い頃に歩いた路地は消失し、辻にあったお稲荷様も、小さな馬頭観音の碑も、みんな余所に行ってしまった。

記憶している風景すべて、懐かしい町そのものが、今は巨大なビル群に呑み込まれてしまっている。まったく、こんな風に故郷を消失することになるなんて……。

正直な話、感傷がある。ゆえにスカイツリーができて暫《しばら》くの間、私はその辺りには近づかなかった。

足を向けたのは、取材の都合。渋々だ。

どうなることかと思ったが、しかしいざ、その場に立ってみると、さして感情は動かなかった。ダムに沈んだ村を見るごとく、思いを馳せる手掛かりすらない。見知らぬ町の新興観光地にいるような、余所余所しさしか感じない。

私はどこに立っているのか。正直、わからなくなった。

しかし、真新しい建物群からほんの少し離れれば、川や道は記憶どおりの姿を見せた。

先の見通せない細道や、十歩足らずで隣の家に着くような、こまこまとした家並みや、壁際に

並んだ植木鉢。町会の古い掲示板には「中之郷」の文字もある。それらを視界に見いだして、私はひどくホッとした。そして、

「故郷の記憶は道にある」

路地を見、私は覚《さと》ったのだ。

地方の人なら、あの山が見えたら家が近いとか、夕日の沈む入り江が目印だとか、ダイナミックな自然や地形が故郷への手掛かりになる。

でも、東京は違う。

『万葉集《まんようしゅう》』に「武蔵野は 月の入るべき 山もなし 草より出でて 草にこそ入れ」と詠《よ》まれたとおり、山もないし、今は海からも遠い。

ゆえに郷愁を呼び起こすのは、道筋であり、川筋なのだ。

建っている家が変わっても、道が同じなら記憶は繋がる。容易に、過去へ歩いていける。

私の知る時代のみならず、戦前も江戸《えど》時代も、道と川は土地の記憶を保《も》っているのではなかろうか。

家に戻って、私は東京の地図を広げた。

墨東《ぼくとう》の辺りは、東京のどこよりも道が入り組んでいる。一帯をつくづく眺めていると、墨田区《すみだく》京島《きょうじま》辺りの道だけがあからさまにほかより細く、曲がりくねっているのがわかった。航空写真

だと一層、如実だ。

その細道の一本を指先で丁寧《ていねい》に辿っていくと、やがて向島百花園《むこうじまひゃっかえん》に着いた。

この庭園が造られたのは、文化《ぶんか》・文政《ぶんせい》期（一八〇四〜一八三〇）と伝わっている。

百花園は戦火で焼けたが、敷地の形は変わっていない。となると、庭園を囲んでいる道の形も、当時のままという可能性がある。

——江戸時代の道が残っているのか？

明治《めいじ》以降、震災と戦災によって、東京の東は壊滅的な被害を受けた。そこに江戸のままの道筋が呑気に残っているなんて、思ってもみないことだった。

俄然、興味をそそられたので、私は都心部各地域・各時代の地図を並べてみた。

江戸の道は確かにあった。

加えて、江戸末期以降、東京の道が大きく変化した時期が、二度あることも判明した。

ひとつは明治維新《いしん》。もうひとつは、太平洋戦争《たいへいようせんそう》だ。

江戸時代に武家屋敷があった界隈は、瓦解《がかい》によって大名屋敷が廃され、分譲されたため、町割りが大きく変化した。

結果、道路も整理され、現在は屋敷を囲んでいた道が残っていればいいほうだ。

一見、古そうな文京区《ぶんきょうく》の根津《ねづ》・千駄木《せんだぎ》も、大名屋敷と寺がほとんどだったため、道から往時の面影を窺うことは叶わない。

唯一、江戸の道筋を残しているのは、善光寺坂《ぜんこうじざか》以北の文京区根津二丁目だ。緑《ろく》の少ない侍達が住んだのか、この区画の古地図を見ると、谷中《やなか》の寺町と根津権現門前町《ねづごんげんもんぜんまち》に挟まれて、短冊状に割られた敷地内、「山本」だの「杉浦」だのといった苗字が書き込まれている。その東に当たる上野《うえの》の辺りは、もとは寛永寺《かんえいじ》の敷地内だ。最盛期には百万平米《へいべい》以上もあったという名刹《めいさつ》も、今は面影すら残っていない。

歴史ある社寺の周辺は、昔の道が残っている場合も多いが、大きな寺院になればなるほど、規模が縮小するに従って、新たな道がつけられる。江戸時代には遡りづらい。

上野近辺も同様で、谷中の辺りまでは比較的新しい道しか存在しない。

明治時代にあまり変化しなかった地は、主に町人地と農地だ。それが徹底的に変わった原因は、東京大空襲《とうきょうだいくうしゅう》にある。

これによって焼け野原と化した東京は、復興のもと、新たな都市計画によって道が整えられていく。逆に言うと、戦争以前、関東大震災《かんとうだいしんさい》では、道はさほど変わらなかったということだ。

江戸時代、明暦《めいれき》の大火《たいか》（一六五七）によって、江戸の町は大きく変化した。町を変える災害は、地震よりも火なのだろうか。いや、関東大震災でも火は出ている。要は空襲による町の破壊は、原形を留《とど》め得ないほど、酷かったということだろう。

その詳細はのちに譲って、今は道を見ていこう。

明治維新では、武家屋敷の周囲が変わった。戦争では全部が変わった。戦後、川の埋め立てで新たな道ができた所も沢山ある。

一般的に川が埋め立てられた理由は、船に代わって車が普及したことにあるとされている。それは間違いではないけれど、実はもうひとつ、東京には隠れた理由が存在する。

空襲で出た瓦礫《がれき》の処理だ。

都市ひとつ分のゴミと瓦礫を扱いかねた当時の政府は、川の埋め立てにかこつけてそれらを処理してしまったのだ。

東日本大震災でも、瓦礫の処分は問題になった。当時も同じだっただろう。川もまた、ある意味で、戦争の犠牲となったのだ。

まあ、これは、戦後すぐに埋め立てられてできた道路は、下に何があるかわからないという、怖い話でもあるのだが……。

ともあれ、瓦解と空襲。大きなふたつの出来事により、東京の道は変化した。

但し、江戸《えど》時代からのメインストリートは、ほぼ昔のまま残っている。

墨東地域では江戸通り、清澄《きよすみ》通り、浅草《あさくさ》通りなどがそのままだ。これらは広く直線的で、車道としても好適だったため、道の屈曲部分のみまっすぐに仕立て直された。曲がっていた部分は、住宅街の中に残っていたりする。

一方、言問《こととい》通りなんぞは、浅草寺《せんそうじ》の裏が昔のままというだけだ。この道は関東大震災の復興時、田圃《たんぼ》道をぶち抜いて言問橋《ことといばし》を渡している。震災復興において、大きく変わった道のひとつだ。

これらメインストリートのほかにも、瓦解や震災の影響を受けなかった道はまだある。が、戦火をも免れた道となると、ごく僅かしか残っていない。

隅田川の東では、墨田区の京島辺りと千住《せんじゆ》の一部――これだけだ。

ちなみに東京都すべてを見ると、前述の文京区根津二丁目及び駿河台《するがだい》二・三丁目、あと、当時はまだ田舎であった中野《なかの》以西や荒川《あらかわ》の東なども残っている。

また、空襲は受けてしまったが、浅草・吉原《よしわら》の道は、遊郭だった当時のままとなっている。特殊な地割りだから残ったのか。それはわからないけれど、裏を返せば、浅草ですら、そのほかの道はすべて変わってしまっているということだ。


これからの話の都合上、ここで「下町《したまち》」の定義について、ちょっと講釈をたれておきたい。

「山の手《やまのて》」「下町」という言い方や区分は、現在、曖昧で雰囲気的なものになっている。

しかし、本来、ふたつの地域は、地質的にも住人にも明確な差違があったのだ。

江戸は地形の高低によって、人の棲み分けが為されていた。

「山の手」は文字どおり、江戸の高台に当たる地域で、田園都市と言っていい場所だ。

そこには主に武士達が住み、明治以降、武士という階級がなくなると、代わって新政府の役人らが居を構え、次いで学生達が住むようになった。

一方「下町」は水の都だ。

もともと、低地は町民地として開発されたが、縦横無尽に走る水路を交通要路とすることで、流通・経済の拠点となった。当然、住民は工商に携わる人が大半で、明治以降も引き続き、商業者とその従業員達が暮らした。

その区分が崩れ、地形を鑑《かんが》みずに町が変わっていったのは、昭和三十年代以降。戦後の復興と、それに続いた高度経済成長期だ。

それ以前の東京は、江戸時代の姿勢を活《い》かした都市の形を保っていたのだ。

——こう記すと、「下町に住むのが町人というのはわかるけど、商業地ってイメージはないなあ」、そう思う人もいると思う。

今、東京で「下町」と言うと、一般的には浅草や上野、谷中の辺り、そして墨東近辺を指す。

本書で用いる「下町」も、この定義に準じている。

しかし、江戸で言うところの下町は、本来、別の場所を指していたのだ。

なぜなら、「下町」とは、「城下町」を示す言葉だからだ。

城はもちろん江戸城《えどじょう》だ。ゆえに狭義の下町は、第一に江戸城正門のあった大手町《おおてまち》から日本橋《にほんばし》。次に神田《かんだ》辺りを指す。

どちらもまさしく、現在も老舗《しにせ》の連なる商業地だ。

特に日本橋は東京の中心、都会の中の真の都会、東京人にとっての聖域だ。

この聖域で生まれ育った人こそが、正真正銘の「下町っ子」だ。

ゆえに、その他の江戸っ子・東京っ子達は、無条件で、彼らには一目置いてしまうのだ。浪曲《ろうきょく》『石松三十石船《いしまつさんじっこくぶね》』中、「江戸っ子だってね」と言う森の石松に、旅人が「神田の生まれよ」と誇るのは、江戸っ子の中でも特上の部類だという自負からだ。

だが、そんな神田の生まれでも、日本橋には敵わない。

江戸情緒溢れる美人を描いた日本画家・鏑木清方《かぶらききよかた》は神田の生まれで、まさにチャキチャキの江戸っ子だったが、彼も日本橋の人に会うと気後れすると記している。

神田にも生まれなかった私なんぞは「代々日本橋で商売してまして」なんて台詞を聞くと、思わず平伏したくなる。

江戸東京の人間にとっては、山や谷のつく場所に住むお金持ちより、お江戸日本橋の旦那衆こそが、ピカピカのセレブなのである。

とはいえ、現在、日本橋を下町と言うと、違和感を覚えるのもわかる。今の「下町」は地理的な要素より、イメージ先行で使われるからだ。

即ち、古い町並みや家が残っていて、仕舞屋《しもたや》（一般民家）が多く、昔ながらの商店街があって、地つきの人々が多く暮らす町。

その条件に合うのが下町で、ゆえに「新宿の下町」などという言い方も出てくることになる。

墨東地区もまた然り。「イメージ下町」ではあるけれど、本当の意味での下町ではない。

実際、隅田川の東はちょっと前までは「川向こう」と呼ばれていた。

この言葉は山の手住まいの人達が若干、軽侮《けいぶ》を込めて使う言葉で、言われると怒る人もまだ多い。

逆に「川向こう」に住む我々は、山の手のことを「ノテ」と呼び、そこの住民を山育ちの田舎者と馬鹿にした。

まあ、どっちもどっちということだけど、隅田川の東に当たる向島、本所、深川《ふかがわ》等が、江戸城から見て隅田川の「むこっかし（向こう河岸《かし》）」にあるのは確かだ。

そうそう。ちょっと余談になるが、東京っ子は川のみならず、道の向こうや、単なる方角を指すときも「むこっかし」だの「あっちかし」だのと言って憚《はばか》らない。川が多かったためらしいのだが、随分、横着で大雑把《おおざっぱ》だ。

閑話休題《かんわきゅうだい》。

墨東界隈は江戸の朱引《しゅび》きの内ではあったが、町としての開発は遅れていた。

現墨田区の北に当たる隅田村《すみだむら》は、明暦《めいれき》年間（一六五五〜五八）に農地として開発されたのが始まりだ。

「川向こう」は水害が多かった分、土壌が肥沃《ひよく》で水にも困らず、農作地として適していた。そのため、幕府御膳番《ごぜんばん》の役人が地域の農民を雇い入れ、様々な野菜を作らせた。これがのちのち、小松菜《こまつな》や亀戸大根《かめいどだいこん》、寺島茄子《てらじまなす》などのブランド野菜になっていったのだ。

だが、この地域は農地としてのみ、価値を見いだされていたわけではない。

墨東界隈は鄙《ひな》ゆえに、喧噪《けんそう》を離れた景勝地として、文人達に愛された。行楽地としての寺社周辺や川端には料亭や花街が栄えたが、少し外れれば、物寂しくも閑雅《かんが》な田舎だ。そこには富裕層の別荘や隠居宅、妾宅がぽつぽつと建ち、怪談の舞台としても相応《ふさわ》しい、静かで淋しい場所だった。

実際、焼け残った京島辺りのうねうね道は、すべて田圃の畦道と、埋め立てられた川筋の名残だ。

生憎《あいにく》、千住《せんじゅ》界隈は三河島《みかわしま》の処理場ができて大分変わってしまったが、こちらも残った土地は田圃と、それから複雑に入り組んだ水路跡が道になっている。

千住は、江戸の外れも外れ。

都市としての「江戸」には入らぬ地だが、隅田川が旧荒川と変わる辺りに木母寺《もくぼじ》や鐘《かね》ヶ淵《ふち》などの名勝があり、日帰りの行楽地になっていた。

『怪談　乳房榎《ちぶさえのき》』にて、主人公達の接触場所が木母寺と設定されたごとくに、千住付近もまた、江戸に暮らす人々にとっては馴染《なじみ》深い土地だったのだ。

鐘ヶ淵は隅田川と旧綾瀬川《きゅうあやせがわ》の合流点だ。綾瀬川を拡張し、荒川が開削される以前は、ここから上を荒川と言った。いわば鐘ヶ淵は川の境に当たる地で、この境は水の合流地点であるために流れが複雑で、船の難所にもなっていた。

そんな危険な水場には、不思議な伝説が囁かれている。

鐘ヶ淵にあるのは「沈鐘《ちんしょう》伝説」——寺院が移転する際、舟で梵鐘《ぼんしょう》を運んだところ、川に落ち、引き揚げられないまま沈んでいるといった話だ。

おっちょこちょいなこの寺は、普門院《ふもんいん》（江東区亀戸三―四三―三）だというのが通説で、鐘を落としたのは、この寺が石浜《いしはま》（現台東区橋場《たいとうくはしば》近辺）から亀戸村に移転する元和《げんな》二年（一六一六）の出来事という。

伝説には、同じく石浜の法源寺《ほうげんじ》（現保元寺）や橋場の長昌寺《ちょうしょうじ》なども名乗りを上げているのだが、失敗談に手を挙げる気持ちは正直、よくわからない。

ただ、文化《ぶんか》七年（一八一〇）三月にここを通りかかった小林一茶《こばやしいっさ》は、由来に普門院の名を記しているし、岡本綺堂《おかもときどう》も『鐘ヶ淵』という作品の中で、鐘を普門院のものとしている。

真実はともかく、一般的には普門院の鐘と思われていたのは確かだろう。

深く澄んだ淵の底、水草の絡んだ梵鐘があるという情景は、想像すると幻想的で美しい。

伝わる話では、徳川吉宗《とくがわよしむね》公はこの鐘を引き揚げようとしたという。

並みの綱では上がらないため、公は江戸中の娘の髪の毛を集め、丈夫な毛綱を作らせた。そして、水練《すいれん》に長《た》けた竜太郎《りゅうたろう》なる美少年に綱を持たせて潜らせたのだ。

しかし、水底には不思議な美少女がいて、鐘を引き揚げてはならぬと言う。竜太郎は押し問答の末（なぜ、水中で会話が成立したかは謎だが）、鐘の頭だけ、水面に出す約束を取りつけた。

そうして、その約束どおり、川面に現れた途端、鐘の綱は切れ、再び水に沈んだという。娘は淵の水神か、はたまた龍神の眷属《けんぞく》か。鐘は水神の所望によって、淵に引き込まれたのか……。

明治時代まで、天気が好くて水の澄んだ日《よ》には、川底に鐘が見えたといった話も囁かれている。今、この場所には綾瀬橋《あやせばし》が架かり、上には首都高《しゅとこう》が通っているが、果たして鐘はまだあるのだろうか。

吉宗公ならずとも興味のそそられる話だが、この鐘ヶ淵、大工道具である指矩《さしがね》のように川が直角に曲がることから「かねが淵」と呼ばれたのが地名の始まりという説もある。

こちらの話は味気ないが、ここで川が大きなカーブを描いているのは本当だ。

江戸時代の地図を見ると、弧が張り出す東北方向には、旧綾瀬川をはじめとする細い支流が何本も走り、大小様々な中洲や寄洲、池がある。かなりの暴れ川だったのだろう。だから、舟も引っ繰り返る。お寺のおっちょこちょいなんて言っては、ちょっと気の毒かもしれない。

現在「隅田川七福神《すみだがわしちふくじん》」のひとつとなっている多聞寺《たもんじ》は、曲がった川の角に当たり、往時は川から切り離されてできた池に囲まれていた。

多聞寺池《たもんじいけ》、白鳥池《しらとりいけ》、荒神池《こうじんいけ》、大池《おおいけ》、丹頂池《たんちょういけ》などの名前が記録にあり、鶴や白鳥がこれらの池に翼を休めたと伝わっている。

ちなみに丹頂池は中に小島があって、昔は将軍の命で丹頂鶴を放し飼いにしていたという。

この池の名残は戦後までであり、ここにて創業した鐘淵紡績《かねがふちぼうせき》、移転前のカネボウ本社の正門前には、丹頂橋《たんちょうばし》という小さな橋が架かっていたと記録にある。

池に囲まれた多聞寺のご本尊は、毘沙門天《びしゃもんてん》だ。境内には狸塚があり、こんな物語が残っている。

――お寺の整備のため、棲《す》み処《か》を奪われてしまった狸の夫婦は腹いせに人を化かして脅かしていた。しかし悪戯が過ぎたため、毘沙門天に退治されてしまう。翌日、住職はその死骸を見、昔から住んでいた狸夫妻が騒ぎを起こしていたと気づく。そして、それを憐れと思って塚を作って供養した……。

多聞寺から鐘ヶ淵は目と鼻の先だ。

川の屈曲は土砂を寄せるが、伝説をも寄せ集める。

先の隠亡堀《おんぼうぼり》で、私は「屈曲したり、淀みのできる川の流れは、田舎めいたものとみなされた。加えて、人の手が入らない場所は、人の介入を拒否するモノが棲まう場所ともされたらしい」と記した。

河川の規模は違うけど、この論は鐘ヶ淵でも活《い》きているのだ。

また、伝説とは別にもうひとつ、鐘ヶ淵には気になることがある。

鐘を落としたという普門院と、もともと鐘ヶ淵にある多聞寺が、共に毘沙門天を祀っていることだ。

多聞寺は古くは不動明王をご本尊とし、大鏡山明王院隅田寺《だいきょうざんみょうおういんぐうでんじ》という名称だった。

鐘と鏡に毘沙門天、そして狸という取り合わせは、金属精錬、即ちタタラの匂いがする。なぜなら、毘沙門天は手に宝塔を持つことから、鉱山の守護神ともされて、その眷属は狸であるとも言われているからだ。

狸自体、皮が鞴《ふいご》に用いられることから、鉱山においては隠語的なシンボルとされている。「鐘ヶ淵」の由来が指矩とすれば、これまた金属でできた物差しだ。

もしかすると、昔、この近辺からは鉱物が採《と》れたのかもしれない。または鍛冶師《かじし》やタタラの衆が集っていたのではなかろうか。

水流に寄せられた土砂には、上流から流れてきた鉱物資源が堆積《たいせき》することがある。実際、自然の砂金や砂鉄が採取できるのは、流れの淀みや屈曲部分だ。

今はその名残もないけれど、鐘ヶ淵は源《みなもと》の山から流れてきた鉱物が溜まる場所だったのかもしれない。いや、川底を採れば、今でも少しは砂鉄や砂金が採れるのではないかと、私は疑う。

もっと想像を広げるならば、その資源の象徴こそが沈んだ「鐘」だったのではなかろうか。

ゆえに、将軍はそれを欲した。

そして、水神に仕える美しき乙女は、遠い山神からの賜《たまもの》を人の手から守ったのだ。

●頼朝と牛鬼

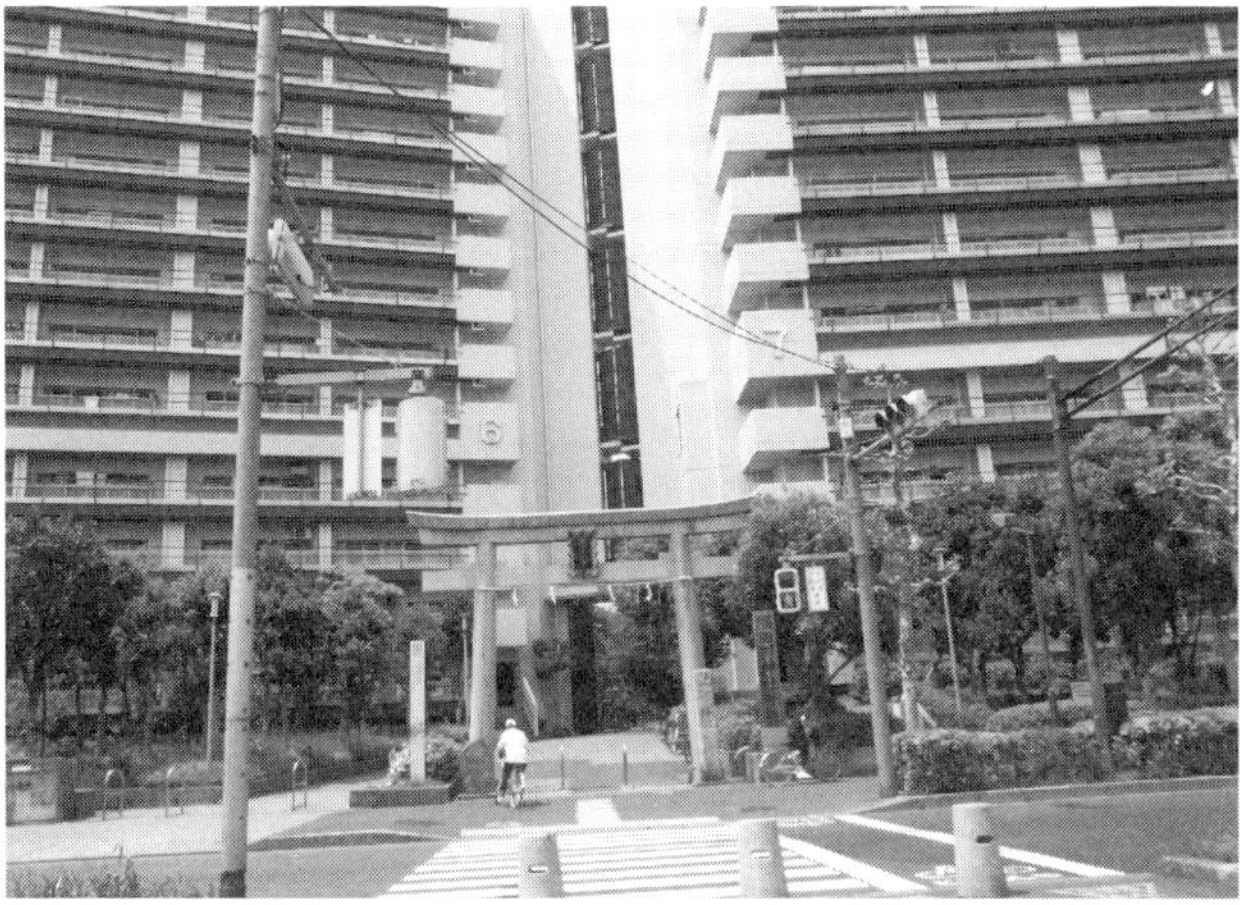

都営白鬚東団地と隅田川神社鳥居

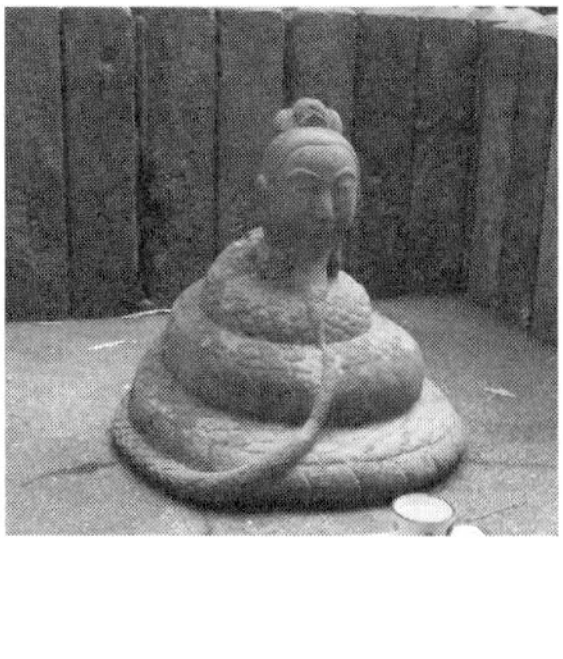

木母寺　宇賀神像

『濹東向島の道《ぼくとうむこうじまのみち》』によれば、多聞寺《たもんじ》の正面を通る細道は、墨田区《すみだく》内で一番古いとされる旧鎌倉街道《きゅうかまくらかいどう》「下の道《したのみち》」であるという。

途切れ途切れではあるものの、この道は今も残っていて、多聞寺・円徳寺《えんとくじ》・成林庵《じょうりんあん》・正福寺《しょうふくじ》門前を通って、白鬚橋《しらひげばし》周辺にまで至っている。

往時の鐘ヶ淵《かねがふち》は交通の要所でもあったのだ。

先に私は、故郷の記憶は「道」にあると記したが、それは自分や、自分の育った時代に限った話ではない。

江戸《えど》時代の道が残っていれば、江戸から明治《めいじ》、大正《たいしょう》、昭和《しょうわ》、平成《へいせい》と、それぞれの時代の人がその場に立って、昔を思い起こすよすがにできる。

もちろん、江戸時代を知る人は現代にはもういないけれど、逆に、私達はその道の上を踏むことで、遠い時代の風景に思いを馳せることが叶うのだ。

何百年も昔の人と同じ道筋を歩くだなんて、変遷《へんせん》の多い東京では小さな感動を呼び起こす。

下の道は奥州《おうしゅう》征伐の際、源 頼朝《みなもとのよりとも》軍が通った所とされている。ちなみに下流の隅田川神社《すみだがわじんじゃ》は頼朝が祈願をしたとされる場所。この道沿いを頼朝軍が行軍したのは確からしい。

つまり、この周辺は鎌倉時代の武士達の姿をも偲べる場所なのだ。

江戸の面影も濃厚だ。先に数えた道沿いの寺院は、みな、江戸時代から同じ場所に建っている。

とはいえ、今は「下町」らしい、のんびりとした道筋だ。古《いにしえ》の名残というわけではなかろうが、年季の入った商店や民家が点在し、懐かしい気分が味わえる。

多聞寺から南にぶらぶら歩いて行くと、やがて正福寺に行き当たる。

ここには、ふたつほど面白い伝説がある。

ひとつは近年、明治の話だ。

今から四代前の住職・大塚伝雅《おおつかでんが》の頃、寺には三十匹近い猫がいた。

住職が大の猫好きだったのが理由だが、実はこの和尚、単なる猫好きではなくて、自在に猫語が操れて、「何月何日に、どこそこの婆さんが死ぬ」などと猫が言うのを聞き取った。そのため、この寺は「猫寺」と呼ばれるようになっていった——と。

死を予知する猫も、聞き取る住職も妖怪っぽい。非常に気になる話である。

残るもうひとつの話は、寺の入口に立つ「首塚地蔵《くびづかじぞう》」だ。

こちらの話は江戸時代、天保《てんぽう》の頃に遡る。

村人が近くを流れる隅田川で壁土を採《と》っていたとき、四斗樽《しとだる》が五個発見された。蓋を開くと、中にはなんと、ぎっしりと髑髏《しゃれこうべ》が詰まっていた。

当時の住職が引き取って、供養のために地蔵尊を祀ったところ、首から上の病に験《しるし》があるとの噂が広まり、人々は串団子を供えて拝んだ。

串団子って、あぁた、つまりは串刺しの首……。

超常的な怪異はないが、四斗樽五個分の髑髏というだけで、充分、私は気味悪い。誰がそれだけの首を集めて、川の中に投棄したのか。

頼朝軍の戦勝首か、歴史に埋もれた事件があったのか。私が参拝したときに串団子はなかったけれど、猫の噂同様、相当、気になるお地蔵様なのは間違いない。


「下の道」の近くには、隅田川神社、木母寺《もくぼじ》、牛島神社《うしじまじんじゃ》という古刹《こさつ》も揃っている。

三つの社寺はそれぞれに著名な伝説を抱えるが、残念ながら、震災と戦後の復興整備によって、すべて場所が移動している。

隅田川神社は水神社《すいじんしゃ》とも呼ばれ、周囲は水神森《すいじんもり》というゆかしい名の景勝地だった。

神社の名前は明治時代に「隅田川神社」と変わったが、「水神森」の名は残ったため、昭和一桁世代の中には、今でもここを水神社という名称で呼ぶ人がいる。

また、この神社を対岸から窺うと、社地が浮島のように見えたので、浮島神社《うきしまじんじゃ》とも称されたとか。実際、川の際にありながら、どんな洪水でも、この社地が沈んだことはないという。

名前のとおり、ここの神社は隅田川一帯の総鎮守《そうちんじゅ》。決して規模は大きくないが、治水を司《つかさど》る重要な社《やしろ》だ。

この辺りは旧鎌倉街道にも近く、平安《へいあん》時代に遡る古い渡し場もあった。相当、便が良かったらしく、天徳《てんとく》年間(九五七～九六〇)には人家が増加し、「隅田千軒宿《すみだせんげんじゅく》」と称された。

「下の道」を通った頼朝軍も、隅田川神社に立ち寄っている。

伝説によると、三万人の軍勢はこの地で暴風雨に遭って立ち往生。しかし、隅田川神社の神に祈ると、たちまち風雨が収まって、無事、対岸に渡ることが叶った、とある。

のちの建久《けんきゅう》年間（一一九〇〜九九）、頼朝は社殿を造営すると共に、神社から三十間《けん》南に橋を架けた。このとき、水神様が車輪ほどもある大亀に乗って顕《あらわ》れたので、人々は奇瑞《きずい》に喜んで、橋を「頼朝橋《よりともばし》」と呼んだと伝わる。

この橋はいつしかなくなったが、江戸城《えどじょう》を造った太田道灌《おおたどうかん》も同じ地点に橋を架けている。そのときにも水神様が顕れたという話はないが、橋は今度は「道灌橋《どうかんばし》」と呼ばれるようになったらしい。

亀に乗って現れた水神様の伝説に因《ちな》んで、神社には今、耳のある亀の石像が置かれている。耳のある亀は、ただの亀ではなく、「贔屓《ひき》」と呼ばれる中国伝来の聖獣だ。贔屓は龍生九子《りゅうせいきゅうし》、即ち龍が生んだ九匹の子供のうちの一匹だ。

とはいえ、この石亀は、甲羅に毛も生えている。この手の亀は蓑亀《みのがめ》といい、長寿を表す吉祥文様、縁起物になっている。

隅田川神社の石亀が、贔屓なのか蓑亀なのかは知らないが……日本の古い絵画では、亀には耳もあるし、毛も生えている。

多分、石工《いしく》や画工達は「カッコイイ」を追求した結果、この形を選んだのだろう。

江戸時代と今を比べると、隅田川神社は数百メートルほどしか移動していない。しかし、周囲の景観は大きく変わった。

隅田堤《すみだづつみ》通りに沿って、「人が住む壁」とも言われる都営白鬚東団地《とえいしらひげひがしだんち》が建ったからだ。

初めてこの団地を見た人は、皆、少なからず驚くものだ。

何せ十三階建てが十八棟、南北一・二キロメートルに亘って延々聳《そび》えているのである。まさに壁。人が住む壁、要塞《ようさい》だ。

昭和四十七年（一九七二）、この巨大団地群は都の防災拠点として構想・着工された。

きっかけは関東大震災《かんとうだいしんさい》だ。震災のとき、両国《りょうごく》にあった陸軍被服廠《ひふくしょう》跡に避難した人々は、全員が火災旋風に襲われて亡くなってしまった。

しかし戦後になっても、墨田区の川沿いには木造家屋と小さな工場が密集し、かつまた地盤も軟弱だった。そのため再び震災が起こったら、同じように甚大《じんだい》な被害が出るおそれがあった。

それを防ごうとして建てられたのが、都営白鬚東団地だ。

この団地の仕掛けはまさに、世界に類を見ないものだ。

まず、各棟の間に上から下まで、ずらりと鉄扉《てつび》が取り付けられた。これは震災などによる火災発生時に防火扉として機能する。また、墨堤《ぼくてい》通り側のバルコニーには防火シャッターが降りるようになっていて、開口部から吹き込む熱風や火の粉を防御する。つまり、団地自体が一枚の防火壁となっているのだ。

その他、監視塔や、建物が熱風を感知したとき、屋上から水を流して冷却するための巨大タンク、万が一火だるまになってしまった人に水をかける放水銃など、火災を想定したありとあらゆる装備が備わっている。

そんな団地の内側には、なんと十万人の都民が避難できる十ヘクタール近い広場がある。そして、地下には連絡通路、発電設備や非常用水槽。十万人の都民のための飲料水一週間分、食料、毛布、薬品などが備蓄されているという。

この素晴らしい設備ゆえ、白鬚東団地は「下町の城郭都市《じょうかくとし》」と称された。

そして、ここに住む人は、いざというときは自分達が十万人の命を守るのだ、という気概を持って暮らしていると聞いている。

うん。記しているだけで、わくわくするほど素敵な団地だ。

しかし、木造住宅は徐々に消え、地区の不燃化が進んだことで、平成十五年（二〇〇三）、東京都は放水銃や建物の冷却設備などの維持管理をやめてしまった。

団地自体、既に築三十年を超えているため、設備自体の老朽化もある。

だが、阪神淡路大震災《はんしんあわじだいしんさい》のときも東日本大震災《ひがしにほんだいしんさい》のときも大きな火災は起きたし、犠牲者も出た。災害への備えは、役に立たないことを幸いとして、続けていくべきではないのだろうか。

……まあ、このくらいにしておくが、ともかく、興味のある方は是非一度、ここを訪れてみてほしい。外観を眺め渡すだけでも、きっと興奮するはずだ。

この団地の隅田堤通り側、六号棟と七号棟の間には水神社即ち隅田川神社の鳥居が建つ。旧社地にも碑が建っている。

団地の建設により神社は風情をなくしたが、決して疎《おろそ》かにはされてない。団地が水神森に建ったのも、きっと因縁のあることだろう。

水の神は、即ち火伏《ひぶせ》の神だ。前述したとおり、東京大空襲《とうきょうだいくうしゅう》のときも、この一帯は燃え残り、近くの寺島《てらじま》に住んでいた漫画家・滝田《たきた》ゆうを救っている。

「隅田川一帯の総鎮守」という頼もしい神社の働きを、都営白鬚東団地は無骨ながらも具現化しているというわけだ。


すっかり隅田川神社と都営白鬚東団地に紙数を割《さ》いてしまったが、「下の道」メンバーである木母寺についても記しておこう。

木母寺は「もくぼじ」と読むのだが、言いづらいため、江戸っ子達は「もっぽじ」と呼んでいたらしい。

前にも記したが、ここは『怪談　乳房榎《ちぶさえのき》』で、磯貝浪江《いそがいなみえ》がおきせに懸想《けそう》した場所である。

木母寺で有名なのは、やはり、謡曲『隅田川』の題材になった話だろう。

――平安時代。京の都で人買いに攫《さら》われた梅若丸《うめわかまる》は、売られていく途中で病となり、川に捨てられて死んでしまう。それを哀れと思った人々は塚を築いて、梅若丸を供養した。

のち、子を捜《さが》してこの地へやってきた母親は、里人からその死を知らされて出家する。母は妙亀尼《みょうきに》と名を変えて対岸に庵《いおり》を結ぶが、結局は世を儚《はかな》んで、近くの池に身を投げてしまった……。

この梅若塚の傍らに建てられたのが、木母寺の前身・墨田院梅若寺《すみだいんうめわかでら》だ。

木母寺という名は、江戸時代に近衛信尹《このえのぶただ》が梅の字を「木」「母」と分け、寺号を改めたことから始まる。

のち、幕府の朱印地《しゅいんち》となり、家光《いえみつ》公の頃には幕府の別荘「隅田川御殿《すみだがわごてん》」も建てられた。また、対岸には幕府御用の「御前栽培《ごぜんさいばい》」の畑があった。

畑で採れたものは不明だが、広重の『名所江戸百景《めいしょえどひゃっけい》』にはズバリ「木母寺内川御前栽培《もくぼじうちかわおんせんざいばたけ》」という浮世絵がある。

画中、手前には料理屋が、奥の橋は、中洲状に張り出した御前栽培の畑に通じている。当時は浅草寺《せんそうじ》を参詣した後、舟で川を遡って、木母寺にお参りするのが人気のコースだったらしい。

江戸の人達にとっての木母寺は、伝説の地であると同時に、幕府が別荘を建てるほどの景勝地、そして農耕地であったということだ。

そののち、明治の廃仏毀釈《はいぶつきしゃく》で神社になったり、再び寺院に戻ったりしたのち、木母寺は都営白鬚東団地の建設によって、現在の場所に移転した。

移転先は江戸時代は川だったところで、梅若丸が投げ込まれた辺りとも推測できる場所である。

現在地には梅若塚もあるけれど、残念ながら、塚の下には、誰も眠っていないだろう。「梅若塚跡」の碑は、墨堤通りの榎本武揚《えのもとたけあき》像の奥に建っている。

ちなみに、梅若丸の母である妙亀尼の塚は、隅田川を挟んだ対岸・橋場《はしば》にあって、小さな公園の中にある。母は渡し舟に乗り、子の墓に詣でていたということか。

木母寺もまた、隅田川におわす水神に深い関わりを持つ場所だ。

その証拠というわけではないが、本堂の裏には滅多に見ないほど大きい、人頭蛇身の宇賀神《うがじん》様の石像がある。

宇賀神は福徳や財宝を司るとされ、水神・龍神とも言われる方だ。

なかなか迫力のある像なので、木母寺を訪ねた際には、母子の物語を偲ぶと共に参拝してみてはどうだろう。

社寺の場所は動いたが、幸いにして、「下の道」近辺は空襲を逃れた。

お陰で、古い民家や工場・蔵など、風情ある景色が残っている。

いずれも地方の文化財に比べれば、たわいないものであるけれど、それでも、そこに刻まれた時間は地元の人にとっては大切なものだ。

ただ、信仰は社寺についていくが、土地に根ざした伝説は、土地から離れた途端に精彩を失う。

梅若伝説も、頼朝と水神の邂逅《かいこう》も、今建つ社寺とは場所が違うし、風景も大きく異なっている。

ここの古を偲ぶには、旧蹟を示した碑の前に立ち、目一杯の想像力を働かせてみるほかはない。

隅田川東岸にはこのほかにも、七福神に数えられる長命寺《ちょうめいじ》・弘福寺《こうふくじ》・三囲神社《みめぐりじんじゃ》、そして牛島神社という古社《こしゃ》・古刹《こさつ》が揃っている。

幸い、七福神の三社寺は江戸より場所が動いてない。場所を大きく移しているのは、牛島神社のみである。

牛島神社のもともとは、弘福寺・長命寺と共に一区画を成し、川に沿って建っていた。今も弘福寺の裏手に回ると、細長い緑地の中に「牛嶋神社旧蹟《うしじまじんじゃきゅうせき》」碑がある。弘福寺の正式名称が「牛頭山弘福禅寺《ごずさんこうふくぜんじ》」ということからも、ふたつの社寺が深い縁《えにし》で結ばれていることがわかるだろう。

牛島神社の旧蹟はわざわざ寄る人もないために、手入れも疎《おろそ》かな感じだが、神社は本所《ほんじょ》の総鎮守だ。旧社地から土手に上がると、今でも大きな石造りの常夜灯が残っている。基壇には、料亭二十九軒、個人名五十を超える奉納者の名が刻まれている。

当時一流の料亭であった八百松《やおまつ》や植半《うえはん》、長命寺《ちょうめいじ》の桜《さくら》もちと事問団子《ことといだんご》店主の名、対岸の駒形《こまかた》どぜうなど、錚々《そうそう》たる面々だ。

この常夜灯の通称は「牛の御前《ごぜん》の常夜灯」で、花見客の目印にもなっていた。往時、牛島神社は巷では「牛御前社《うしごぜんしゃ》」と称されていたのだ。

が、ここにも、暴風雨に立ち往生した頼朝が祈りの末、対岸に渡れたという伝説がある。頼朝は何度も、隅田川を行ったり来たりして、そのたび、嵐に遭っていたのか……。

それはともかく、牛島神社の名称由来は、正式に伝わるところによると、須佐之男命《すさのおのみこと》と牛頭天王《ごずてんのう》にある。

しかし、一方、この界隈には牛に因《ちな》んだ奇妙な話が残っている。

「建長年中浅草川より牛鬼のごとき異形のもの飛出し、嶼中を走せめくり当社に飛入忽然として行方を知らず。時に社壇に一つの玉を落せり。今社寶牛玉是なりと」（『新編武蔵風土記稿《しんぺんむさしふどきこう》』）つまり、浅草川《あさくさがわ》（隅田川）から牛鬼《ぎゅうき》が出て、牛島神社に至り、牛玉《ごおう》という社宝を残したというのだ。

筆者はこれを作り話だろうと記しているが、一説によると、この牛鬼は鬼退治で有名な源頼光《みなもとのよりみつ》の妹であったらしい。

――牛に似た姿に生まれた牛御前《うしごぜん》は、父満仲《みつなか》に疎《うと》まれて殺されるべきところを女官に救われ、山中密かに育てられる。しかし、生存を知った父は、頼光に牛御前を討つよう命じる。それを知った牛御前は関東に下って抗戦し、頼光軍との激闘の末、隅田川に身を投げて、身の丈十丈の牛鬼へと変身。頼光軍を全滅させた。

そのとき、残した玉が『新編武蔵風土記稿』に出てきた牛玉であるといった話だ。

これは『丑御前伝説《うしごぜんでんせつ》』という浄瑠璃本《じょうるりぼん》に残る話だが、『吾妻鏡《あづまかがみ》』では、建長《けんちょう》三年（一二五一）武蔵国《むさしのこく》浅草寺に牛のような妖怪が現れて、寺の中に入り込み、食堂《じきどう》に集まっていた僧五十人のうち二十四人が毒気にあてられ、更に七人は即死したとある。

真実はどうであれ、庶民はどうも、この界隈に牛鬼の影を見ていたようだ。

牛御前という名称が、想像を喚起《かんき》するのだろうか。

しかし、よく考えると、この『丑御前伝説』は、子殺しを企てた父がその兄弟に殺害を命じるという、凄まじい話になっている。

まあ、史実でも、頼朝は弟義経《よしつね》の殺害を企て、公暁《くぎょう》は義父実朝《さねとも》を殺し、と、親族殺しは源氏のお家芸みたいなものだ。今更、驚きはしない。昔の人も知っていただろう。

だから、もしかすると、この伝説は頼朝と祖先を同じくする頼光にかこつけ、弟を追討した兄のことを語っているのではないかと思う。

今更、記すまでもなく、義経の幼名は牛若丸《うしわかまる》。頼朝が隅田川を渡った理由は、奥州征伐《おうしゅうせいばつ》――牛若丸を匿《かくま》った奥州平泉《ひらいずみ》に攻め入るためだ。

義経は直接、頼朝が手を掛けたというわけではないが、江戸の人は判官贔屓《はんがん》だったので、頼光即ち頼朝軍は牛鬼によって壊滅し、牛御前即ち牛若丸は宝玉を残すというストーリーを作り出したのかもしれない。

隅田川を渡るたび、川が荒れ狂う伝説も、本当は水神の加護どころか、頼朝は水神にも嫌われたのだということを言いたかったのではなかろうか。

「牛嶋神社旧蹟」碑の立つ空き地にひとりで佇むと、そんな想像が湧くと同時に、父に疎まれ、兄に殺される牛御前に哀れを感じてしまうのだ。

牛島神社は現在、旧水戸藩下屋敷《みとはんしもやしき》のあった向島一丁目に遷座《せんざ》している。

遷座理由はやはり災害……関東大震災によって社殿が燃えてしまったことと、そののちの帝都復興計画で、隅田公園《すみだこうえん》ができたためだ。

明治神宮《めいじじんぐう》などと比べれば、神社の規模はかなり小さい。が、さすがは本所の総鎮守というだけはある。

五年に一度の大祭では、見事な黒牛に曳《ひ》かれた鳳輦《ほうれん》が町を巡り、各町会から五十一基もの神輿が出て、朝から晩まで引きも切らずに神社に続々と宮入りする。

各町揃いの法被《はっぴ》や浴衣はそれぞれの粋を競い合い、町会のオジサン達の着流しはうっとりするほど格好よく、女神輿の担ぎ手は鉢巻きの角度すらキリッといなせだ。

祭りはハレの場所なので、当然、人は昂揚《こうよう》する。

前回の大祭（二〇一四年）では、神社の脇道に入り込んできたパトカーを、氏子の人達が押し戻すという騒ぎがあった。

「危ない！」「邪魔だ！」「下がらせろ！」

怒声と共に、男達がパトカーに立ち塞がる様は、普通では絶対、見られまい。素直に笑ってバックするパトカーもまた、格好よかった。

夕近くには、向島の芸者衆が手古舞《てこまい》を奉納しにやってくる。白塗りに紅を差しつつも、男髷《おとこまげ》に男衣装。白地の吉原繋《よしわらつな》ぎの着物を着、三桝格子《みますこうし》のたっつけ袴《ばかま》に草鞋《ぞうり》履き。肩より豆絞《まめしぼ》りの手拭いを下げて背《せな》には花笠、手には深紅《しんく》の弓張提灯《ゆみはりぢょうちん》を提げている。そうして、奉納後に片袖脱げば、総刺繍を施した緋縮緬《ひぢりめん》の中着が覗く。

女の私でも、その艶やかさ、美しさにはゾクッとする。

そののちも神輿は宮入りし、暮れてからは、火の入った提灯が、神輿にぐるっと下げられる。幻想的なその風景はまた格別で、のぼせて後を追った私は、すっかり道に迷ってしまった。

ここまで〝江戸〟らしい祭礼は、都内でもあまり残っていない。

墨東では、ここと、ここより規模の大きい、江東区富岡八幡宮《こうとうくとみおかはちまんぐう》の祭りくらいか。富岡八幡宮の神輿の総数は、百二十数基にも上る。別名、水掛《みずか》け祭《まつり》とも呼ばれ、勇壮な神輿とその担ぎ手に、水を掛ける様子が名物だ。

富岡八幡宮の祭礼は江戸三大祭りのひとつでもあり、本来、祭りを語るなら、こちらのほうが相応《ふさわ》しかろう。

だが、牛島神社の祭りには、個人的な思い入れがある。牛島様は不肖私の産土神《うぶすながみ》様であるからだ。お腹の中に私がいたとき、丁度、大祭に当たっていたため、母は祭りに出掛けていった。母曰《いわ》く、そのせいで、私はお祭り好きになったのだとか。

本当かどうかは知らないが、確かに私はお祭り好きで、特に東京の神輿を見ると、どんなときでもテンションが上がる。

ただ、最近のお祭りは規模の大きなものほど、警察の警備はうるさいわ、担ぎ手達はだらしないわで楽しくない。

神輿の担ぎ方からして、数十年前と今では違う。

すべてがそうとは言わないが、墨東の神輿の大概は、担ぐときは上下に揺らした。

神輿の上には羽を広げた鳳凰《ほうおう》が載る。ゆえに神輿が上下に揺れれば、鳳凰は羽ばたくごとくに動く。そして、鈴の音もシャンシャン揃う。

なのに、最近は横に揺らすから、飾り物も乱れて見える。挙げ句、重心の崩れた神輿が潰れるなどという、みっともないことが起きるのだ。

担ぎ方が変わった原因のひとつには、掛け声の変化があるとされている。

東京の神輿の掛け声は、ほとんどが「わっしょい」だった。「わ」で、腰と神輿を沈め、「しょい」でぐっと上げるのだ。

幸い、富岡八幡宮ではいまだ、きちんと「わっしょい」を守り、神輿を上下に揺さぶる。が、多くは一時期の担ぎ手不足で、地方から人を集めたために、(どこの方言かは知らないが)「セイヤ」「ソイヤ」に変わってしまった。

これだとテンポが速くなるし、腰が落ちない。神輿の動きが汚くなる。

もっとも、「わっしょい」の担ぎ方は、下半身を鍛えていないとかなり辛い。肉体労働が減り、重心が上がった現代人の体では、昔風の方法では担ぎきれないのかもしれない。

富岡八幡宮のみならず、「わっしょい」とやってきた御神輿に、沿道の人は水を掛けた。すると、熱した男衆の体から、もうもうと白い湯気が立つ。夏祭りの醍醐味《だいごみ》だ。

祭りついでに、もう少し語ると、昔は喧嘩神輿《けんかみこし》というものも存在したと聞いている。生憎《あいにく》、私は記憶にないが、親の世代は憶えている。

喧嘩神輿は神輿が傷《いた》まないように、お飾りから担ぎ棒まで、すべてを白い晒《さらし》で巻いてある。つまり、最初から支度をした「喧嘩上等」の神輿なわけだ。

そんな神輿が別の町の喧嘩神輿を見つけると、あっという間に距離を詰め、神輿をぶつけ合う乱闘になる。

本来は、どちらの町の神様が強いかを競うものだったという話だが、担ぎ手達は単純に暴れたいだけだったに違いない。

負けた神輿は近くの川にぶっ込まれてしまったというから、凄まじい。

……すいません。

親の言うとおりのお祭り好きなので、ついつい熱くなってしまった。まだまだ語り足りないが、あまりに話がずれたようだ。

一旦、ここらで収めよう。

火の記憶

言問橋

戦中の不発弾

終戦五十周年を記念して日地出版《ニッチしゅっぱん》が復刻した地図に、『昭和《しょうわ》二十年発行《ねんはっこう》「大東京戦災焼失地図《だいとうきょうせんさいしょうしっちず》」』というものがある。

それを眺めると、東京二十三区内は、焼失を示す赤色でほぼ塗り潰されている。特に東部は真っ赤っ赤だ。

まったく酷い有様だが、東京《とうきょう》の中でも墨東《ぼくとう》地域の空襲は凄まじかった。

地図を見ると、よくわかる。荒川《あらかわ》と隅田川《すみだがわ》が分岐する旧綾瀬川《きゅうあやせがわ》から石川島《いしかわじま》辺りまで——ふたつの川が三角形を作る地帯で、辛くも焼け残ったのは、三角形の頂点近くと川に沿った一帯のみだ。

即ち、荒川沿いは堀切《ほりきり》から四《よ》つ木橋《ぎばし》の少し下流。それと、荒川縁の墨田《すみだ》四丁目と八広《やひろ》六丁目の北側、平《ひら》井《い》七丁目の旧中川《きゅうなかがわ》の内側、ゆりの木橋《きばし》近辺から荒川に沿って、小松川橋《こまつがわばし》まで。また、船堀橋《ふなぼりばし》から海までの川沿い。

隅田川は、今の東白鬚公園《ひがししらひげこうえん》から川沿いに言問橋《ことといばし》までの隅田公園《すみだこうえん》。また戻って、白鬚橋《しらひげばし》から明《めい》治《じ》通り、京島《きょうじま》一〜三丁目。東向島《ひがしむこうじま》一丁目、三丁目の一部と玉《たま》ノ井《い》。蔵前橋《くらまえばし》、東京都慰霊堂《とうきょうといれいどう》の辺りが少し。あとは永代橋《えいたいばし》東、佐賀《さが》一丁目。三角地域の上流、千住《せんじゅ》辺りが焼け残っている。

こう記すと、結構残っているようにも思えるが、それぞれは小さな点に過ぎない。

隅田川を越えて皇居《こうきょ》に寄ると、焼失を免れた土地は増えるし、地域自体も広くなる。

上野《うえの》の山一帯、谷中《やなか》、根津《ねづ》、千駄木《せんだぎ》、本郷《ほんごう》界隈から小石川《こいしかわ》、御茶ノ水《おちゃのみず》の駿河台《するがだい》一丁目一部、二丁目（すべて旧淡路町《きゅうあわじちょう》）、現在の淡路町。小川町《おがわまち》の一部。日本橋本町《にほんばしほんちょう》三丁目から箱崎町《はこざきちょう》界隈、新富町《しんとみちょう》、入船町《いりふねちょう》、明石町《あかしちょう》も残る。

東京駅は皇居寄りの丸《まる》の内《うち》が残り、日比谷公園《ひびやこうえん》も焼け残った。

そこから西に行くとまた、大きな庭園と墓地以外は焼け野原となってしまうのだが……。

B29による本格的な空襲が始まったのは、昭和十九年（一九四四）十一月二十四日だ。

翌二十年の三月十日、東京東部への大空襲があり、たった一日で罹災《りさい》世帯は三十七万二千百八世帯に及び、城東《じょうとう》地区は壊滅した。

そののちも、四月十三日、十五日、五月二十四日、二十五日と空襲は続く。

五月二十五日の空襲も酷く、本郷、小石川から中野《なかの》までが爆撃を受け、十五万四千五百七十二世帯が罹災した。

結局、すべての空襲で、東京だけで死者は十一万五千人以上。負傷者十五万人以上。被災家屋は約八十五万戸にまで及んだ。

親から聞いた話に依ると、米軍は川筋を目印に焼夷弾《しょういだん》を落としたという。灯火管制下の夜間でも、川の水は微かに光る。彼らはそこから地形を読み取り、多くの一般人を殺害したのだ。

——なぜ。

隅田川と荒川に挟まれた一帯を、なぜここまで徹底的に焼き尽くさねばならなかったのか。

空襲について調べていると、泣きたくなるほど腹が立つ。

当時、この地に残っていたのは女性と子供、老人を主とした弱者ばかりだ。アメリカは一体、どんな理由で彼らを殺さねばならなかったのか。襟首を摑んで糺《ただ》してみたい。

隅田川に架かる言問橋には、今でも空襲の痕《あと》が残っている。

三月十日、焼夷弾から逃れるために、多くの人が言問橋を渡ろうとした。だが、川の両側から人が押し寄せたため、人々は橋の上で身動きが取れなくなってしまった。

そこに焼夷弾が落とされた。また、火災旋風が襲いかかった。

堪えきれなくなった人達は次々と橋から身を躍らせて、隅田川に落ちていった。

三月とはいえ、この日の東京は氷が張るほど寒かった。空襲の後、隅田川は溺死体と凍死体に満ち、橋の上には、踏まずには渡れないほどの焼死体が横たわっていたという。

言問橋は平成《へいせい》四年（一九九二）に改修されたが、親柱の一部は未改修のため、現在も亡くなった人々の血や脂《あぶら》が焼き付いたままで残っている。

この橋は関東大震災《かんとうだいしんさい》の復興によって架けられたものだ。

大震災のときも、墨東は火に包まれた。辛いその記憶から立ち直るためのシンボルで、多くの人がまた亡くなった。

今、私の手許には『わが子《こ》に語《かた》る過去現在《かこげんざい》――三吾会文集《さんごかいぶんしゅう》』という冊子がある。

発行は一九八三年八月となっているが、これは向島《むこうじま》・第三吾嬬國民学校《だいさんあづまこくみんがっこう》を昭和十七年（一九四二）三月に卒業した方々が、当時の記憶を綴ったものだ。

その中、一組に在籍していた黒澤義夫《くろさわよしお》さんの文章を、ご遺族の許可を得て、ここに抜粋掲載したい。

引用としては長いものだが、一般には読むことのできない手記なので、敢えて紙数を割《さ》きたいと思う。

当時、十五歳だった黒澤氏が体験した空襲だ。

「大空襲のとき、私は」

——（前略）昭和二十年三月九日、北風の強い寒い夜だった。当時の東京は、今と違がって非常に寒く防火用水桶には、いつでも十四、五センチの氷が張っていた。いつ空襲があるかわからないので、ズボンにゲートルを巻き、すぐに飛びだせる様にして寝ていた。二十二時三十分警戒警報のサイレンがなった。この頃は警報発令も度々なので、サイレンなれし、空襲警報に変るまでは寒さも寒いので、寝ているようにしていた。零時を少し過ぎた頃、空襲警報に変った。「義夫、起きてこい」と言う親父のどなり声で、あわてて表に飛び出していった。すでに深川方向は真赤な空になっていた。頭の上を聞きなれたB29の爆音が、腹の底をゆさぶるようにして通り過ぎていった。風はますます強くなり、突風となった。火が風を呼ぶのだろう。気がついた時は、東西南北に火の手があがり、火の輪の中にいる様な状態になってしまった。闇であるべき空は、炎に照らされ赤く染まっている。その中を、空の要塞と言われたB29の巨体が、炎に照りかえされ、真赤になり、大きな口をあけ、屋根すれすれに十機、二十機と爆音をひびかせて飛んで行った。その様は、悪魔と言うべき赤い怪鳥であった。

火は、我が家に近づいていた。あづま亭の方はすでに、炎でうずまいている。寒い夜はいつか熱い夜に変った。寒風は、熱風に変った。火の粉は赤い吹雪となって、たたきつけてきた。子供などは、立っていられない程の火事嵐となっていた。みんな避難したのだろう。すでに町内には人影はない。道路も道も、炎の反射で赤くなっていた。

当時、親父は隣組の防空班長をしていた故か、最後までとどまっていた。今にして思えば、馬鹿みたいな話だ。木造家屋も油と同じ様に、爆発的に燃えるのを見たのは、この時であった。火の粉にまじり、頭の大きさ程の火のかたまりが、前の家の板壁にたたきつけるように喰いついた。二つ、三つ、四つと、瞬時にして、板壁は一面、火の壁となる。と同時に、ポンと言う音と共に、家中に炎が舞った。もはや、これまでと、親父ともども、炎に吹き飛ばされるように、赤い池となっている金魚池づたいに、路地を転がるようにして、焼け残っている四丁目へ逃げこんだ。前の家ばかりか、隣の家まで火の手が来ていたのだから、今一歩、遅ければ、命はなかったのではないかと思う。四丁目側は、避難してきた人達と荷物で、身動きも出来ない状態であった。この時、○○君一家と遇った。その時、○○ちゃんが「黒ちゃん、ひどいよ、やっと持ち出した荷物、とられちゃったよ」といったのを、いつまでも忘れられなかった。そして、この時より数年、別れ別れになってしまった。三吾会の皆様とも、私の親子二人が別れ別れになる始りであった。

煙りと火の粉とで、目が痛く、四丁目側へ逃げこんでも、助かったという気持にはなれなかった。明治通りから向側、左右、見渡す限り火の海になって、ゴーというううなり音と共に、炎は渦巻き、大波の様にうねっていたのだから。もし、あの炎がこっちへ来たら、どこへ、どうやって逃げたらよいのか、そればかり考えていた。

工場の油入りドラム缶が、発火点に達したのか、ごう音と共に、火柱が上がり、ドラム缶が、豆粉の様に、高く小さくなって飛んでいくのを見たのも、この時だった。

熱いはずなのに、背筋が寒く、ともかく、早く夜が明けてくれと思った。夜さえ明ければ、なんとかなる。なんとか助かると思いながら、炎の海を見つめていた。どの位の時が過ぎたのだろう。幸い四丁目側には、炎は移らず、燃えるものは燃えつくしたのだろう。やがて、待っていた朝がきた。しかし、空は煙と灰で、うす墨を流した様に暗い。その中を橙色の太陽が昇ってきた。

それから二日後、煙と火で痛んだ目も、多少良くなったので、避難先の船橋の伯母の家から、焼け跡の向島へ戻ってみた。まず、我が家の焼け跡に行ってみた。まったくの焼野原だ。使いなれたナベ、カマ、瀬戸物などいっさい、形が変り、使用にたえるものは何もなかった。すさまじい火力であったのだろう。防火用水桶の水が、底に焦げつくようにかすかに残っていた。人影もない焼け跡に、一人の老人が近づいてきた。よく見ないとわからない程、顔相が変ってしまった本所に住んでいる大家さんだった。話によると、向島はまだいいよ、焼け残った所があるのだから。本所は、地獄だよ、私の家は、孫、嫁、ばあさん、みんなが死んでしまったよ、とのこと。よくようのない声が、いつまでも、忘れられなかった。ちなみに、この人の息子は外地へ出征中で、どこにいるかもわからず、この時、戦災孤児が多くできたが、戦災孤老も、かなりあったのではないだろうか。

大家さんと会ったことで、本所、江東、そして当時通学していた深川千田町の化工まで焼け跡をみながら、歩くことにした。焼け残った西四丁目を通り抜け、押上へ、さらに本所へと歩いていった。そして、この世の事と思われない地獄をみる事になった。

街路樹の枝は燃え落ち、立っているのは、黒焦げになった幹ばかり、見渡す限り焼野原、東京の四割という下町は、黒焦げの絨緞になってしまった。そして、歩道上には死体の山が、幾つも幾つも出来ていた。種々のポーズをしたマネキン人形を黒焼きにした様なものだ。これが数日前まで活動していた下町の人々とは、信じられない。左右に積まれた黒焦げの死体の山を見ながら、やがて錦糸公園に出た。ここでみたものは、凄惨苛烈というか、鬼気せまるもので、とても正視にたえるものではなかった。二十米はあろうかと思われる大きな穴が無数に掘られ、大型トラックで運ばれてきた黒焦げの死体を、どんどんとほうり込んでいる。手、足のないものもあれば、頭のないものもある。無惨さを訴える様に、歯の白さだけが異様であった。すでに、何千体かの犠牲者を埋めたのだろう。小山の様な土饅頭が幾つも並んでいた。記録によると、錦糸公園に埋葬された遺体は、一万三千体になるという。公園、及び空地という空地は、急造墓地になってしまったのだ。わずか、二時間半たらずの空襲で、九万人からの人々が、犠牲になってしまったのだから。

　はき気のとまりそうもない公園を後にして、深川方面へ歩いていった。本所あたりと変わらない惨状がつづいていた。途中、猿江恩賜公園でも、錦糸公園と同様な犠牲者の死体処理がおこなわれていた。

　廃墟と変りはてた街々をみながら、いつしか木場まできてしまった。ここでみたものは、悲惨というか、涙なしでは語れぬ情景である。木場は、木材を運ぶためか運河の多い所だ。場所は正確に思いだせないが、ある運河の橋にさしかかった。河の中は、びっしりと死体で埋っていた。水死体のせいか、きれいな遺体であった。それだけに、なおさらあわれであった。赤子を背おった若い母親、少女、老人、おびただしい数の人たちが、冷たい水の中に沈んでいる。一人を引き上げると、すうと後から後から浮き上ってくる。折り重なる様に、水底までたっしているのだろうかと思えた。

　水に入れば、炎からのがれられると思ったか、それとも、橋をはさむようにして、避難者の人波におされて落ちたのか。いずれにしても、助かるわけがなかったと思う。水に浮いている一メートルはあると思われる巨木が、水に接している部分のみ残し、上半分と内部は燃えてしまって、炎によるくり木舟になってしまっていたのだから。強烈な炎と熱風とが、水面を走ったのだろう。冷たい水による凍死、溺死よりも、酸欠による窒息死がほとんどではないかと思う。

戦争とは何か、も判らない多数の少女の遺体を見つめながら、戦争とは何と残酷、悲惨なものかと思った。いつしか、日は西に傾き、寒さが身にしみてきた。ふるえの止まらぬ体を折り曲げ、いつまでも、水の中をみつめていた。

ここに記された四丁目とは、吾嬬西四丁目《あづまにし》。今の墨田区京島《きょうじま》辺りだ。

また、文中「〇〇」とある箇所は、私が伏せさせてもらったものだ。

実はここには我が家の姓が記されている。即ち「〇〇君一家」の中には、父も祖父母も入っているのだ。

伯父達は盗まれたという荷物と別に、家の前を流れるどぶ川に仕事道具を沈めて逃げた。しかし、細い川の水はすべて炎で蒸発し、戻ってきたとき、工具類はひとつも残ってなかったと聞いた。

幸い、父達は黒澤さん父子同様、四丁目側に逃げて助かった。

『大東京戦災焼失地図』で確認すると、そこだけが白く抜けていて、今更ながら、ホッとする。しかも、なんと、この地域には母の暮らす家があり、そのために母達もまた、奇跡的に生き延びたのだ。

母は語る。

「逃げようと思ったときはもう、四方どこを見渡しても真っ赤に燃えていて、逃げられなかった。仕方ないから家にいたら、家の周りだけが焼け残ったのよ」

なんとも呑気な話だが、あのとき家を離れていたら母は死んでいたかもしれない。

実際、道一本隔てた土地は焼け、当時、そこに住んでいた漫画家の滝田《たきた》ゆうは逃げて、逃げて、水神森《すいじんもり》まで逃げて漸《ようや》く助かっている。

しかし、四丁目に逃げて助かった少年と、そこに残って助かった少女が、のちに夫婦になるのであるから、運命とは不思議なものだ。

家を失ってしまったため、父の家族は一旦東京を離れたが、母達はそのまま、そこで暮らした。

当然、食べ物は何もない。だが、東京の人達は逞《たくま》しかった。

空襲のあと、母達は酒屋の燃え跡を掘り返し、芋類や酒、砂糖などを持ってきた。売り物にはならないのだから、窃盗《せっとう》ということにはならない。いや、たとえ泥棒だったとしても、生きるか死ぬかの瀬戸際で、構っていられるものではない。

酒屋に残っていた砂糖は、外の木箱が焼けてなくなり、中が固まって残っていた。代用品かどうかは知らないが、砂糖は上白糖ではなく、グリコーゲンというブドウ糖だった。

それを四角く切り分けて持ち、子供達は郊外の農家に行って食べ物に換えた。

また、燃えた資生堂《しせいどう》の工場からは、どぶ川伝いに廃棄物が流れてきた。これを網で掬い取り、土を入れて煮詰めると、上澄みがいい石鹸になった。

当時、配給の石鹸は魚油だったため、泡もろくに立たない代物だった。ゆえに、これもまた、買い出しの助けになった。

作った砂糖や石鹸を持って農家に行くと、くずジャガイモを売ってくれた。タダでくれたわけではない。優先的に買えたというだけだ。

空襲を逃れた農村部の人達は、決して被災者に優しくなかった。そのため、親達はいまだに「百姓は意地悪だ」と言って憚《はばか》らない。

焼けた土地で集めたガラスや釘は、売るとそこそこのお金になった。

叔父は京島から月島《つきしま》まで歩いて、様々なものを拾い集めた。道の両側はどこまで行っても死体ばかりだったという。

死者はすべて真っ黒で、立ったまま亡くなった人の姿は、一見、燃えて炭化した木と見分けがつかなかった。叔母はそれらを死人と知らず、叔父と一緒に歩いたが、叔父が指摘した瞬間、震えて動けなくなったと聞いた。

母はいまだに、自分は死体をイッコも見なかったと言っている。立ち木と間違えるような亡骸《なきがら》は、子供の目にはそうと映らなかったのか、あるいは惨状に耐えきれず、母は記憶に蓋をしたのかもしれない。

焼けた自転車を見つけるたびに、叔父は使える部品を集めて、やがて自分で自転車を作った。それから、後ろにドラム缶を積んで、運搬車として利用した。

また、父達は戦後、疎開先から戻ったのちに、廃材から下駄を作って、道端で売って稼いだという。

空襲から暫《しばら》くの間、親達はそうやって命を繋いだ。悲惨なことは確かだが、その逞しさには舌を巻く。

実際、法を遵守《じゅんしゅ》して、配給食糧のみに頼った山口良忠《やまぐちよしただ》という裁判官は、栄養失調で死亡している。国や他人を当てにしていたら、餓死する以外なかったのだ。

こんな話を聞いていたから、『火垂《ほた》るの墓《はか》』をテレビで観たとき、私はまったく泣けなかった。なんの策も講じぬままに、餓死していった兄妹は間抜けにしか思えなかったのだ。

但し、今、私が同じ状況に置かれたら、生き延びられる自信はない。色々な話を聞くにつけ、欲目でも僻目《ひがめ》でもなく、当時の人達のほうが、今の私達の数十倍、生きる力を持っていたのだ。

父のいた地区は灰燼《かいじん》に帰《き》したが、母の家の近辺はスカイツリーがらみの再開発が行われるまで、戦前をそのまま残していた。

車も入れないその一画は、平成に入っても土のままの道があり、小さな広場には、手押しポンプの井戸があった。

戦前の東京というよりは、江戸の長屋の一角に似て、長じるにつけ、私はつつましいその雰囲気をとても愛しく感じていた。

実際、そこには長屋があった。

「いろは長屋《ながや》」と呼ばれたそれは、関東大震災の罹災者達を受け容れた――今でいう復興住宅で、建築当時はいろは四十八文字と同数の部屋が棟割りで並んでいたという。

叔父から聞いたところによると、長屋は横長の二棟が並んで、間取りは四畳半一間。玄関には、四十八文字を記した木札が掛かっていたという。

私が物心ついたときには、既にほとんどなくなっていたが、それでも昭和末まで数棟があり、ちゃんと人が住んでいた。

井戸があったのは長屋の前で、側には共同の洗濯場と丸木の竿台が立っていた。竹の物干し竿が二、三本、架かっていたのを記憶している。

そこから抜け裏になっている路地は、江戸時代そのままの形を残す。

路地を東武線《とうぶせん》のほうに進んだ角には、自然石で作られた馬頭観音《ばとうかんのん》の碑があった。ゆえに、ここを「馬頭観音《ばとうかんのん》通り」だと記した一文も見かけたが、そんな大層なものではない。

馬頭観音の碑自体は、明治《めいじ》三十八年の建立らしいが、碑が建った理由は伝わっていない。

母の話では、戦前、この碑のすぐ側に馬を飼っている家があったのだとか。

馬は子供を馬鹿にして、母達の姿を認めると、道を塞いでとおせんぼをする。頭の良い、だが、意地悪な馬だったと母は言う。

馬のほかにも、家々は鶏や兎を飼っていた。犬や猫は当然いたし、鼠も蛇も出没した。

東京は都会のようだけど、戦前まで、その大半は日本全国どこにでもある普通の田舎だったのだ。

近隣に建つ住宅は、板塀の木造家屋がほとんどだ。京成電車《けいせいでんしゃ》の通る踏切際には、これまた木造平屋の総菜屋《そうざいや》があり、大きな天ぷら鍋が置いてあった。

調理をしない昼間の間は、猫が丸まって鍋で寝ている。店主も客も、それを格別不衛生とは思わなかった。

その総菜屋から奥に入って、いろは長屋に向かう途中には、小さな稲荷《いなり》の祠《ほこら》が建っていた。正式な名はもう調べようがないけれど、火伏《ひぶせ》の稲荷として有名な祠だ。そして、このお稲荷様のご加護によって、この一画は焼け残ったのだと言われていた。

こんな話も伝わっている。

戦争前、稲荷社のある町内から引っ越した人があったのだが、その家のお婆ちゃんが信心者で、越した後も通ってきて、お稲荷様に手を合わせていた。

空襲のときは、その家の一帯も全部焼かれた。が、そのお婆ちゃんの家だけは、なぜかきちんと焼け残った、と。

――霊験《れいげん》あらたかなお稲荷様だったに違いない。

幼い頃、私はその前を通るたび、いつも妙に緊張した。

実際、見たわけではないのだが、白く小さなお狐さんが、社《やしろ》の周囲をぴょんぴょんと跳ねている印象があったのだ。今なら、可愛らしいお狐さんと言えるのかもしれないが、当時はそれが怖かった。

また、私の母は幼い頃に、鈴を着けた白馬が四頭、社の周りをシャンシャンと回っている夢を見たという。

それぞれ話は違うけど、どこか似ていて面白い。

しかし、このお稲荷様も、再開発でなくなってしまった。御霊《みたま》抜きをして取り壊すときは、私の叔父が立ち会った。

馬頭観音の碑は工事の最中、行方不明になってしまったが、近年、無事に見つかって、今は線路の高架下にひっそり置かれているという。

どのみち、私の故郷はもう、ない。

そんな切なさを抜きにしても、昔の東京を残していた場所が消えたのは残念だ。

ともあれ、あの一画が焼け残らなければ、父も母もこの世にはおらず、当然、私も生まれなかった。今、こうしてパソコンに向かっている自分にとって、これは奇跡とも言える。しかし、本来、こんなものを奇跡と呼ぶこと自体、異常だ。

戦争さえなければ、もっともっと多くの人が生きて出会って結婚し、沢山の子供が生まれていた。そして、家族となって笑い合ったり、喧嘩をしたりしていたはずだ。

その恙無《つつがな》い、ありきたりな人生を奪われた命が、下町だけで十一万五千人以上に上るのだ。

沖縄《おきなわ》戦では二十万人、原爆が投下された広島《ひろしま》・長崎《ながさき》は、被爆直後に約二十三万人。五年の間に、三十四万人以上の人が亡くなっている。

戦地に赴いて、戻ってこなかった人を加えれば、その数は三百二十万人にも上る。

殺された命のひとつひとつに、その後の人生と彼らの子供、子孫が紡ぐべきだった未来が宿っていたことを想像すると、まったくもってやりきれない。

東京を空襲したのはアメリカだけど、他国の人を殺し、自国の民を死に追いやったということにおいては、無論、日本も同罪だ。

どんな大義があろうとも、消された未来は永劫に——二度と戻ることはないのだから。

「安らかに眠って下さい　過ちは繰返しませぬから」（広島平和都市記念碑《ひろしまへいわとしきねんひ》）

お稲荷様と河童の町

夜の錦糸町界隈（昭和41年頃）

江東寺　清昌稲荷神社

本書で取り上げる地域は、JRでいうと、総武線《そうぶせん》の両国《りょうごく》・錦糸町《きんしちょう》・亀戸《かめいど》辺りに相当する。

いずれも下町らしい風情を保った場所ではあるが、それぞれまったく雰囲気が異なっているのが面白い。

ちなみに都内、隅田川《すみだがわ》から東の総武線は、駅ごとに区が異なっている。両国・錦糸町は墨田区《すみだく》だが、亀戸は江東区《こうとうく》、平井《ひらい》は江戸川区《えどがわく》、新小岩《しんこいわ》は葛飾区《かつしかく》、小岩《こいわ》はまた江戸川区となる。線路がややこしいのか、区の形がややこしいのか。人に説明するときに、ときどき混乱をきたしてしまう。

さて。

前章にて火伏《ひぶせ》の稲荷《いなり》の話をしたが、霊妙な力を発揮したお稲荷様はまだ沢山ある。

特に興味をそそられるのが、錦糸町界隈だ。

錦糸町は今でこそ、デパートから風俗店までが建ち並ぶ繁華街だが、江戸《えど》から明治《めいじ》にかけての景色は、まったく異なっていた。

JR駅前のみに話を絞ると、大横川《おおよこがわ》を隔てて、西が本所《ほんじょ》、東が本所と亀戸村《かめいどむら》。「両国」「錦糸」という地名自体、江戸の頃には存在しない。

明治に総武本線が通ったとき、「両国停車場《りょうごくていしゃじょう》」はできた。だが、錦糸町駅辺りの停車場は「本所停車場《ほんじょていしゃじょう》」となっていた。

その「本所停車場」が少し東に場所をずらして「錦糸町駅」となったのが大正《たいしょう》四年(一九一五)。駅の北側を通っていた錦糸堀《きんしぼり》に因《ちな》んでの命名だ。

江戸期、本所は町人と小身の武家達が多く集う場所だった。しかし、現・錦糸町駅周辺は大名の中屋敷《なかやしき》や下屋敷《しもやしき》、拝領屋敷《はいりようやしき》が並んでおり、長屋の喧噪《けんそう》と比べると物寂しいような雰囲気があった。

瓦解《がかい》ののち、それらの屋敷は軍の施設や工場になった。

近年まで錦糸公園の隣にあったセイコーウォッチ株式会社の工場も、下屋敷の跡地に建ったものだ(現在は商業ビルとなっている)。

それらの工場に勤める人で往来の行き来は増えたものの、繁華街というにはまだ程遠い。

そんな錦糸町の風景は、昭和の初めまでそのまま続いた。現在のようになる素地は、まったくなかったといっていい。

それが昭和十二年(一九三七)、駅の南口に「江東楽天地《こうとうらくてんち》」が建ったことから、大変革を遂げることになる。

江東楽天地(現・東京楽天地《とうきょうらくてんち》)は現在、デパート・映画館・温泉等を備える娯楽施設となっている。開業当時、その敷地には四つの映画館と共に、吉本興業《よしもとこうぎよう》と提携した江東《こうとう》花月劇場《かげつげきじよう》があった。

戦後暫《しばら》くまで、人々の一番の娯楽は映画だった。ゆえに、江東楽天地も映画館をメインに据えて出発したというわけだ。

だが、隅田川を挟んだ対岸には浅草六区《あさくさろっく》が控えている。ここそ東都一の歓楽街で、映画館やら劇場やらが軒を連ねていた場所だ。その向こうを張っての楽天地の開業は、強気か博打《ばくち》か。いずれにしても、冒険だったと言っていい。

いや、楽天地には計算があったのだ。

実は当時、六区の映画館はほぼすべて、松竹《しょうちく》系で占められていた。一方、楽天地は東宝《とうほう》系列。六区では弱者の存在だった。ゆえに、東宝側は敢えて浅草から歩いて行ける錦糸町を牙城《がじょう》とし、戦略的に六区の客をも呼び込もうとしたのである。

戦後、楽天地は六区にあった瓢箪池《ひょうたんいけ》の埋立地を買い、浅草進出を果たした。が、江東楽天地はそのまま残った。

映画館を存続させる一方で、時代が変わるに従って、楽天地は施設内にキャバレーを中心とした飲食店を配置。昭和二十五年（一九五〇）には、国営競馬場外馬券売場《こくえいけいばじょうがいばけんうりば》（現・ウインズ錦糸町《きんしちょう》）を誘致した。

そののちも、「娯楽のデパート」というキャッチコピーを背景に、サウナができ、温泉ができ、プールができ、美空《みそら》ひばりの公演なんぞも興行された。

東京《とうきょう》ボンバーズの影響でローラーゲームが流行《はや》った頃には、ローラースケート場も造られた。流行を捉えた変わり身の早さと場外馬券売場の誘致によって、楽天地の周辺は飲食店、風俗店、パチンコ屋が立ち並び、駅ビルやファッションビル、ホテルも次々に建てられた。

そして、千葉《ちば》方面から一番近い繁華街として「千葉の原宿」などと称されて、スカイツリー建設後には、海外からの観光客をも呼び込む賑わいをものにした。

銀座《ぎんざ》のごとき垢抜けた場所にこそならなかったものの、まさに楽天地によって、今の錦糸町の景観は作られたと言っても過言ではない。

娯楽施設のみではない。

開業当時の楽天地は、本気で錦糸町を第二の浅草にしようと考えていた。

そのため、敷地の一角に坂東《ばんどう》十六番水澤観世音《みずさわかんぜおん》、正式名称・水澤寺《みずさわでら》の別院として、五徳山江東《ごとくさんこうとう》寺《じ》――江東観世音《こうとうかんぜおん》を建立した。

浅草寺《せんそうじ》の賑わいをも、錦糸町に取り込もうとしたわけだ。

該当地は、現在の東京都交通局江東自動車営業所《とうきょうとこうつうきょくこうとうじどうしゃえいぎょうしょ》、パーキングの西側だ。

当時は一等地だったそうだが、今は民家が立ち並んでいる。ゆえに面影は窺えないが、昭和十五年の地図には確かに卍マークがついている。

生憎《あいにく》、戦争が始まったため、楽天地の夢は一旦、灰燼《かいじん》に帰《き》してしまうのだが……。

江東観世音は戦後移転し、今も京葉道路《けいようどうろ》を挟んだ楽天地の斜向《はす》かい（墨田区江東橋《こうとうばし》三―六―五）に建っている。

お寺の周りを囲むのは、パチンコ屋や飲み屋、そして場外馬券売場だ。

私は中学生の頃、この繁華街のど真ん中にある英会話教室に通っていた。

お世辞にも治安がいいとはいえない場所だ。そこを選んだ親の真意は不明だが、そのお陰で、週に二回の夕暮れに、私はお寺の脇を通った。

中に入った記憶はない。開門時間を過ぎていたためだ。しかし、玉垣《たまがき》の上から覗く、お稲荷様の赤い鳥居は通るたびに気になっていた。

――お寺なのに、鳥居があるんだ。お稲荷様が祀《まつ》ってあるんだ。

幼い頃から社寺に興味のあった私は、その鳥居を不思議な気持ちで眺めていた。

稲荷社の由来を知ったのは、大人になってからである。

ある日、ふと思いついて参拝した折、頂いたリーフレットを一読し、正直、私は仰天した。

リーフレットの冒頭を引こう。

「当寺は昭和十五年に板東十六番水沢寺（水沢観世音）の別院として建立されました。その草創は境内に奉祀いたしておる清昌稲荷大神の御神勅によるもので、」――御神勅《ごしんちょく》。

御神勅とは、神のお告げのことを言う。

お稲荷様がどうやって、どう御神勅したというのか。

このことについては既に拙著（『霊能動物館《れいのうどうぶつかん》』集英社《しゅうえいしゃ》刊）で記しているため、繰り返しになる部分もあるが、あまりに興味深いので、改めて紹介しておきたい。

なぜなら、この神様こそ、楽天地と手を取り合って、錦糸町繁栄の礎《いしずえ》を築いたお稲荷様だからだ。

昭和七年（一九三二）二月十一日。

当時二十八歳の楳原《うめはら》妙昌尼《みようしように》（俗名民子《たみこ》）の体に、突然、嫁ぎ先の屋敷神《やしきがみ》である清昌稲荷大神《せいしよういなりおおかみ》が降りた。

妙昌尼には既にふたりの子供があったが、稲荷大神の加護を受けて得度《とくど》をし、群馬《ぐんま》県の水澤寺にて修行。そして、多くの信者を得、江東楽天地に観音霊場を開くに至った。

楽天地と清昌稲荷大神の縁が、いつ繋がったのかはわからない。

だが、戦後まで、江東寺の大施主《だいせしゅ》が株式会社東京楽天地だったことは本当だ。そして、当時の取締役をはじめ、楽天地の経営陣が江東寺を訪れて、お稲荷様のお言葉を頂いていたのも、また真実だ。

江東寺には当時の資料が残っているが、戦後、撮られた写真には、東宝系の女優さん達や古川《ふるかわ》ロッパなどの姿も見える。

また、江東区出身の噺家《はなしか》・三遊亭金馬《さんゆうていきんば》師匠（四代目）は、清昌稲荷大神が師匠の親に勧めたことから、今の道に入ったという。

先代の江戸屋猫八《えどやねこはち》も、金馬との縁で清昌稲荷大神を信仰し、京都伏見稲荷大社《きようとふしみいなりたいしや》に建てたお塚に名前を残している。

清昌稲荷大神は、芸能に御利益《ごりやく》抜群なのだ。

これだけでも充分、興味深いが、何より私が驚くのは、清昌稲荷大神が妙昌尼の体を借りて語った「言葉」の数々だ。

ここにすべてを紹介することはできないが、ノートに記された記録はまさに、未来を見通す神の力が実感できるものになっている。

戦中の記録を見てみよう。

昭和十五年　十一月四日
「凡夫の眼の前でバタ〳〵と斃《タオレ》れるのを見た時ハ如何なる凡夫までも命の有難さを知るであろう」
「観世音の為めに尽したことが無駄でなかつたことが五年後に（昭和二十年）まざ〳〵と分る時が来る」
昭和十六年　十月四日
「只々空襲があるとのみ思ふなよ　地からも恐ろしいことが湧上るのだ」

ずばりと五年後の終戦を言い当て、原爆を予見するような言葉を発しているのが凄まじい。

また、昭和十七年（一九四二）には、記録者のメモとして、こう記されている。

「四月十八日　空襲第一回　清昌様へ予言ノ的中ト平素ノ御諭ニヨリ泰然タルコトヲ得タリト御礼申上グ」

予言の的中などというものは、後付けの解釈次第だと言うのは容易《たやす》い。が、清昌稲荷大神の言葉によって、何人の命が助かったのか。想像すると、鳥肌が立つ。

この予言はかなり人口に膾炙《かいしゃ》していたらしく、昭和二十三年、通信文化振興会《つうしんぶんかしんこうかい》（現・日本郵政《にほんゆうせい》グループ）発行の「通信文化新報」でも報じられている。

どれほどの人が、江東寺を訪れたのか。

「日記」に多く出てくるのは、当時の楽天地関係者の名だが、昭和二十五年のノートには、二《に》・二六事件《にろくじけん》で逮捕、死刑となった北一輝《きたいっき》の未亡人も訪れて、言葉を頂いたと記されている。

下町一帯のみならず、清昌稲荷大神を頼みとする人々は、少なくとも東京一円に広がっていたと見ていいだろう。

今の感覚からすると、託宣《たくせん》を下す神なんて胡散臭《うさんくさ》いだけかもしれない。

だが、どんなに理屈で否定をしても、ひとりの女性に稲荷大神が降り、その働きによって江東区に観音霊場ができたのは事実だ。

そして楽天地が栄え、数々の芸能人・芸人が力を頂き、空襲から逃れた人がいて、結果、錦糸町そのものが今のように繁栄したのだ。

生憎《あいにく》、我々はもう、お稲荷様の言葉をじかに伺うことはできない。が、雑踏を抜けて江東寺に入れば、赤い鳥居のその奥で、清昌稲荷大神に手を合わせることは叶う。また、お寺では、清昌稲荷大神が妙昌尼に降りて記したという肌守りも頒《わ》けている。

信仰はまだ活《い》きているのだ。

短い参道の途中には『高盛《たかもり》大神』という碑も見える。

妙昌尼は清昌稲荷大神のみならず、その姉妹や眷属であるお稲荷様の言葉をも、自在に人に伝えていた。

高盛稲荷はその中の一柱、清昌稲荷大神の眷属《けんぞく》だ。

ちなみに、清昌稲荷大神は妙齢の女性のお稲荷様。高盛稲荷様は脇差を差しているごとき雰囲気を持った男性神で、お酒が大好きだったと伝わっている。

妙昌尼自身はまったく酒が飲めなかったにも拘わらず、高盛稲荷がその身に下りると、浴びるように飲み、また神様がその身から去ると、飲んだ酒の気配も失せたというから面白い。

こうまでエキサイティングなエピソードを持った寺院は、東京下町にはないだろう。

蛇足になるが、実は長じてのちに改めて、私が江東寺に参拝したとき、ちょっと不思議なことがあった。

柏手《かしわで》を打って社《やしろ》を拝んだところ、耳許でひと言、はっきりと女性の声が聞こえたのだ。

「遅かったわね」

びっくりして周囲を見渡しても、周りに人はいなかった。

繁華街だから、外の声が聞こえたのかもしれない。しかし、その声は妙に耳に残った。

――誰の声だろう。私が子供だった頃から、ここで待っていた人がいたのかな？

私はときどき幽霊なども見る質《たち》なので、そのときはそう考えた。

なぜなら、当時の私はまだ、妙昌尼さんのことは知らなかったし、のちにご住職から伺うまで、清昌稲荷大神は男性神だと思い込んでいたからだ。

もちろん、あのとき聞こえた声が、神様や、神様に仕えた女性のものだと言うのは不遜《ふそん》に違いない。私にそんな格の高い方々の声が聞こえるはずはない。だから、「遅かったわね」というあの声が、何を指すかはわからない。

けれども、英会話教室に通った頃から、三十年以上経った今、私が江東観音の奇瑞《きずい》に感心し、こうやって記しているのは確かだ。

なんだか、不思議な縁である。

更に話を続けてしまうが、江東寺にはもうひとつ、見逃せない縁起を持つ社がある。

それが『出世弁財天《しゆっせべんざいてん》』だ。

縁起を丸ごと写しておこう。

「当弁財天は鎌倉時代の末に出現いたし、洞窟弁天と称され、昔は海岸であった江東区毛利二丁目付近の洞窟に祀られ、安政の大地震の大津波により地中深く埋没したと伝えられています。毛利二丁目一帯は、江戸幕府御用材の貯木場で、昔は木倉《きぐら》と称し、この場所を管理していた、金原藤太郎と申す人に夢枕に大蛇の姿を現わし、弁財天と云う事を気付かせたのであります。金原氏は再三の夢告に意を決し、有志と相計り、木倉の弁天山と云われた小高い丘を掘り起したところ、紛れもなく洞窟弁天の再出現を見たのであります。

そして、名前も出世弁財天と改称され、毛利住吉両町の守護神として、大正十五年今の猿江公園の西北に盛大に祀られました。

後に、東京空襲の大火防止のため強制疎開する事になり、出世講有志の懇願により、昭和十九年当寺に移建奉安されました。」

——大正末、出世弁財天は人の夢枕に立って再び世に出た。そして、祀られ、守護神となり、現在地に移ったのだ。

江東寺におわす神仏は、みな、ものすごくアクティブだ。

いや、本来、神仏とは、こういうものに違いない。その声が遠くなったのは、偏《ひとえ》に我々の感性が鈍くなったために違いない。


錦糸町には、清昌稲荷以外にも個性的なお稲荷様が揃っている。

江東寺のすぐ裏には、田螺稲荷神社《たにしいなりじんじゃ》（墨田区江東橋三—三—九）という社がある。

以前は田中稲荷《たなかいなり》と呼ばれていたとの話だが、大火事の際、社の池から多くの田螺が這い出してきて社殿に張り付き、お社を火から守ったことから田螺稲荷と名を変えたとか。

今はビルとビルに挟まれた本当に小さな社だが、一直線に伸びた参道は不思議な奥行きを感じさせる。

同じく火事除け――火伏で知られているのが、錦糸公園内にある千種稲荷神社《ちぐさいなりじんじゃ》だ。

このお稲荷様は将軍家綱《いえつな》公の時代、柳島《やなぎしま》の守護神として祀られた方と聞く。だが、明治になって、当地が旧陸軍の兵器廠錦糸堀倉庫《へいきしょうきんしぼりそうこ》となったとき、一旦、取り払われてしまった。

ところがそののち、再三火災が起きたため、軍は慌ててもとの場所に社を再建。お稲荷様を祀り直した。以来、まったく、この場所で火事は起きてないという。

実際、関東大震災でも燃えずに残り、本所《ほんじょ》地区を焼き払った東京大空襲《とうきょうだいくうしゅう》のときでさえ、千種稲荷神社は無事だった。そして、境内に逃げ込んだ人々の命を救っている。

京島《きょうじま》のお稲荷様同様、本当に力強い神様だ。

生憎、京島のお稲荷様はなくなってしまったが、千種稲荷は今でも地元の人達の篤い崇敬《すうけい》を受けている。

新年が近づくと、境内の短い参道には朱《あか》い幟《のぼり》がずらりと並ぶ。にぎにぎしくも美しいので、近隣に立ち寄った際は是非、足を伸ばしていただきたい。

素敵なお稲荷様は、ほかにもある。

千種稲荷神社と同じく江戸時代創建で、全国に名を馳せていたのが、妙見山別院《みょうけんさんべついん》（墨田区本所四―六―一四）に祀られている鷗《かもめ》稲荷大明神だ。

妙見山別院は、勝小吉《かつこきち》と海舟《かいしゅう》親子が信仰したことでも知られているが、境内に鎮座する鷗稲荷大明神は「憑《つ》きもの落とし」の神様として夙《つと》に著名だ。

社で出されるお札、通称「能勢《のせ》の黒札《くろふだ》」は狐憑きに効くとされ、江戸時代には津々浦々からお札を求めに来るほどだった。

札自体は掌に載るほど小さいが、外袋に九字《くじ》と「除魔黒札」の文字、中には墨で塗り潰された呪符が入っており、大きさに似合わぬ迫力を持つ。

これは毎年、四月十五日にのみ頒布《はんぷ》されるので、必要を感じている方は問い合わせてみるといいだろう。

もうひとつ。

お稲荷様ではないのだが、錦糸町にはお札繋がりで気になる場所がある。

平河山報恩寺《ひらかわさんほうおんじ》（太平《たいへい》一―二六―一六）だ。

錦糸町駅とスカイツリーの中間辺りに位置するこの寺は、長禄《ちょうろく》二年（一四五八）、太田道灌《おおたどうかん》が江戸城鎮護《ちんご》の祈願所として建立《こんりゅう》した。江戸開闢《かいびゃく》時より続く古刹《こさつ》だ。

蔵前橋通りより北に伸びる参道は、両側に塔頭《たっちゅう》を控えて広く、大寺の面影を残している。

手前に架かる報恩寺橋《ほうおんじばし》は、落語『中村仲蔵《なかむらなかぞう》』の舞台にもなった。また、池波正太郎《いけなみしょうたろう》『鬼平犯科帳《おにへいはんかちょう》』にも登場し、作中では、この近くに主人公・長谷川平蔵《はせがわへいぞう》の修行した「本所櫻屋敷《ほんじょさくらやしき》（高杉道場《たかすぎどうじょう》）」があるという設定になっている。

『四谷怪談《よつやかいだん》』「蛇山庵室《へびやまあんじつ》の場」の舞台も、一説、この近くであるといい、本所七不思議《ほんじょななふしぎ》「送《おく》り提灯《ちょうちん》」も、寺の辺りに出たという。

――とまあ、様々な物語に彩られている報恩寺だが、それ以上に、私の気を惹《ひ》くのが、参道に並んだ塔頭《たっちゅう》、千栄院《ちえいいん》と陽運院《よううんいん》だ。

千栄院は喉の病に霊験《れいげん》があるため「たんぼとけ」、陽運院は目の病に御利益《ごりやく》があるので「めぼし霊場」と呼ばれている。

そして、千栄院は呑むお札を、陽運院は目薬を求める人に頒けていた。

生憎、今は薬事法にひっかかるため、目薬はなくなってしまったが、千栄院のほうのお札は、オブラートに食紅で護符を記すという方法で、現在まで残っている。

呑むお札といえば、巣鴨《すがも》とげぬき地蔵尊の「御影《おみかげ》」が人に知られているが、千栄院も侮れない。今でも喘息《ぜんそく》、呼吸器の病、喉頭癌を患った人や、喉を使う職業の人が求めに来るそうだ。

うむ。随分、紙数を割《さ》いてしまったが、何にしろ錦糸町は濃い。面白い。

江戸黎明《れいめい》期の古社・古刹に伝わる御利益から、つい最近の霊験譚まで、多くの神仏が普通以上の力を発揮するのがこの界隈だ。

錦糸町がなぜ、ここまで濃いのか、はっきりとした理由はわからない。

これこそ、地霊《ちれい》の力だろうか。

姿無きモノが活性化するのが、錦糸町という土地なのか。

存在感が強いのは、神や仏ばかりではない。妖怪達にも元気がある。

「本所七不思議」は、この辺りから両国にかけてが舞台となっている。

今更なので、七不思議の一々については述べないが、一応、名前は並べておこう。

――置《お》いてけ堀《ぼり》・送り提灯・送《おく》り拍子木《ひょうしぎ》・消《き》えずの行灯《あんどん》・足洗邸《あしあらいやしき》・片葉《かたは》の葦《あし》・落葉《おちば》なき椎《しい》・狸囃子《たぬきばやし》・津軽《つがる》の太鼓《たいこ》。

七不思議と言いつつ九つあるのは、本によって異同があるからだ。

また、二代柳亭種彦《りゅうていたねひこ》が記した『七不思議葛飾譚《ななふしぎかつしかたん》』には右記のほかにも、埋蔵《まいぞう》の溝《どぶ》・小豆婆《あずきばばあ》・姥《うば》の足跡《あしあと》・姥《うば》が蔵《くら》・鳴《な》かぬ茅蜩《ひぐらし》・按摩《あんま》の一《ひ》ト声《こえ》・入江町《いりえちょう》の時《とき》なし……などというものが並んでいる。

七不思議というのは、要は町の噂なので、あれもおかしい、これもおかしいと言い始めると、数ばかりが増えてくる。実際、おかしいにはおかしいが、怪異とはいえない話もある。

「入江町の時なし」がそれだ。

江戸時代、入江町には刻を告げる鐘があった。

昔、そこにいた由蔵《よしぞう》爺さんという鐘撞き男がだらしのない呑んだくれで、しょっちゅう、でたらめな時刻に鐘を撞く。遅れるならともかく、数を間違えたり、忘れて鐘を撞かないままのときもあった。

「当てにならぬもの入江町の時の鐘」とまで言われ、爺さんは、ある種の名物男になったが、それがいつの間にか七不思議のひとつに数えられてしまったのだ。

鐘の側に架かっていた撞木橋《しゅもくばし》は、『怪談　乳房榎《ちぶさえのき》』磯貝浪江《いそがいなみえ》の住《す》み処《か》と設定された地だ。この男も「入江町の時なし」に騙され続けて、性格が歪んだのかもしれない……などと考えてみるのも、ちょっと楽しい。

とはいえ、七不思議では、場所がはっきりしているもののほうが珍しい。

今は説明板が立っているため、怪異の現場が確定しているように思われがちだが、本来は「大体、この辺り」という曖昧なものがほとんどだった。

その最たるものが「置いてけ堀」だ。候補地だけで何ヶ所もある。

岡本綺堂《おかもときどう》はこう書いている。

「置いてけ堀だって何処のことだか確かには判らないのです。御承知のとおり、本所は堀割の多いところですから、堀といったばかりでは高野山《こうやさん》で今道心《いまどうしん》をたずねるようなもので、なかなか知れそうもありません。」

そんな曖昧な場所にも拘わらず、現在、「置いてけ堀」の説明板と河童の像が立っているのが、江東寺の至近にある江東橋四丁目にある錦糸堀公園《きんしぼりこうえん》だ。

確かに昔、この一帯は沼地であったが、駅ができてのちは一等地だ。なのに、どういうわけか深川三角屋敷《ふかがわさんかくやしき》同様に、ここはさしたる遊具もない公園として放置されている。

やはり、誰かが何かを感じて、更地のままにおいたのか。ちょっと疑いたくなる場所だ。

もう一ヶ所、比定地《ひていち》とされているのが、大横川親水公園《おおよこがわしんすいこうえん》だ。

こちらには看板もないために、報恩橋の南、津軽稲荷《つがるいなり》の辺りとしか示しようがない。「本所七不思議」は両国近辺まで広がっているが、ともかく「置いてけ堀」は錦糸町界隈だったということか。

しかしながら、今、示した場所は、いずれも厳密には本所ではなく、昔の亀戸村に属する。これはもともと、亀戸村が本所の延長のように扱われてきたことに理由がある。が、「本所七不思議」で一番有名な話の舞台が、実は本所にはないという――これこそ、ひとつの怪談であり、不思議と言っていいかもしれない。

現在、観光ガイド的には「本所七不思議」は墨田区が占有している。

七不思議を記した本の多くも、それに従って記されている。ところが、実は十間川《じっけんがわ》を越えた江東区亀戸にも「置いてけ堀」は存在していた。

記したように、本来の七不思議は場所を定められないものだ。だが、ある時期までは、この江東区の「置いてけ堀」こそが最有力候補であったらしい。

事実、明治四十二年（一九〇九）の地図には、亀戸一丁目に「オイテケ堀」とはっきり記されている。

現在、その堀の真上には第三亀戸中学校《だいさんかめいどちゅうがっこう》が建っている。観光資源にもなりそうな「置いてけ堀」を潰したのは、なんとも、もったいないことだ。

いや、もしかすると、生徒には河童が交ざっているのかもしれない。そして、江東区は密かに

「置いてけ堀」の住民達を保護しているのかもしれない。
給食にやたらと胡瓜《きゆうり》が出るなら、疑ってみてもいいだろう。

亀戸天神　太鼓橋

亀戸石井神社

亀戸《かめいど》といえば、やはり一番有名なのは、亀戸天神《かめいどてんじん》（江東区亀戸三―六―一）になるだろうか。

ご祭神の菅原道真公《すがわらのみちざね》は、もともとは祟り神として祀《まつ》られた方だ。けど、今では学問の神様として受験生のアイドルとなっている。かくいう私も、受験のときは拝み倒した口である。恙無《つつがな》く進学できたのは、菅公様《かんこう》のお陰だろう。

正月になると、車道まで参拝の列が伸びるほどだが、亀戸天神には一月に「うそ替《か》え神事《しんじ》」というものもある。

これは前年求めた鷽《うそ》という鳥の木彫りを、新しく交換する行事。

亀戸のみならず、各地の天満宮《てんまんぐう》・天神社《てんじんしゃ》などで行われており、「鷽」が「嘘」に通じることから、前の年にあった災禍《さいか》や凶事を嘘として、吉となることを祈念する。

同音異義語を用いての、言霊《ことだま》によるマジナイだ。

――偉そうに記したものの、私がこの意味をきちんと知ったのは、随分、大きくなってからのちだ。子供の頃は「うそ替え」の意味をまったく取り違えていた。

「嘘を取り替えて、なかったことにするんだって。だから、どんな嘘をついても、ここで取り替えちゃえば大丈夫になるんだってさ」

天神様って心広いわー、などと思っていたのだから、大概、ろくでもないガキである。

加えて、鷽を替えるたび、年々大きくすると聞いていたため、「大人になるにつれ、どんどん嘘が増えるんだな」とシニカルなことを考えて、大きな鷺を飾っている家は、大嘘つきの家だと信じていた。

いやあ、なんというか……すいません。

ともあれ、「うそ替え神事」の日、亀戸天神は嘘つきの溜まり場になると思っていたために、足を運んだ記憶はない。

ただ、初夏の頃、藤の花はよく見に行ったし、今も行く。

全国の天満宮・天神社の多くは梅が見ものとなっているが、亀戸天神の花は藤だ。池に映る紫の花房は、本当に見事としか言いようがない。

ただ、惜しいことに、平成《へいせい》に入って境内の整備をしたところ、土が変わったのか、花房が随分短くなってしまった。昔は花が水面につくほど長かったのだけど、今は正直、それほどでもない。

同時に、境内にあったお社《やしろ》が少なくなってしまったのも残念だ。

以前は、どなたが祀られているかもわからないようなお社が、境内のあちこちにあった。それらがいつの間にか統廃合され、境内は随分、さっぱりしてしまった。

こういう整備は亀戸天神だけではなく、全国の神社で行われている。

もちろん、境内がきれいになるのは良いことに違いない。しかし、数々の小さなお社は、私達の心の歴史でもある。それらの影が薄くなり、消えていくのはなんとも寂しい。

そんな亀戸天神境内にて、昔の面影が残っているのが、本殿正面から右手、御嶽神社《みたけじんじゃ》の裏辺りに祀られている「おいぬさま」だ。

小さな祠《ほこら》の中を覗くと、前垂れを掛けた狛犬《こまいぬ》が一匹、塩塗《しおまみ》れになって座っている。

もともと、この「おいぬさま」は御嶽神社の狛犬だったが、戦災で焼けたのちに掘り出され、祀られるようになったのだとか。

御利益《ごりやく》はイボ取りという説もあるし、病気平癒、商売繁盛という説もある。

信仰自体、民間から始まったものらしく、亀戸天神サイドでは正統な社とは見ていない。だが、仮にも摂社《せっしゃ》の狛犬だったものなので、取っ払うわけにもいかないで放ってあるという感じらしい。

狛犬に掛かっている塩は、祈願のときに擦り込む、あるいは、願掛けのとき、塩を持って帰って祀り、成就《じょうじゅ》したら倍掛けるという。

作法自体は、昭和五十年代に始まったものとの話だが、私が初めてこの社に気づいたときは、狛犬はもう完全に塩に埋もれて、中に何があるのかもわからない状態になっていた。

それどころか、祠の内外には、新旧取り混ぜた千羽鶴がいくつも下がり、祠の看板は今の「おいぬさま」ではなく、「犬神《いぬがみ》」と記されていた。

当時、既に半端な知識で、四国の怖い犬神信仰を知っていた私は、見た瞬間に仰天し、躙《にじ》り下がってしまったほどだ。

塩に塗り籠められているモノの正体はなんなのか……。

自ら想像を逞《たくま》しくして、怯えていたのを記憶している。

それが、近年の整備で塩が除かれ、社もきれいに建て直されて、狛犬が姿を見せ、そして、看板は「おいぬさま」と変えられた。

笑っているような狛犬を見て、ホッとしたのは確かだが、往時の妖しさが半減したのは、正直なところ残念だ。

残念といえば、いつなくなったのかわからないお社もある。

一番気になるのは「兵頭神社《ひょうずじんじゃ》」だ。

全国には「兵頭」の名を持つ古社がいくつかあって、それぞれ立派な由緒を持つ。

しかし、巷説《こうせつ》では、兵頭神社のご祭神は、なんと、河童《かっぱ》であるとされているのだ。

墨東地区は水の都で、河童伝説もあちこちにある。かの「置《お》いてけ堀《ぼり》」も、河童の仕業だという説が有力だ。

そんな中、興味深い伝説がこの界隈には残っている。

——江戸時代前期、代々徳川《とくがわ》水軍の将であり、御船手奉行《おふなてぶぎょう》を務めた向井忠勝将監《むかいただかつしょうげん》は河童の喧嘩に頭を悩ませていた。

特に、深川《ふかがわ》の仙台堀《せんだいぼり》と、本所《ほんじょ》・源森川《げんもりがわ》の河童の仲が悪い。そこで、将監は本所の大親分である錦糸堀の河童に話を持ちかけ、両者の喧嘩を預からせた。

仙台堀は、現木場公園《きばこうえん》の南から清澄《きよすみ》のほうに流れる運河。源森川は横川《よこかわ》と隅田川《すみだがわ》を結んだ運河。

そして錦糸堀は今の総武線《そうぶせん》・錦糸町駅南口の前を横切って、この界隈の「置いてけ堀」比定地《ひていち》二ヶ所を結んでいた。

仙台堀の河童については、江戸の怪談集ともいえる『耳嚢《みみぶくろ》』にも記されている。

――天明《てんめい》元年（一七八二）、伊達家《だてけ》蔵屋敷では仙台河岸《せんだいがし》（堀）の河童を撃ち殺して塩漬けにした。最初は淵を堰《せ》き止め、水を干して捕まえようとしたのだが、「泥を潜《くぐ》りて早き事風の如く」、遂に鉄砲で河童を仕留めた。

河童を殺したわけは、屋敷内の子供などが、理由もなく水に溺れて亡くなったからだ。

仙台堀という名は、堀に接して建っていた伊達家蔵屋敷に由来するのだが、河童達はそんなこと、おかまいなしであったらしい。

随分やんちゃな連中だが、そんな河童と源森川河童の喧嘩を収めたのが錦糸堀、本所を統括していた親分だ。

つまり、親分は今の錦糸町駅前に住んでいたことになるのだが、この地区はまさに、亀戸天神の氏子区域となっている。

亀戸と本所の曖昧さについては前節でも記したが、亀戸天神の氏子達も、多くが本所に住んでいる。

本来、本所の総鎮守《そうちんじゅ》は牛島神社《うしじまじんじゃ》であるのだが、総武線南側に位置する大部分と、錦糸・太平町《たいへいちょう》の東と神社周辺――合わせて二十数ヶ町は亀戸天神の氏子区域だ。

ゆえに、河童を祀るとされる兵頭神社が亀戸天神にあることも、いわれのないことではないのだ。

とはいえ、錦糸堀は最早、跡形もない。「置いてけ堀」も干上がった。

個人的には惜しいと思っているものの、兵頭神社が亀戸天神境内から失せたのも、仕方のないことなのかもしれない。


もうひとつ。

亀戸天神で見逃せないのが太鼓橋《たいこばし》だ。

この橋は、広重《ひろしげ》の『名所《めいしょ》江戸《えど》百景《ひゃっけい》』「亀戸天神境内《かめいどてんじんけいだい》」に藤と共に描かれている。

橋は蒲鉾《かまぼこ》のような半円形で、階段がついているほど急だ。渡るたびに、なんでここまで……と思うのだけど、この橋の形があってこそ、作り出されたファッションがある。

着物の「お太鼓《たいこ》結《むす》び」がそれだ。

江戸末期、亀戸天神の太鼓橋が架け替えられた。

「お太鼓結び」は、その渡り初《ぞ》めをした深川芸者《ふかがわげいしゃ》衆が、太鼓橋の形を模して考え出したものなのだ。

今、着物姿の女性を見れば、成人式などの振袖以外、八割以上が「お太鼓」姿だ。

つまり、亀戸天神と深川芸者のアイディアなくして、現代の着物姿は成立しなかったということになる。

それだけではない。

「お太鼓」の山をきれいに見せるため、帯枕《おびまくら》も考案された。その帯枕を美しく見せるために帯《おび》揚《あ》げも発展した。帯を固定する帯締《おびじ》めはそれ以前からあったらしいが、「お太鼓結び」と共に普及して、美しい帯留めも作り出された。

カジュアル着物の定番・名古屋帯《なごやおび》も「お太鼓」という帯結びあっての産物で、「お太鼓柄」という帯の模様の付け方も、当然、この結び方があってのものだ。

ついでに言うと、女性が羽織《はおり》を着るようになったのも、豊後節《ぶんごぶし》語りの舞台衣装を深川芸者が素早く取り入れ、流行《はや》らせたのが発端だ。

これまた現代、普通に用いられている「付下《つけさ》げ」という種類の着物も、東京の芸者達が考えたという。

和装というと、私達はつい京都《きょうと》が本場と思いがちだが、京都のすごさは西陣織《にしじんおり》や友禅染《ゆうぜんぞめ》の技術力の高さにある。結城紬《ゆうきつむぎ》や紅型《びんがた》も、各地方それぞれの名産だ。

それら素晴らしいファブリックを用いて、時代の流行を作るのは、やはり人の集まる都会の仕事だ。

江戸という大都会において、ファッションリーダーとなったのは、吉原《よしわら》の女郎《じょろう》と芸者衆だった。

特に深川の芸者達――「辰巳芸者《たつみげいしゃ》」と呼ばれた女性らは、江戸後期における流行を牽引《けんいん》した存在だ。

「張りと意気地《いくじ》の深川や」と常磐津《ときわず》に謡《うた》われ、男勝《まさ》りの「お俠《きゃん》」という生き様を美意識のひとつとした彼女達。そういう女性達だからこそ、形式や格式に囚《とら》われない斬新なファッションスタイルを生み出せたのに違いない。

今、袋帯《ふくろおび》を使った「二重太鼓《にじゅうたいこ》」は、和装女性の正装として、皇族が国賓《こくひん》を迎えるときにも堂々と用いられている。芸者の発案したスタイルを皇后陛下までが用いていらっしゃるというのは、考えてみると驚きだ。

その姿を作ったのは、大袈裟でもなく、墨東で威勢を張った辰巳芸者で、彼女達の発想のもとは亀戸天神、太鼓橋にあったのだ。

亀戸天神周辺もなかなか面白いことになっている。

まずは今更、天神様の由来について記しておこう。

資料に依ると、亀戸天神の由来はこんな感じになっている。

――大宰府天満宮《だざいふてんまんぐう》の神職である菅原善昇《ぜんしょう》十八世の孫・大鳥居信祐《おおとりいしんゆう》が正保《しょうほう》三年（一六四六）、道真公の霊示をこうむり、江戸に下って亀戸村にあった天満宮の小祠《しょうし》を修造。公が愛した飛梅《とびうめ》で作った神像を納めた。

のちに周辺が武家地となることに決まったため、本所の開拓を務めた本所築地《つきじ》奉行・徳山五兵衛《とくのやまごへえ》重政《しげまさ》と山崎四郎左衛門重政《やまざきしろうざえもんしげまさ》という「ふたり重政」に願い出て、四代将軍徳川家綱《とくがわいえつな》公より現在地を拝領《はいりょう》。寛文《かんぶん》二年（一六六二）に遷座《せんざ》した。

徳山五兵衛はこの場所が本所の鬼門に当たることから、鎮守の社と定めて、太宰府に模して社を造営したという。

この「亀戸村にあった天満宮の小祠」というのが、実はいまだに残っているのだ。

先に記した牛島神社も同じだが、社寺のあった土地というのは、神や仏が離れた後も、聖域だった証《あかし》が残る。

亀戸天神も同様で、遷座前の場所（江東区亀戸五―三六―一八）には「元天神塚《もとてんじんづか》」と呼ばれる小さな社が建っている。

ただ、ここは現在、マンションの敷地内になっており、一般の人は参拝できない。

確認のために訪ねたところ、社は住まいに付属した庭の一隅に建っており、こちらに背を向けていた。

きちんと管理されていたので、そこは安心したのだが、なんだか色々腑に落ちない。

社のある庭付き物件を購入した人がいるのか、あるいは土地の所有者がそこに住んでいるのだろうか。住民に訊く機会も得られず、詳細はわからずじまいだが、不思議な感じがする場所だ。

この元天神塚の近くには、亀戸水神宮《かめいどすいじんぐう》（江東区亀戸四―一一―一八）がある。

創建は享禄《きょうろく》年間（一五二八～一五三二）。室町《むろまち》幕府十二代将軍足利義晴《あしかがよしはる》の頃とされ、江戸開闢《かいびゃく》以前から当地にあったされる古社だ。

ご祭神は弥都波能売神《みずはのめのかみ》という女神様で、亀戸村が開かれた頃、大和国吉野《やまとのくによしの》の丹生川上神社《にうかわかみじんじゃ》から勧請《かんじょう》されたと伝わっている。

今でこそ小さな社だが、地元の人に伺ったところ、昔は亀戸天神よりも水神様のほうが人々に信仰されていたのだとか。

再三、河童の話が出てきたように、亀戸周辺は近年までは低湿地であり、蓮田《はすだ》の多い農村だった。学問の神様よりも、水の神様のほうが大事にされるのは当然だろう。

ゆえに、その敷地もまた広大で、現在、JR総武線亀戸駅東口にある「水神森《すいじんもり》」バス停が、神域の入口だったという。

また、東武亀戸線《とうぶかめいどせん》では、亀戸駅の次が亀戸水神駅となっている。ほぼ、駅ひと区間分が水神宮の敷地だったというわけだ。

しかし、古地図に描かれた社の周りは、森ではなくて、すべて田圃《たんぼ》だ。実際の神域の境はわからない。

どのみち、こぢんまりとした今の社から、昔を想像するのは難しい。ただ、近所の人の話に依ると、水神宮のお祭りは、水の神様に相応《ふさわ》しく、大概一日は雨が降るとか。

神社は小さくなってしまったが、そのご神徳は現在も天を動かすほど強いのだろう。

現在、この水神宮は亀戸香取神社《かめいどかとりじんじゃ》（江東区亀戸三―五七―二二）の兼務社《けんむしゃ》となっている。

香取神社は本邦初の植木市が開かれた場所としても知られているが、歴史自体も大層古い。創建は天智天皇《てんちてんのう》四年（六六五）。藤原鎌足《ふじわらのかまたり》が東国下向の折、当時、島だったこの地に上陸し、創建したとされている。

これが事実なら、聖徳太子《しょうとくたいし》が生きていた頃とほぼ同時代。飛鳥《あすか》時代から香取神社はここにあったことになる。

ご祭神は経津主神《ふつぬしのかみ》。日本国の平定に手柄を立てられた武神だ。

また、天慶二年（九三九）、平将門《たいらのまさかど》の乱の際には俵藤太《たわらのとうた》藤原秀郷《ふじわらのひでさと》がこの神社に参拝し、戦勝祈願したという。そして、戦に勝ったのち、神恩感謝の奉賓《ほうひん》として弓矢を奉納、勝矢《かちや》と命名したと伝わる。

この故事によって、香取神社では毎年「勝矢祭《かちやさい》」が斎行《さいこう》され、弓矢を象《かたど》った「勝守《かちまもり》」が頒布《はんぷ》されている。

東京の神社は大概、鳥居の先がすぐ拝殿《はいでん》だが、ここはほの暗い参道の奥に社が建っている。季節になると、石畳の両側に紫陽花《あじさい》が咲くのが美しい。そこを抜けた左手に、ひっそりと香取家の墓所がある。

お墓には宮司さんのご先祖様が眠っている。香取家は神様と共に千葉《ちば》から亀戸にやってきて、香取の姓を頂いて、代々、奉仕を続けているのだ。今は何代目になるのだろうか……。

こういう古い神社には、多くの故事があるのが常だが、私が気になるのはやはり、少し不思議な伝説だ。

神社所有の宝物の中に「大杉殿扁額《おおすぎでんへんがく》」というものがある。

さして目を惹くものではないが、この額にはこんな謂《い》われが伝わっている。

――享保《きょうほう》十二年（一七二七）三月朔日《ついたち》、夕方五時半に「光った物」が東から西へ飛び、雷のような音が轟いた。それから三ヶ月後、香取神社境内に常陸国《ひたちのくに》阿波《あわ》大杉大明神《おおすぎだいみょうじん》が飛び移ってきたとして、貴賤を問わず人が集まってきた……。

「光った物」とはなんだったのか。隕石か、それともＵＦＯか。

阿波大杉大明神は「アンバ様《さま》」とも呼ばれる方で、水神、漁の神、また疫病除《やくびょうよ》け、疱瘡除《ほうそうよ》けの神様として、関東以北で広く信仰されている。

その信仰が江戸で広まるきっかけとなったのが、「光った物」の飛行であり、神様が飛び移ったとされた香取神社だったのだ。

アンバ大杉大明神の姿は天狗《てんぐ》にそっくりだ。だから、空を飛ぶ「光った物」がアンバ様だとされたのだろう。

この信仰自体は複雑で、単純に語れるものではない。が、時の幕府はアンバ様への信仰を取り締まりの対象とした。どこに問題があったのか、それもよくわかってないのだが、いわゆる淫祠《いんし》邪教《じゃきょう》の流行《はや》り神と見なされたのは間違いない。

香取神社境内に建てられた祠もまた取り壊されて、扁額は地中に埋められた。しかし、信仰は衰えず、額は氏子の手によって再び掘り出されたという。

由緒正しいお社に、為政者達が忌避《きひ》するような信仰が流行り、またその遺物が残るのも、様々な神仏が同居する墨東《ぼくとう》地域ならではだ。

最近、香取神社の入口は「香取大門《かとりだいもん》レトロ商店街《しょうてんがい》」と呼ばれ、昭和三十年代の景観をイメージして整えられている。また、近くの交差点の角には「亀戸梅屋敷《かめいどうめやしき》」というアンテナショップができ、水陸両用バス「スカイダックバス」の乗り場となっている。

レトロ商店街も梅屋敷も、東日本大震災《ひがしにほんだいしんさい》以降に整ったものだが、それなりに成功しているようだ。

いずれも目を楽しませてくれる場所ではあるが、界隈で昔から馴染《なじみ》があるのは、「亀戸梅屋敷」の向かいにある「但元《たじもと》」という炒《い》り豆屋《まめや》だろう。

昔ながらのガラスケースに入った豆を量り売りしている店で、豆を買うと、やはり昔ながらの紙袋に入れてくれる。

私が幼かった頃、既に古い店だなあという印象だったが、今回、改めて調べてみたら、なんと創業九十年。

関東大震災《かんとうだいしんさい》後、大正《たいしょう》時代からある老舗《しにせ》であった。

以前は店の内外に鳩がいて、零れた豆を拾い食いしていたものだ。だが、二年ほど前から、鳩はきれいに姿を消した。理由は、お店の人曰《いわ》く、「ある日、ふらっと現れた猫が住み着くようになった」から。

この猫、いつもは棚の上などでのんびり昼寝をしているのだが、鳩が近づくと、寝たままの姿でくわっと目を開ける。そのタイミングと気迫は見事なもので、それで、すっかり鳩達は怖じ気づいてしまったらしい。

鳩には可哀想だけど、店は以前より清潔になったし、猫好きにも人気が出ているし、立派な招き猫ぶりを発揮しているといえるだろう。

また、豆に気を取られて見逃しがちだが、「但元」のショー・ウインドーには、先代のご主人が趣味で作ったトンボ玉が展示販売されている。

大分、数が少なくなったが、素人離れした作品揃いだ。私も数個持っていて、帯留めとして愛用している。

この界隈は昔からガラス製造が盛んな地域で、現在も伝統工芸である江戸切子《えどきりこ》の工房や工場がある。その数、江東区だけで四十五。あまり知られていないけど、墨東はガラス産業の町でもあるのだ。

伝統工芸にありがちな後継者不足もないらしく、作家達が作った江戸切子は「亀戸梅屋敷」でも沢山販売されている。

見るたび、ほしいなあ、と思うのだけど、繊細な切子は値段も高い。粗忽《そこつ》な私はすぐ割りそうで、残念ながら手が出せない。

話を神社のほうに戻そう。

香取神社の境内から、少し東に向かった路地には、亀戸《かめいど》石井《いしい》神社《じんじゃ》（江東区亀戸四―三七―一三）がある。

ご祭神は級長彦命《しなつひこのみこと》、凡象女命《みつはのめのみこと》、津長井命《つながいのみこと》。

元禄《げんろく》時代には既に社があったという話だが、詳しいことはわかっていない。ただ、この社は俗に「おしゃもじ稲荷《いなり》」と呼ばれ、咳の病を治す神様として、昔から杓文子《しゃもじ》が奉納されていた。

即ち、神社から杓文字を一本をお借りして、これをご神体として自宅で拝み、病が治った暁には新しい杓文字を一本添えて、倍にして返すというものだ。

咳の神とされたのは、ここのご神体が石器時代の石棒だからだ。そして、石を祀ってあることから「石神」＝「せきしん」＝「咳神」とされ、咳の病気に効験《こうけん》があると解釈された。

――ここまでの情報で、ピンと来た方もいることと思う。そう。ここは長野《ながの》県《けん》諏訪《すわ》地方にて信仰されるミシャグジ神《しん》と関係するのだ。

杓文字にまつわる信仰は、石神が「しゃくじん」とも読まれたことから出たものだ。そして、ミシャグジ信仰は石棒を祀るとされている。

不思議な名前のこの神は、今の諏訪大社のご祭神・建御名方神《たけみなかたのかみ》が諏訪に鎮座する以前から、同地方で祀られており、その信仰は縄文時代にまで遡るともいわれている。

ゆえに信仰形態も原始的だ。

ミシャグジ神は、神官に選ばれた男児に降りて託宣《たくせん》を下す。また、役目を終えた子供は、次の神官が決まると同時に、人身御供《ひとみごくう》として殺されてしまったとも伝わっている。

東北《とうほく》のアラハバキ神《しん》なども同じだが、大和朝廷《やまとちょうてい》の信仰から外れた神は、大概、記紀《きき》神話に記された神々よりも古い歴史を持っている。

ゆえに時代に淘汰《とうた》され、ミシャグジ神は諏訪地方、アラハバキ神は北東北の信仰としてのみ残る。だが、元来それらの神々は、もっと広い範囲に分布していた。

実際、東京の「石神井《しやくじい》」も、ミシャグジ神ゆかりの地だ。

古い古いその信仰と、亀戸にある小さな社が如何なる繋がりを持っていたのか。記録は何も残ってないが、この社自体が相当な歴史を持つことは確かだろう。

ご祭神・級長彦命は、やはり建御名方神以前に諏訪にいた神様といわれているし、津長井命に至っては別表記（津長井神・綱長井神）を含め、摂社を含めても、全国で十四社でしか祀られていない。

それらの神は、今ではその詳細も、よくわからなくなっている。

近くにある香取神社は飛鳥時代に建ったとされるが、もしかすると、それ以前の亀戸は、石井神社――ミシャグジ神が信仰の中心にあったのかもしれない。

古いといえば、亀戸浅間神社《せんげんじんじゃ》（江東区亀戸九―一五―七）も古い。神社の創建自体は室町《むろまち》時代だが、なんと、ここの富士塚は、もともと弟橘媛命《おとたちばなひめのみこと》の笄《こうがい》を埋めた塚だったとされているのだ。

――日本武尊《やまとたけるのみこと》が東征の折、走水の海《はしりみずのうみ》（今の浦賀水道《うらがすいどう》）にて暴風に遭遇した。尊が「こんな小さな海なら、駆けて跳び上がってでも渡れる」と大言壮語《たいげんそうご》したために、海神の怒りを買ったのだ。怒りを鎮めるため、同行していた妃《きさき》である弟橘媛命は海に身を投じた。お陰で、日本武尊は助かって、当時は浮き洲であった亀戸辺りに上陸できた。が、弟橘媛命の行方は知れず、身に着けていたもののみが、やがて磯辺に漂い着いた。

そのことを知った日本武尊の父・景行天皇《けいこうてんのう》は、当地に笄を埋めて祠を建てた……。日本武尊にもう少し分別があればなあ、という話だが、その笄を埋めた場所が亀戸浅間神社の富士塚なのだ。

話は最早、神話時代だ。

香取神社も往時は海に浮かんだ島であったとされるが、亀戸浅間神社も同様だ。

今の街並みを見る限り、亀戸は海とは無縁に思える。しかし、ここから現在の東京湾《とうきょうわん》までは、直線で五キロメートル強しかない。往時はこの辺りまで、湾が入り込んでいたのだ。

いずれにせよ、弟橘媛命も浅間神社のご祭神・木花開耶姫命《このはなさくやびめのみこと》も、共に絶世の美女とされている。亀戸浅間神社が美人に縁があるのは間違いない。社殿も戦火を免れており、墨東地区では貴重な木造建築だ。

また、境内東南には「六《む》ッ目《め》地蔵《じぞう》小屋《ごや》」と呼ばれる小屋もあり、こちらは江戸時代の石仏や庚《こう》申塔《しんとう》が納められいる。

神話から現代まで。

ここの神社は、様々な時代の面影を宿したタイムカプセルになっているのだ。


界隈には、浅間神社以外にも、弟橘媛命伝説ゆかりの地がある。

浅間神社近くを流れる旧中川《きゅうなかがわ》を北上し、途中、合流する北十間川《きたじっけんがわ》を遡ると、右岸に吾嬬神社《あづまじんじゃ》（墨田区立花《たちばな》一―一―一五）が見えてくる。

ここは弟橘媛命の「御召物《おめしもの》」が漂い着いたところという。

よって、ご祭神は弟橘媛命。相殿《あいどの》には日本武尊が祀られている。

境内には、日本武尊の箸が根付いたという「連理《れんり》の樟《くすのき》」などもある。

社伝によると、江戸時代、神社の建つ土地は「吾嬬の森」、または「浮州《うきす》の森」と呼ばれる微高地で、そこに祠があったという。

この微高地は古墳、「御召物」を埋めた築山、弟橘媛命の墓所そのものなど、様々に言われているのだが、「浮き洲」と呼ばれ、由緒に「海上船中の守護神」とあるのを見る限り、ここもまた、海に続く場所だったのは間違いない。

実際、神社の狛犬には、築地《つきじ》や日本橋《にほんばし》などの漁業関係者の名が多く刻まれている。海辺の記憶はつい最近まで、この近辺に残っていたのだ。

残念ながら、「吾嬬の森」そのものは震災や戦災で失われたが、車道からの長い参道や、古い碑文を眺めていると、歴史の重みと共に、人々が神社と伝説を大切に守ってきたことが伝わってくる。

江戸時代、吾妻神社の土地は亀戸村の一部だった。その町名が明治に「吾嬬」となり、現在は「立花」となっている。

「吾嬬」の名は、日本武尊が妻を偲んで「吾妻はや」――「我妻《わがつま》よ」と言ったことから。「立花」の名はもちろん、その妻・弟橘媛命に由来する。近所の人達は、よほどこの伝説を愛しているのだろう。

ちなみに、千葉県木更津《きさらづ》市《し》吾妻にも吾妻神社があり、ここは流れ着いた弟橘媛命の御袖を埋めて祀った場所と言われている。

浦賀水道の潮流はどうなっているのか……。

詮索するのはやめておこう。

もうひとつ。

吾妻神社のすぐ前を流れる北十間川には、「福神橋《ふくじんばし》」という橋が架かっている。

昭和五十八年（一九八三）の架橋だが、その名の由来になった福神稲荷神社《ふくじんいなりじんじゃ》が吾嬬神社の境内にある。

もともと、福神稲荷神社は吾嬬神社と川を挟んだ対岸、江東区側に鎮座していた。だが、二度遷座《せんざ》して現地に鎮まり、吾嬬神社の摂社となった。このお稲荷様も強力で、東京大空襲のときに無傷で残り、周囲を驚かせたという。

曳舟《ひきふね》のお稲荷様、錦糸町の千種稲荷神社《ちぐさいなりじんじゃ》、そして、亀戸浅間神社も火を免れている。何度も言うが、墨東地区への空襲は、人はもちろん家屋草木に至るまで焼き尽くすほど酷かったのだ。その中、ほかの家と変わりない木造建築であった神社が、焼け野原にぽつんと残った……。神を信じない人ですら、その光景を目にしたときは畏《おそ》れに近い感情を抱いたのではなかろうか。

福神橋のひとつ西寄りに架かっている「境橋《さかいばし》」の袂には、小さなお堂――祐天堂《ゆうてんどう》（江東区亀戸三―三九）が建っている。

江戸時代の初め、浄土宗《じょうどしゅう》に祐天上人《ゆうてんしょうにん》という名僧がいた。

上人はこの北十間川に水死人の多いことを憂い、自ら筆を執って石に「南無阿弥陀仏《なむあみだぶつ》」の名号《みょうごう》と戒名《かいみょう》を記して供養塔とした。

以来、この付近に水死者はなく、子供らも溺れることがなくなったため、供養塔は水難除、安産、子供の守りとして信仰されているという。

祐天上人が何者なのかを知らないと、この伝説の面白さは半減する。

本書の最初に、墨東は『怪談　乳房榎《ちぶさえのき》』『怪談　牡丹灯籠《ぼたんどうろう》』『東海道四谷怪談《とうかいどうよつやかいだん》』という怪談の金字塔の舞台だという話を記した。

あと、著名な怪談で残っているのは、『番町皿屋敷《ばんちょうさらやしき》』と『真景累《しんけいかさね》ヶ淵《ふち》』だろう。

その『真景累ヶ淵』に、祐天上人は関わっている。

『真景累ヶ淵』という作品自体は、三遊亭圓朝《さんゆうていえんちょう》の創作だ。しかし、元の話は仮名草子『死霊解《しりょうげ》脱物語聞書《だつものがたりききがき》』にて、事実に基づいた説話として流布《るふ》していた。

――下総国岡田郡羽生村《しもうさのくにおかだぐんはにゅうむら》の百姓・与右衛門《よえもん》は、後妻の連れ子である助《すけ》という娘を、容姿が醜く脚が悪いことから疎《うと》み、川に投げ捨てて殺してしまう。

だが、翌年、後妻との間に生まれた女児・累《るい》は殺した助に生き写しだった。

村人は助の祟りと噂し、「助が重ねて生まれた」と、累を「かさね」と呼ぶようになる。

長じて両親を亡くした累は、流れ者の谷五郎《やごろう》を二代目与右衛門として婿に迎える。しかし、谷五郎もまた累の醜さを疎んで別の女と通じた挙げ句、助と同じく、累を川に突き落として殺害する。

その後、谷五郎の妻は次々と死に、六人目の後妻・きよとの間に漸《ようや》く菊《きく》という名の娘をもうける。が、累の怨霊が取り憑いて、菊は谷五郎の非道を責め立てる。幸いにして、そのとき、近くに滞在していた祐天上人の法力によって、累の霊は解脱する。菊には続いて、助の怨霊も憑くのだが、しかし、助もまた上人の法力によって解脱が叶う……。

この話は慶長《けいちょう》十七年（一六一二）から、六十年の長きにわたる実話とされる。迫力満点の因縁物だが、実はこの話、事実とされているだけに妙に生々しく陰惨で、私はあまり好きではない。

しかし、興味を惹かれる点はある。

まずは、憑依された女児の名が「菊」であることだ。

「菊」が「聞く」に通じ、民俗学的に巫女の典型的な名前であることは、多くの先達が語るとおりだ。『番町皿屋敷』のお菊さんも、異界への入口とされる井戸と、それに通じる巫女というモチーフが根底にあるとされている。

そういう、ある意味、典型的な名が実話とされる累ヶ淵にも登場するのは面白い。

それともうひとつ気になるのは、累ヶ淵、そして境橋の祐天堂共に、祐天上人が川で亡くなった人を供養している点だ。

河川で亡くなった水死者を弔《とむら》うことを、仏教では「川供養《かわくよう》」「川施餓鬼《かわせがき》」という。

祐天上人は、川供養が得意だったのか。

墨東は海にも近く、また川や堀が多いため、昔から水死人が絶えなかった。隅田川の百本杭《ひゃっぽんぐい》は土左衛門《どざえもん》が引っかかる所として知られていたし、今は跡形も残ってないが、昭和四十年頃まで、隅田川の河口・佃島《つくだじま》に架かる相生橋《あいおいばし》辺りには、何本もの水中塔婆が川に洗われていたという。

その時代によって、場所は川上や中洲と変わったが、『隅田川とその両岸』には、「塔婆は潮が満ちるとかくれ、潮が引くと大きくその姿をあらわして人の目をひいてい」たとある。

水死者の供養、水場での供養風景は、近隣の人々にとっては案外と馴染深いものだったのではなかろうか。

だからこそ、祐天上人という高僧による川供養はありがたかったし、それによって水死者が絶えたというのなら、尚更、その法力に感じ入ったに違いない。

いや、もしかすると、この話の裏には、累ヶ淵同様、無念の死を遂げた亡霊達の影があるのかもしれない。祐天上人がそれらを供養・解脱させたゆえ、生者達が川に「引っぱられる」ことがなくなった……というのが、真相だとも考えられよう。

お定まりのごとく、祐天堂の由緒を記した巻物をはじめ、宝物類は戦災で燃えてしまったが、福神稲荷神社同様に、お堂は戦火を耐えて残った。

そのお陰か、今でも、この界隈で水死者が出たという話は聞かない。

●色町の話

鳩の街

亀戸《かめいど》地区はとにもかくにも神社が多い。

亀戸自体、一～九丁目まである広い町だが、多くの氏子を抱える神社だけでも、亀戸天神《かめいどてんじん》、亀《かめ》戸《いど》香取神社《かとりじんじゃ》、江東天祖神社《こうとうてんそじんじゃ》、亀戸浅間神社《かめいどせんげんじんじゃ》とある。

それに先の亀戸水神宮《かめいどすいじんぐう》、亀戸石井神社《かめいどいしいじんじゃ》、そして北十間川《きたじっけんがわ》沿いの伏見稲荷神社《ふしみいなりじんじゃ》が加わるわけだ。

しかしなぜか、この私、伏見稲荷神社と江東天祖神社には縁がない。

お稲荷様は大好きで、京都《きょうと》の伏見稲荷には何度もお参りに行っているのに、亀戸の伏見稲荷には足を向けたことがない。

また、どういうわけか、江東天祖神社にも一度も行った憶えがない。

江東天祖神社は柳島村《やなぎしまむら》の鎮守《ちんじゅ》であり、創建は推古天皇《すいこてんのう》の時代。聖徳太子《しょうとくたいし》作の神像を祀《まつ》るという古社だ。

語ってみたい気もするのだが、縁がないものは仕方ない。知らない場所を知ったふりして記すのは、却って失礼だと思うので、本書ではここまでにしておこう。

ただ、江東天祖神社周辺は、語りがいのある土地だ。

昭和《しょうわ》三十年代初めまで、亀戸天神裏から天祖神社の辺りまで――俗に言う「天神裏」は花街《はなまち》であり、また「赤線《あかせん》」でもあったのだ。

「赤線」「青線《あおせん》」は、共に売春街を示す言葉だ。

「赤線」は当時の「特殊飲食店」の名称の下《もと》、警察から売春行為を許容されていた地域。「青線」は一般飲食店の営業許可のみを得て、非合法に売春行為をしていた地域を指す。とはいえ、現実的には「青線」も黙認されていたために、どこまで明確な区別があったのか、私にはよくわからない。

事実、天神裏一帯も「赤線」と記してある資料もあれば、「青線」としてある本もある。どちらも、客にしてみれば大差なかったということか。

亀戸天神一帯は、江戸《えど》時代から行楽客目当ての水茶屋や料理屋が軒を連ねていた。それを引き継ぐ形で、日露戦争《にちろせんそう》後に三業地《さんぎょうち》（料理屋・待合《まちあい》茶屋・芸者屋の三業種の営業を許可された土地）となり、「城東花柳街《じょうとうかりゅうがい》」が誕生する。

『花街《はなまち》・色街《いろまち》・艶《つや》な街《まち》　色街編《いろまちへん》』によると、昭和五年（一九三〇）には、芸妓屋八十九軒、芸妓二百三十六名、待合は七十九軒あったという。

著名な社寺と花街との取り合わせは、深川八幡《ふかがわはちまん》と深川芸者《ふかがわげいしゃ》の関係とほぼおんなじだ。粋なその雰囲気が一変した原因は、関東大震災《かんとうだいしんさい》だった。

浅草十二階《あさくさじゅうにかい》（凌雲閣《りょううんかく》）下にあった私娼窟で働いていた人々が、震災によって焼け出され、天神裏と玉《たま》ノ井《い》に新たな場所を求めてきたのだ。

玉ノ井は永井荷風《ながいかふう》『濹東綺譚《ぼくとうきたん》』で有名な場所だが、十二階下から流れてきた人は亀戸のほうが多かった。

「芸は売っても身は売らぬ」とは深川芸者の心意気だが、亀戸周辺の芸者衆は、移動してきた娼婦らをどのような眼差しで受けとめたのか。いや、深川芸者も全員が売春を拒否していたわけではない。芸者と娼婦は案外と、仲良く暮らしていたかもしれない。

ともあれ、震災後、昔ながらの花街に隣接する形で、銘酒屋《めいしゅや》と呼ばれる非合法売春店がどっと増え、天神裏は約八百軒の店が軒を連ねる一大色町に変化した。

数はその後も増え続け、震災から六年後には、一千軒を数えたというから驚きだ。カフェーとも呼ばれた銘酒屋は、一軒につき通常ふたりの私娼を置いた。単純計算で二千人以上もの売春婦がいたことになる。

実際、亀戸は簡単に安く遊べるということで、周辺の工場労働者達に大層人気があったらしい。だが、ご多分に漏れず、その繁盛も大空襲で灰燼《かいじん》に帰《き》した。再び焼け出された人々は、今度は葛飾区《かつしかく》の立石《たていし》と新小岩《しんこいわ》に移転して、そこで新たに商売を始めた。

しかし、時は既に戦後。それらの町は進駐軍《しんちゅうぐん》の慰安所《いあんじょ》となり、昭和三十三年（一九五八）の売《ばい》春防止法《しゅんぼうしほう》施行によって消えていく。

天神裏も敗戦後に復活したものの、売春防止法で勢いを殺《そ》がれ、料亭の数も減っていき、とうとう、平成《へいせい》九年（一九九七）には三業組合自体が解散した。

私娼窟はともかく、花街までがなくなってしまったのはなんとも惜しい。

色町だった辺りは今、普通の住宅街に変わっているが、注意深く歩いてみると、往時の名残が窺える。見番《けんばん》跡は自治会館として使われているし、その手の宿の定番だったタイルを使った建物も、ほんの僅かだが残っている。

当時はどれほど賑わっていたのか。

近隣の人に伺ったところ、昭和四十年代まで、亀戸天神の真裏には温泉も湧いていたという。今、天神様の裏にある銭湯「天神湯」とはまったく別の完全な天然温泉だ。お湯が真っ黒だったというから、多分、鉱泉だったのだろう。

昭和三十年前後に発行されたと覚しき『最新隅田江東区改正大地図《さいしんすみだこうとうくかいせいだいちず》』（毎日新聞社編《まいにちしんぶんしゃ》）の裏面には、こんな広告が打たれている。

「東京の天然温泉　亀戸温泉　大衆浴場　亀戸天神境内」

神社の裏どころか、境内の一角に温泉はあったのか？

玉垣内に湧く温泉なんて、想像するだけで面白い。その施設もきっとまた、花街に暮らす人々の楽しみだったに違いない。

また、私は確認してないが、話の発端になった江東天祖神社の玉垣には、私娼宿の組合である「亀戸遊園地組合《かめいどゆうえんちくみあい》」の名が刻まれているという。

もちろん、この遊園地は大人の遊び場を指すのだが、私娼窟を「遊園地」と呼ぶ例を、ここ以外に、私は知らない。

天神裏で遊んだ男達は、「昨日は遊園地に行ってきた」などと言っていたのだろうか。

江東区にはもう一ヶ所、亀戸より古く、規模の大きい色町があった。東西線《とうざいせん》・木場《きば》〜東陽町《とうようちょう》駅の南に広がっていた洲崎遊郭《すさきゆうかく》、戦後の洲崎パラダイスだ。洲崎遊郭は明治《めいじ》十年（一八七七）の東京大学設立に当たって、根津遊郭《ねづゆうかく》が移転してきたことに始まる。遊廓としての最盛期は明治時代で、娼妓《しょうぎ》一万二千名近く。吉原《よしわら》に次ぐ規模を誇り、名のある大店《おおだな》も多かった。

この洲崎もまた震災と戦火にやられた口だが、海が近かったため、台風による高潮などの被害も受けた。その都度、洲崎の風景は変化を余儀なくされたという。

しかし、当地は泉鏡花《いずみきょうか》や永井荷風、木村荘八《きむらしょうはち》、三浦哲郎《みうらてつお》などの文人達に愛されて、多くの作品の舞台になった。洲崎は江戸時代から、船遊びに好適な行楽地だった。そんな風景と遊女の様が、江戸情緒を残して見えたのだろうか。

戦後の呼称「洲崎パラダイス」が有名になったのは、芝木好子《しばきよしこ》の同名小説が発端だ。この作品は『洲崎《すさき》パラダイス　赤信号《あかしんごう》』として映画化されて人気を博した。

ただ、そのときには既に売春防止法が成立しており、男達の夢は郷愁として味わう以外、方法はなくなってしまっていた。

この前後、洲崎に行った人の話がある。

話者は当時、まだ少年だった。ある日、彼が友を訪ねて、昼間に洲崎を歩いていると、通りの向こうから「きれいなお姉さん」がやってきた。

和服もまだ多かった時代に、お姉さんは洋装をして、レースのついた鍔広《つばびろ》の帽子を被っていたという。

そして、少年に近づくと、彼女は化粧品の容器を出した。

「ぼっちゃん、クリームの蓋が開かなくなっちゃったから開けて」

素直に受け取って蓋を開けると、途端、中から作り物の蛇が飛び出した。

容器はびっくり箱だったのだ。

女性はケラケラ笑いながら去っていった。

——無邪気な話に思えるが、「きれいなお姉さん」の正体を考えると、どこか物寂しい。

洲崎パラダイスなき後、彼女はどこに流れていったのか。いや、娼婦と見るのは間違いで、近隣に住むハイカラなお嬢さんだったのかもしれないが……。

どのみち、最早、洲崎の地名も残っていない。

海も、遥か遠くになった。

唯一、面影が残るのは、「洲崎」の名を冠したままの弁財天社《べんざいてんしゃ》のみである。

大体において、墨東地域は色町が多い。

その中、どこよりも有名なのは、墨田区《すみだく》にある玉ノ井と鳩《はと》の街《まち》に違いない。

玉ノ井の名が全国に知れ渡ったのは、いわずと知れた永井荷風『濹東綺譚』が嚆矢《こうし》となる。ここが私娼窟となったのは、天神裏と同じく関東大震災後、浅草十二階下の女達が移ってきたからだ。

それを受けてか、銘酒屋の並び始めた大正十三年、最寄り駅だった東武白鬚駅《とうぶしらひげえき》は玉ノ井駅と改名された。

「玉ノ井」という地名自体、この界隈を領地としていた旗本・多賀藤十郎《たがとうじゅうろう》の愛人の名から来ているという。この名称は、当時のここの風俗に似合いのものだったのだろう。

しかし、私娼窟として有名になりすぎたことが仇《あだ》となり、昭和六十二年（一九八七）、玉ノ井という駅名は東向島《ひがしむこうじま》と変わってしまった。

話が逸れるが、東武鉄道は最近も、業平駅《なりひらえき》を東京スカイツリー駅と改名した。

スカイツリー周辺の町が作ったキャラクター「おしなりくん」は、業平と押上の町に因んだ命名だ。また、「おしなりくん」が平安《へいあん》時代の水干《すいかん》に似た服を着て、スカイツリーを烏帽子《えぼし》代わりに被っているのも、地名のもととなった歌人・在原業平《ありわらのなりひら》をイメージしたためだ。

業平町という名前は残っているけれど、駅名が変わってしまったことで、「おしなりくん」の意味がわからない観光客も多いのではなかろうか。

噂によると「業平」を「なりひら」と読めない人がいることが、改名理由のひとつだという話だが……。

在原業平も知らないなんて、日本人として情けない。

こうなってくると、どれほどの人が永井荷風を知っているのか、心許なくなるのだが、読者を信じて話を進める。

二十代の頃、私は荷風の作品が大好きだった。

ゆえに著作をすべて読み、遂には件《くだん》の発禁本『四畳半襖《よじょうはんふすま》の下張《したばり》』まで入手したほど入れ込んだ。

そののち、読書傾向が怪談に傾いていったので、荷風からは遠のいたのだが、今回、玉ノ井を記すに当たり、改めて作品を読み返してみた。

結果――なんか鬱陶《うっとう》しいのだ。

玉ノ井を場末場末と記し、自分の好きなことに一々理屈をつける。好きなら好きで、いいじゃないか。

「いけすかねえなあ」

こういう作家を愛していたということは、当時の私も大概、鬱陶しくていけ好かない女だったということか。

いや、偉大なる永井荷風に、わたくしごときが、物を言うのは烏滸《おこ》がましい。

感性が合わなくなったとはいえ、凄みのある文章にはやはり唸らされるし、読むほど引き込まれていくのは確かだ。

荷風のほかにも、玉ノ井には、高村光太郎《たかむらこうたろう》、サトーハチロー、吉行淳之介《よしゆきじゅんのすけ》、小沢昭一《おざわしょういち》などなど、多くの文人が惹《ひ》きつけられた。洲崎もそうだが、男達にとっての色町というのは、ある種のロマンなのだろう。

『濹東綺譚』そのものについては、作品を読んでいただきたい。

何度も映画化されているので、そちらで記憶している方もいるだろう。中には、浅草生まれの画家であり、随筆家でもあった木村荘八が描いた挿絵《さしえ》を思い出す人もいるかもしれない。

当時、東京朝日新聞《とうきょうあさひしんぶん》に連載された『濹東綺譚』についた挿絵は、木村荘八の出世作となった。

面白いのは、この仕事をするに当たって、荘八は玉ノ井ではなく、亀戸天神裏の私娼窟を取材したということだ。

当時のスケッチは氏の『風俗帖《ふうぞくちょう》』シリーズや、岩波文庫《いわなみぶんこ》『新編《しんぺん》　東京繁昌記《とうきょうはんじょうき》』で見ることができる。

同時期に同じ私娼窟から発生した色町のあれこれは、家並みも似ていたに違いない。

天神裏と玉ノ井は、共に十二階下の娼婦を受け容れたのみならず、『濹東綺譚』上でも、切れない縁《えにし》で結ばれている土地なのだ。

玉ノ井、そして、こののちに述べる鳩の街は、共に両親の実家に近く、私もまた幼い頃まではご近所だった場所である。

叔父の話によると、当時、玉ノ井と呼ばれた私娼窟は、鐘《かね》ヶ淵《ふち》付近まで広がっていたらしい。

やはり、空襲によって丸焼けになったが、娼家はすぐに復活した。叔父の友人は、その場所で新聞配達をしていた。ふたりが十代半ばの頃の話だ。

その友人に誘われて、あるとき、叔父は色町に入った。すると、女の人がキャラメルやビスケットを分けてくれたという。

米兵からのもらいものだ。

実際、路地には沢山のアメリカ兵の姿があった。敗戦直後の玉ノ井は、RAA（特殊慰安施設《とくしゅいあんしせつ》協会《きょうかい》）の指定を受け、米兵の慰安所となっていたのだ。

RAAは進駐軍による一般婦女子への暴行を抑止するため、敗戦後すぐに設立された。

そうせざるを得ないほど、進駐軍の強姦事件が多かったという話だが、子供だった叔父達に、事情は呑み込めなかったに違いない。

珍しいお菓子がもらえるのなら、RAAだろうが銘酒屋だろうが、構わなかったというのが本音だろう。

もう色気はあったかもしれないが、それよりは皆が飢えていた時代だ。戦後七十年経った今でも、もらった菓子の種類まできちんと憶えているのだから、余程、嬉しかったに違いない。

しかし、米兵達の姿はすぐに玉ノ井から消えていった。

敗戦から一年経たない昭和二十一年三月十日、RAA全施設への立ち入りが禁止されたのだ。

理由は、兵士達の性病——梅毒《ばいどく》の罹患《りかん》率が高かったことだ。

『花街・色街・艶な街　色街編』によると、ある部隊では兵士の七十パーセントが保菌者となっていたという。

まあ、さんざ空から多くの命を無差別に奪った土地で、いい思いをしようなんて思うから罰《ばち》が当たるのだ。

この件に関しては、謹《つつし》んで「ざまあみろ」と申し上げておきましょう。

ともあれ、そういった色町の諸事情は、子供達には関係のないことだった。色町という場所自体、彼らには用のない所だったが、ひとつ、玉ノ井界隈の隅田川寄りにあった土手だけは、非常にローカルな目印で、かつ遊び場となっていたらしい。

名もなきこの土手は、たった四駅しかなくて、たった八年で廃線となった東武白鬚線の盛り土の名残だ。

路線は昭和十一年（一九三六）に廃止されたが、土手は戦後暫《しば》くの間、そのままの姿で残っていて、ガードの上に、近所の家が梅を干したりしていたらしい。

少し先には製氷工場が建っていて、夏場、プールに行く途中、子供達は梅干しを失敬してしゃぶり、工場の箱から落ちた氷を口に入れながら歩いたという。

玉ノ井で育った滝田《たきた》ゆうも、似たようなことをしたに違いない。

実際、この土手については、滝田ゆうも記しているし、荷風もまた『濹東綺譚』で触れている。

「線路に沿うて売貸地の札を立てた広い草原が鉄橋のかかった土手際に達している。去年頃まで京成《けいせい》電車の往復していた線路の跡で、崩れかかった石段の上には取払われた玉の井停車場の跡が雑草に蔽《おお》われて、此方《こなた》から見ると城址《しろあと》のような趣をなしている。

わたくしは夏草をわけて土手に登って見た。眼の下には遮《さえぎ》るものもなく、今歩いて来た道と空地と新開の町とが低く見渡されるが、土手の向側は、トタン葺《ぶき》の陋屋《ろうおく》が秩序もなく、端《はて》しもなく、ごたごたに建て込んだ間から湯屋の烟突《えんとつ》が屹立《きつりつ》して、その頂きに七《なな》、八日頃《ようか》の夕月が懸《かか》ってい
る。」

……はいはい。陋屋で悪かったわねえ、と、地元民としては臍《へそ》を曲げたいところだが、ここはちょっと我慢しよう。

滝田ゆうはこの土手を「山」と呼んでいたようだが、叔父達は「赤土手《あかどて》」と言い、蝉採《せみと》りなどに興じていた。

「赤土手」の由来は単純で、赤土が盛られた土手だったからだ。

周辺は当時、別荘地であり、荷風も先の文章に続けて、「線路の左右に樹木の鬱然と生茂《おいしげ》った広大な別荘らしいものがある。」と記している。

その中でも一番、人の口に上ったのが、帝国《ていこく》ホテルの創設者でもある実業家・大倉喜八郎《おおくらきはちろう》の別荘――いわゆる「大倉別邸《おおくらべってい》」だ。

建物は明治四十三年（一九一〇）竣工《しゅんこう》。現在の墨田区堤通《つつみどおり》一丁目、首都高速《しゅとこうそく》6号向島線《むこうじません》出口の際にあった。

もともとは、十一代将軍家斉公《いえなり》の側近中の側近であった播磨守《はりまのかみ》・中野清茂《なかのきよしげ》――中野碩翁《なかのせきおう》の屋敷のあったところだが、明治になって、その土地を大倉喜八郎が手に入れた。

一帯は空襲を逃れたので、別邸も無事なままに残った。そのため、戦後暫くは進駐軍に接収されて、将校用の接待所兼レストランになっていたという。

昭和五十三年（一九七八）、建物は千葉県船橋市《ふなばしし》に移転して、つい最近まで、「三井《みつい》ガーデンホテル船橋《ふなばし》ららぽーと」の付属施設として使用されていた。

聞いた話によると、移転の際は家をそのまま船に載せ、隅田川から海に出て、船橋まで運んだそうだ。

生憎《あいにく》、移転後の別邸は既に解体されていて、姿を見ることは叶わない。ただ、幸いにして、大《おお》倉文化財団《くらぶんかざいだん》に委譲しての移築が決まったと聞いたので、近い将来、また建物を見る機会があるかもしれない。

『濹東綺譚』が記された昭和十二年（一九三七）には、当然、別荘はまだ建っていた。土手に上った荷風の目にも、大倉別邸は映ったはずだ。

私の親達もまた、その佇まいは記憶している。

鬱蒼《うっそう》と木が生い茂った敷地は、町工場ばかりの下町にあって、むしろ野趣《やしゅ》を湛《たた》えていたという。

そして、その「森」から飛び出してくる蝉を、子供達は「赤土手」で、待ち構えて捕まえたのだ。

玉ノ井の隣に鳩の街ができたのは、戦後のことだ。

空襲は玉ノ井をも灰にした。辛うじて残った一画をもとに、玉ノ井はすぐ復活するが、それでも以前の勢いを取り戻すことは叶わなかった。

見切りをつけた業者は各地に流れたが、玉ノ井の保険組合長が自身の肝煎《きもいり》りで「赤土手」の側に、新たに鳩の街を作った。

荷風はここをも訪れて、昭和二十四年（一九四九）に『春情鳩の街《しゅんじょうはとのまち》』、二十五年に『渡鳥《わたりどり》いつかへる』と、立て続けに二本の戯曲を上梓《じょうし》している。

吉行淳之介も二十六年に『原色の街《げんしょくのまち》』を発表し、芥川賞《あくたがわしょう》候補となった。

そんなに当時の色町は、作家達の創作意欲を刺激する場所だったのか。洲崎からずっと並べてみると、なんだか不思議に思えるほどだ。

当然、実際の売春宿に文学的な情緒はない。

鳩の街で遊んだ人の話を聞くと、店や女性との関係は随分ルーズだったらしい。

平日などは腕時計をカタに渡して、タダで遊んだというし、女の子を業平辺りの旅館に引っぱり出したりしたという。

鳩の街に限った話ではなかろうが、女性の中には結構な数のヒロポン中毒がいたという。

ヒロポンはいわゆる覚醒剤で中毒性を持つ麻薬だが、当時はまだ合法で、栄養ドリンク感覚で誰でも買うことができた。

「疲労をポンと取る」ので「ヒロポン」と命名されたと伝わるように、疲労回復と強壮作用があるとされ、戦時下では兵隊が使い、戦後は労働者達が愛用した。墨東の町工場には、富山《とやま》の薬《くすり》売《う》りよろしくヒロポン売りが顔を出していたという。

このヒロポンは色町にも蔓延《まんえん》し、多くの中毒患者を作った。

実際、ヒロポンを打つと、全能感に包まれて、二日くらい徹夜が平気になったし、薬で昂揚した女性は、手を握っただけで男に抱きついてきたという。

中毒になった女性にヒロポンをあげると、また、どこにでもついてきた。それで、外に連れ出して、買うより安く済ませるのだ、と。

なんだか不愉快なエピソードだが、実際はこんなものだろう。

しかし、話を聞かせてくれた老人が、鳩の街の風俗も女達の服装も、全然憶えてないのには参った。

「ともかく、スタイルがよかった」としか繰り返さないのだから、まったくもう……。

天神裏に「亀戸温泉」があったごとく、鳩の街近くには「有馬温泉《ありまおんせん》」があった。

明治三十一年（一八九八）六月、東陽堂《とうようどう》の風俗画報別冊《ふうぞくがほうべっさつ》として出された『新撰東京名所圖會《しんせんとうきょうめいしょずえ》』第十四編「隅田堤《すみだつつみ》　下」に、この温泉の記述がある。

旧漢字を直して、少し抜粋してみたい。

「有馬温泉《ありまおんせん》は請地町に在り、明治十七年十一月、向島《むこうじま》秋葉神社の境内《けいだい》千有余坪の地を闢《ひら》き、摂州有馬の湯花《ゆばな》を遷《うつ》し、温泉宿を営み、手軽《てがる》御料理をも為す、中《なか》の坊《ぼう》梶木源之助同店なりといふ。」

「客間　茅葺《かやぶき》二階建一棟《むね》何の風情《ふぜい》も無けれど、遠く墨堤の桜を望み、小田《おだ》の蛙《かわづ》に耳を澄《すま》し、秋は稲葉の風に戦《そよ》ぐも、態《さま》変わりてをかし。」

「泉水　池あり水青く、中島に茶室《ちゃしつ》あり、渚《なぎ》さに捨小舟《すておぶね》、それすら風雅《ふうが》なるに、蓮《はす》の浮葉に鯉の跳《は》ねて、客あり、釣竿を望む時は、随意《ずいい》に貸與《たいよ》して、釣る所の魚を調理《ちょうり》す。鮮鱗溌溂膳に上るも快《かい》、」

「美人なし　別嬪《べつぴん》は他よりお連れ下されとは情《なさ》けなくも、前歯《まえば》のぽつくり欠損《かけ》た婆様《ばアさま》が愛嬌。」

美人なし、というのがおかしいが、本文に添えられた絵を見る限り、本家兵庫《ひょうご》の有馬温泉を写したか、鄙《ひな》びた感じが風情ありげだ。

文中にあるとおり、ここは天然温泉ではない。しかし、この温泉もまた、亀戸と同じく、神社の境内だ。

地図を見ると、秋葉神社境内の北に位置した池の辺りに温泉がある。

明治期には既に神社は縮小していた様子だが、池は残り、神社の飛び地とされていた。

色町と温泉、色町と社寺はセットになりやすいものではあるが、三つがコンパクトにまとまっているのが、墨東界隈というわけか。

秋葉神社（墨田区向島《むこうじま》四―九―一三）の創建は正応《しょうおう》二年（一二八九）と伝わっている。

この地は請地《うけじ》村の一部だが、神社周辺は「五百崎《いおざき》の千代世《ちとせ》の森《もり》」とも呼ばれていて、古くから千代世《ちとせ》稲荷大明神《いなりだいみようじん》が祀られていた。

そこに、江戸時代初め、善財《ぜんざい》という僧が庵《いおり》を結んで数年間修行したのち、秋葉大神《あきばおおかみ》の神影を彫って社殿に納めて消え去った。

秋葉権現《あきばごんげん》は白狐《びやっこ》に乗った天狗様だ。

つまり、善財は千代世稲荷の上に天狗を乗っけて、いなくなったというわけだ。

請地村の「請地《うけち》」という語は、辞書を引くと、中世の荘園《しようえん》関係の言葉となるが、向島の請地は「浮島」が訛って定着したものという。

「五百崎」もまた、数え切れないほど多くの洲崎という意味なので、江戸以前、秋葉神社のあった辺りは、鬱蒼と木々の繁茂《はんも》する入海《いりうみ》だったに違いない。

最盛期の秋葉神社の社地は、六千九百五十二坪。紅葉の美しさは江戸中に鳴り響くほどだったと伝わっている。

また、ここは多くの大名や大奥女中の信仰を得て、女中達は参詣を口実にして、紅葉狩りを楽しんだという。

当時の請地は、江戸城から日帰り可能なぎりぎりの距離に当たっていた。今、都心から奥多摩《おくたま》辺りに出掛けるのと同じ感覚で、彼女達は秋葉神社の紅葉を楽しんでいたのだろう。

有馬温泉はそんな大奥の女中達が姿を消した後、作られた。

『新撰東京名所圖會』第三編「墨田堤　中」には秋葉神社の項目もあるが、そこに紅葉の記述はない。

「境内の景況の大に今日と異なる」とあるので、残念ながら、明治期の神社は既に、名所とはいえなくなっていたようだ。

『新編東京名所圖會』からちょうど十年後の明治四十一年、この有馬温泉で「化物会《ばけものかい》」なる怪談会が催された。

参加者は、泉鏡花や小山内薫《おさないかおる》、鏑木清方《かぶらききよかた》、鰭崎英朋《ひれざきえいほう》、六世尾上梅幸《おのえばいこう》など、時の人を交えた五十名。

会の詳細は『江戸東京怪談文学散歩《えどとうきょうかいだんぶんがくさんぽ》』に譲るが、当日、床の間には幽霊を描いた掛け軸が掛かり、棺の中にはビールを仕込み、

「下屋敷《したやしき》の四畳半に蚊帳が吊られて凄い幽霊の掛物《かけもの》の前、行灯《あんどん》の下《もと》へ、三階から一人宛《ずつ》行って名前を書くことは随分おっかない不可《いや》な感じをさせた。」（読売新聞「一昨夜の化物会」明治四十一年七月十三日）

と、なかなか楽しげな会だったらしい。

向島ではこのほか、百花園《ひやっかえん》でも怪談会が催されている。

向島一帯にはまだ、怪異を語るに相応しい、侘《わ》びた風情が残っていたのだろう。

秋葉神社自体がいつ、温泉と切り離されたか、詳しい時期は不明だが、いずれにせよここもま

た、震災と戦災で、まったく面影をなくしてしまった。

——ここでひと言記しておくが、私だって、戦争の話がしたいわけではない。だが、墨東の歴史を語ると必ず、そこに行き当たってしまうのだ。

焼けたか、焼けなかったか。死んだか、生き延びたか。残らなかったか、残ったか。人も、建物も、風俗も。良いことも悪いことも、すべてがそうだ。

何十年経とうとも、戦後は所詮、戦後でしかない。

昭和二十年以前の墨東は、分厚い猛火の壁越しに窺うほか、手立てはないのだ。

もっとも、秋葉神社の縮小は明治時代から顕著だった。殊に水戸街道《みとかいどう》が通って以降、神社と有馬温泉は幹線道路で分けられて、関係が見えなくなっている。

ただ、そののちにできた鳩の街と、有馬温泉は目と鼻の先だ。

よもや、鳩の街の時代まで温泉があったとは思わぬが、戦後、つい最近まで、温泉の跡地には「有馬湯《ありまゆ》」という銭湯があった。名所に名前をあやかっただけのものかもしれないが……。

今、その場所はマンション（墨田区向島五―三八―一八）となり、入口には「向嶋有馬温泉縁起《むこうじまありまおんせんえんぎ》」と刻まれた説明板が埋め込まれている。

とはいえ、このマンションから、温泉だった頃の風景や、遡っては江戸随一の紅葉の名所だった時代を想像するのは至難の業だ。

鳩の街は玉ノ井よりも、もっと両親の実家に近く、私が育った家からも、さほど離れていなかった。

実際、戦後に母が通った学校は、鳩の街の側にある寺島第一小学校《てらじまだいいちしょうがっこう》だ。小学生だった母達に、町の意味はわからなかった。それであるとき、友人と共に、母は鳩の街に入ったという。

鳩が沢山いるのだと思い込んでいたというから、なんとも無邪気だ。

訪れたのは、当然、昼間だ。

建物はほぼモルタル二階建てで、そこにダイヤ形や円形の窓があり、電気（外灯？）が赤かったという。

そのときの印象を、母はこう語る。

「冬だったんだけどね。おしろいのはげた顔をした女達が、寒空に着物一枚で震えながら懐手《ふところで》しててさ。寒々とした格好で歩いてた。町はおどろおどろしい雰囲気があったね」

男の視線とはまったく違う。

子供であっても、女性はきちんと同性を観察しているわけだ。

母はそんな女のひとりに、「子供が来るんじゃない！」と怒鳴られて、町から逃げてきたと語った。

一方、父は十代の後半、青年団で行ったという。

青年団で、というのもすごいが、金がないのでまったくの素見《すけん》、歩くだけだったというからお粗末だ。

当時、鳩の街は繁盛していた。

素人上がりが多かったのと、美人が揃っていたためだ。

戦争によって、すべてをなくして流れてきた女性もいたのだろう。しかし、そのせいで、女性の値段は吉原よりも高かったという。

父の兄に聞いたところでは、当時、鳩の街の値段は五百円。隣の玉ノ井は三百円。工場で働く伯父の給料が千円だったと聞いているので、それより安月給だった私の父が、歩くだけで終えたのも仕方ない。

ちなみに、先述した亀戸・洲崎は三流で、三鷹《みたか》四流、千住《せんじゅ》は五流と言われていたとか。

鳩の街に来る客は、相応の金持ちだったのだ。

鳩の街は、実家の近所だったというだけではない。

実はこの街の整備には、私の叔父――赤土手で蝉を採ってた叔父が関わっている。

少し話が迂遠になるが、戦争前後の叔父のことから記したい。

叔父は昭和十九年から二十一年までの間、江東区の石川島播磨重工業《いしかわじまはりまじゅうこうぎょう》に勤務していた。

徴用《ちょうよう》（戦時中の国民総動員法による強制労働）で働きに出たのだが、お偉いさんの知人の子と間違えられて、時刻を知らせるラッパを吹くという、簡単な仕事を任された。人違いだとわかった後も、なぜかそのままラッパを吹いて、あとは遊んでいたという。

大空襲のときには当然、石川島も爆撃を受けた。

爆撃は明け方から始まったので、工場は操業していなかった。が、この辺りに住む人達は砂町《すなまち》の先まで逃げたか、隅田川の対岸まで泳いだ人以外は皆死んだという。

戦後、徴用がすべて解雇となったあと、叔父はひとり正社員として会社に残ることが叶った。どうも上司に可愛がられていたらしい。しかし、暫くはやることもなく、毎日、課長と石川島で釣りばかりして暮らしていたという。

なんだか呑気で羨ましいが、叔父は真面目な人間だった。こんなことを続けても仕方ないと思った叔父は、設計を勉強して公務員試験に受かり、墨田区役所に勤務が決まった。小学校しか出ていないのに、公務員とは恐れ入る。

ともかく、叔父は区役所で測量の仕事を任された。焼け野原となった東京だ。仕事はいくらでもあった。それで、図面などを引いているうちに、鳩の街の仕事が回ってきた。

なんと、鳩の街の道路をコンクリート舗装するというのだ。

叔父曰《いわ》く、コンクリートの舗装道路は、東京で初めての試みだった、と。

当時は今のようなミキサー車はなかったため、いわゆる生コンは本当に生ものだった。使用するときは、生コンそのものをダンプで現場に運ぶのだが、運搬途中に分離が起きる。そのため、現場で練り直し、固まらないうちに利用した。

まさに、時間との勝負。量が多すぎても少なすぎても、支障が出る。規模が大きくなればなるほど、使用量の計算は間違いが許されなくなってくる。

叔父は道路を測量し、生コンの量を計算した。

そして当日――区役所や都の役人の環視する中で、鳩の街に生コンが敷かれた。

トラックに積まれた生コンの量は、まさにちょうど、ぴったりだった。

「あのときは、本当にホッとしたよ」

話をしてくれたときもまた、叔父はホッとした顔をした。

今、スカイツリータウンの一角に「生《なま》コンクリート工場《こうじょう》発祥《はっしょう》の地《ち》」（墨田区押上《おしあげ》一丁目）という記念碑がある。

その文面によると、昭和二十四年（一九四九）十一月に、磐城《いわき》コンクリート工業株式会社《こうぎょうかぶしきがいしゃ》が、この地に日本で初めての生コンクリート工場を造ったとある。

それから四年後の昭和二十八年、すぐ隣に日立《ひたち》コンクリートの工場ができた。

無骨で素っ気ない建物を憶えている人も、まだ多いだろう。日立の押上工場は、スカイツリーができるまで当地にそのまま残っていて、移転ギリギリまで、スカイツリー建設現場にコンクリートを供給していた。

叔父の記憶によると、鳩の街で使ったのは、この日立の生コンだったという。

とすると、東京にコンクリート敷きの道ができたのは、昭和二十八年以降ということになる。

いや、もしかすると、鳩の街のコンクリート舗装は日本初だったのではあるまいか。

今でこそ道のほとんどは、コストの安いアスファルトで覆われているが、昭和三十年代までは、コンクリート舗装も多かった。というよりも、舗装道路自体が珍しくなくなったのは、四十年代以降のことだ。

それまでは市街地の路地はもちろん、幹線道路を除いた車道も、土のままが普通だったのだ。

当時の写真を見ればわかるが、東京ですら道のほとんどは未舗装だ。雨が降れば水溜まりができ、車が通れば泥がはねた。私が幼かった頃もまだ、細い道は土のままで、そこらの土で泥団子を作って遊んだ記憶がある。

だからこそ、鳩の街の舗装道路は、画期的な出来事だったに違いない。

しかし、なぜ鳩の街だったのか。

既にRAAはなく、女を買いにくるアメリカ兵への便宜ということもなかったはずだ。

単に、人が集まる場所の衛生状態を良くしようと考えたのか。

私は男性作家のように色町にロマンは感じないけど、叔父の話を聞いて以来、鳩の街には親しみを覚えてしまう。

今、「鳩《はと》の街商店街《まちしょうてんがい》」となっている通りから、一本、脇に逸れて入ると、そこにはまだ昔の面影をとどめた建物が残っている。

ここ十年で、大分数は減ってしまったが、細かいタイル張りの壁や装飾柱、飾り窓の名残はある。ある家には、ペンキで描かれた「Off Limits」の文字まで残っている。RAA廃止時のものだ。

地方から見た東京は、近代的なビルばかりという印象らしいが、そんなことは決してない。歴史的建造物が少ないのは、震災や戦争の影響だ。裏を返せば、戦争や大災害、大規模開発から逃れた地区は、七十年近く前のものでも普通に残っているということだ。

京島《きょうじま》辺りの道を歩くと、昔の共同ゴミ箱がそのまま個人で使われていたり、防火用水を溜めた四角い鉢に花が植わっていたりして、それが良い味になっている。

使えるものは使う。直さずに済むものは直さない。

鳩の街が色町の面影をまだとどめているのも、同じ気持ちに違いない。

この「もったいない」と、ほどよい無精。

それが、ここ墨東では、昔の記憶を引き寄せる重要な役割を担っているのだ。

墨堤の桜

地蔵坂 子育地蔵堂

あかしやの金と赤とがちるぞえな。
かはたれの秋の光にちるぞえな。
片恋の薄着のねるのわがうれひ。
「曳舟」の水のほとりをゆくころを。
やはらかな君が吐息のちるぞえな。
あかしやの金と赤とがちるぞえな。

北原白秋「片恋」

ここに詠《うた》われる『「曳舟」の水』とは、今はなき曳舟川《ひきふねがわ》を指している。ものの本によると、この川の歴史はなかなか複雑なことになっている。曳舟川は明暦《めいれき》の大火《たいか》（一六五七）に端を発した飲用目的の人工水路で、亀有上水《かめありじょうすい》、本所上水《ほんじょじょうすい》、小梅上水《こうめじょうすい》などとも呼ばれ、そののち埋め立てられたり、分断されたりと忙しい。

面倒くさいので詳細は省くが、要は葛飾《かつしか》辺りから墨田区《すみだく》を通って、途中で横川《よこがわ》と合流し、隅田《すみだ》川《がわ》に注ぐというものだ。

曳舟川という名は、農作物や人を乗せたサッパコという舟に綱を掛け、人間が土手から舟を曳いたことに由来する。

この風景は当時でもかなり珍しかったようで、広重《ひろしげ》の『名所江戸百景《めいしょえどひゃっけい》』にも描かれている。辞書を捲ると、「サッパコ」とは「ベカ舟《ぶね》」のことで、「ベカ舟」とは「田舟《たぶね》」だとある。さっぱりわからないのだが……要は平底の簡単な小舟のことを指すようだ。確かに、そういう舟を人力で曳くというのは面白い。きっと川底が浅く、水流も強くなかったに違いない。明治《めいじ》の広重ともいわれた小林清親《こばやしきよちか》も『東京名所図《とうきょうめいしょず》』「東京小梅曳舟夜図《とうけいこうめひきふねよるのず》」にて、舟を曳く男女を描いている。この作品が世に出たのは明治九年（一八七六）。このときはまだ、人が舟を曳いていたのだろうか。

私が物心ついたときはもう、川は埋められてしまっていたし、親や親戚の記憶にある曳舟川も、「サッパコ」の姿はもちろん、詩になるような美しい川でもなくなっていた。

それでも、金町《かなまち》辺りからこやしを運ぶ舟が入ってきたとの話だが、荒川放水路《あらかわほうすいろ》の開削が始まった明治四十年（一九〇七）を機に、曳舟川は葛飾区側と墨田区側に分断された。以来、流れは止まり、それに加えて、人家の密集、工場建設が相次いで、川は下水と汚水とでものすごいことになってしまった。

「毎日日替わり水の色」と、叔父は当時を回想する。だが、これは曳舟川に限ったことではなく、私の幼少時も、近くのドブはその日によって、赤かったり、青かったりと変化した。

側溝にはまだ蓋がなく、堀の名残だったのか、幅一メートルを超えるドブ川も道の横を流れていた。そういうドブ川には、コンクリートの角柱が等間隔に渡されていた。多分、子供が入って遊ぶのを禁止するためだったのだろうが、その角柱は歩いて渡れた。それでときどき、誰かが落ちた。

経済成長にばかり熱心で、水や大気の汚染など顧《かえり》みもしなかった時代である。

当時、荒川に沿った中川《なかがわ》は日本一汚い河川として有名で、メタンガスでいつもブクブクして、隅田川もまた、つい最近まで、水上バスに乗るなんざ、バカのやることだというほど臭かった。

今でも地方の人からすると隅田川は汚いらしいが、これでも随分、昔よりマシになったのだと言っておこう。

そんな川だったので、戦前でも、隅田川や曳舟川で水遊びをする子供はいなかった。ただ、その川が一度だけ、澄んだ時期があるという。

敗戦の時だ。

終戦直後、すべての工場が停止していた短い時期のみ、曳舟川も隅田川も、魚が泳ぐ姿が見えるほどの透明度を取り戻したという。もっとも、工場の操業が始まると、再びドブ川になるのだが……。

曳舟川は、昭和《しょうわ》二十六年頃から埋め立てられ始めたと聞いている。

それ以前は、川の水こそ汚かったが、両側には柳が植えられて、アールデコ風の街灯も並んでいた。そして、地蔵坂通《じぞうざかどお》りと交わる辺りには「鶴土手橋《つるどてばし》」という、美しい名前の橋が架かっていた。

架橋の時期は定かでないが、両親曰《いわ》く、真っ白い石でできていて、短い橋にも拘わらず、欄干の両端には大きな丸い球が飾りとして載っていたという。細い川はまだ土橋《どばし》や木橋《きばし》だった頃なので、当時としては、随分モダンできれいな橋であったようだ。

橋の名の由来は、江戸時代、現地に鶴土手という名の土手があったことにあるのだが、子供達の間では、欄干に載った白い球は鶴の卵を象《かたど》っていると噂されていた。

そこで、というわけではなかろうが……敢えて続柄は伏せるが、うちの親戚の某兄弟が、その球を盗んでやろうと、ある晩、忍んでいったという。

「だけど、しっかりくっついててさ。渾身の力を出してもびくともしないから、諦めて帰ってきたんだよ」

——まったく、何をやってるんだか。

盗《と》ってきたって、どうなるものでもないだろうとは思うのだけど、まあ、それだけ魅力的な橋だったということだろう。

曳舟川の埋め立ては、昭和三十年（一九五五）に完了した。

鶴土手橋も撤去され、今はただの十字路になっている。

その曳舟川通りを貫く地蔵坂通りは、江戸時代の地形そのままを残した道だ。

現在、通りは墨堤《ぼくてい》近くにある子育地蔵堂《こそだてじぞうどう》（墨田区東向島《ひがしむこうじま》三—二—一）から水戸街道《みとかいどう》までの間を示すが、江戸の道はずっと下って、東武亀戸線《とうぶかめいどせん》小村井《おむらい》駅側・あずま図書館《としょかん》辺りまで、二キロ近くうねうね続く。

個人的には、すごく興味深い道だ。

この地蔵坂通りの名称は、坂の上に子育地蔵堂があることに由来する。

堂宇《どうう》の側に立つ説明板には、こんな話が記されている。

「この御堂に祀られている子育地蔵は、文化年間（1804～1818）に行われた隅田川の堤防修築工事の際に土中から発見されたと伝えられています。初めは村の子供たちが、神輿がわりにこの地蔵をかついでいたそうです。

この地蔵には、次のような伝承があります。ある日、この地に古くから住む植木屋平作方に雇われていた夫婦が川沿いの田地で殺害される事件がおきました。犯人はすぐにはわかりませんでしたが、この地蔵が村の子どもの口をかりて犯人を告げたのだとか。そこで平作は、この所に地蔵を安置して朝夕に供養するようになりました。

その後、天保三年（1832）四月に十一代将軍徳川家斉が鷹狩に来て平作宅にて休憩した際、地蔵の由来を聞いて参拝しました。平作が、このことを記念して御堂を建てて地蔵を安置すると、人々はこぞって参詣しました。（以下略）」

――名探偵・地蔵菩薩《じぞうぼさつ》。

ここのお地蔵様も、錦糸町《きんしちょう》の清昌稲荷《せいしょういなり》大神《おおかみ》のように人に降り、累《かさね》ヶ淵《ふち》の亡霊同様、犯罪を告発している。

昔の神仏はやはり、今とはテンションが違っている。

またもうひとつ、この説明板から理解できるのは、お堂の建っている土地は殺人現場であったということだ。本来は、死霊の鎮め・供養のための場所であったに違いない。

だが、将軍家斉《いえなり》公の参拝により、死という陰気は祓われて、いつの間にか子育てという、生気溢れる御利益《ごりやく》に変わった。

そういえば、祐天堂《ゆうてんどう》も弔《とむら》いの場から、子供の守護や安産を祈願する場に変化している。やはり、死者より生者のほうが逞《たくま》しいということなのか。

さて。

地蔵堂の由来に出てくる平作《へいさく》さんだが、この人はそんじょそこらの植木屋ではない。

『隅田川《すみだがわ》とその両岸《りょうがん》』によると、植木屋平作の先祖は北条《ほうじょう》方の落武者で、江戸時代は「お上がり場」の守護、幕末には御材木石奉行《おざいもくいしぶぎょう》、臼井筑後守《うすいちくごのかみ》に属していたという。植木方、石材方は時として将軍から直々に言葉が掛かることがあり、身分は低くとも結構、幅が利いた役職だったらしい。

現在、墨堤公園《ぼくていこうえん》になっている場所は「平作堀《へいさくぼり》」という名称だったが、その堀の最奥部が「お上がり場」になっていた。

「お上がり場」とは、将軍が船で来たときに陸《おか》へ上がる場所を言う。ここは平時も厳重に管理され、見張りの番小屋《ばんごや》までが建っていた。

こういう場所の守護を任された平作一族が、ただの植木屋だったはずはない。彼らはある意味、御庭番《おにわばん》に近い存在ではなかったか。

『隅田川とその両岸』の著者も、なんとなくではあるものの、その可能性をほのめかしている。平作自体も、家斉公の側近である中野碩翁《なかのせきおう》――玉ノ井《たまのい》の項にて、大倉別邸《おおくらべってい》について記したときに出てきた人物――のお気に入りだった。

実際、子育地蔵堂と碩翁の屋敷は、目と鼻の先という位置にあった。また、家斉公の逝去後に失脚した碩翁は、向島に逼塞《ひっそく》したとある。

両者は立場が変わったのちも、つきあいを続けた可能性がある。

このふたりが関わるエピソードに、名木「からかえで」の話がある。

正確な年代は不明だが、話によると、田沼意次《たぬまおきつぐ》は家斉公から賜った「からかえで」を中野碩翁に譲り、のちに碩翁は平作に託したという。

この「からかえで」譲渡のメンバーが腑に落ちない。

通説では田沼意次は家斉公から二度も処罰を受け、それが原因で、ある意味、死期を早めている。家斉公の側近である中野碩翁とも、親交を深められる筋ではない。それがどういうわけか、一本の名木を巡るこの話では、皆、親しげに交わっているのだ。

誰かが話を作ったのか、それとも政争と交友は別のところにあったのか。

真相は歴史の闇の中だが、「からかえで」だけは、つい最近まで見事な枝を広げていた。

空襲は隅田川沿いを避けたので、子育地蔵堂も燃え残り、今も墨堤通りの脇には赤い幟《のぼり》と提灯が並ぶ。狭い境内を囲むごとくに大小様々な石仏や碑が立ち並び、小さなお堂にはご本尊が線香の煙で真っ黒に煤《すす》けていらっしゃる。

隣には古い建物があり、縁日になると、そこで皆、お守りをいただいたり、蠟燭や線香を買って、お地蔵様にお供えした。

縁日は、毎月「四」のつく日だ。

私がまだ幼かった頃、縁日には通りにずらりと露店が並び、夜まで賑わっていた。季節の好《よ》い日、親に手を引かれてそこに行くのが、私は何よりの楽しみだった。

のちに聞いたところによると、当時、体の弱かった私を案じた親は、半分願掛けとして、子育地蔵の縁日に連れていってくれたらしい。そんな親心を知る由もなく、私はただ、普段は許されない夜歩きと、縁日の賑わいにはしゃいでいた。

曳舟川のほうから歩いた場合、地蔵堂は通りを抜けた先になる。

私達親子はまず、夜店の並ぶ道を素通りし、地蔵堂に参拝した。

蠟燭と線香を捧げてお祈りした後、手水《ちょうず》に置かれている柄杓《ひしゃく》を取って、並んだ石仏や碑に水を掛けていく。

皆が水を掛けるため、地面はびしゃびしゃに濡れていた。それでも草の陰にいる、小さな、溶けかけたようなお地蔵様は乾いたままのときもあり、そういう仏様を見つけてお水をあげるのが、私の小さな楽しみだった。

　暗い境内に人の姿が影ばかりとなって行き交う様や、濡れた石畳に薄い明かりが滲んで崩れ流れる様子は、今でも記憶に残っている。

　そうして、お参りを終えた後、帰りがてら改めて、私達は通りの夜店を覗いた。
あまり買い食いをした記憶はない。憶えている限りでは、露店は中古品を売る店が多かった。
古着や文房具、ラジオをはじめとする小型電化製品を置く店もあった。みな、路面にシートを敷いて、品物をじかに並べていた。

　その中、私の楽しみはバナナの叩き売りと古本だ。
啖呵売《たんかばい》は歯切れが良くて何度見てもワクワクした。が、バナナは好きでもなかったので、親にねだった憶えはない。必ず買ってもらったのは古本だ。

　古本といっても、まともな書籍はほとんどなかった。並んでいたのは、雑誌類と、雑誌についていた付録漫画や読み物だ。私の目当ては主に付録で、そこで怖い漫画を買って、夜眠れなくなったりしたものだ。

　だが、その縁日も十年二十年経つうちに、どんどん寂れていってしまった。引っ越しがあったこともあり、もう随分、足を運んでないが、今はどうなっているのだろうか。

　最近、知った話によると、縁日で蠟燭を頒《わ》けてくれていた人は、かの植木屋平作のご子孫という。一家は今も地蔵堂を守っているし、住まいもすぐ側にあるそうだ。

折を見てもう一度縁日に行き、声を掛けてみたいと思う。


地蔵堂建立に一役買った家斉公は、隅田川土手に桜を植えさせた将軍でもある。

その植え付けに平作が関わったかどうかは不明だが、地蔵堂近くの名園・向島百花園《むこうじまひゃっかえん》と、やはり近くの白鬚神社《しらひげじんじゃ》は、のちの桜並木の成立に大いに貢献している。

ここで少し、墨堤の桜の歴史を追ってみよう。

まず寛政《かんせい》二年（一七九〇）、家斉公の意で最初の植え付けがなされた。

次に、文化《ぶんか》年間（一八〇四〜一八一八）、百花園を開いた佐原鞠塢《さはらきくう》の主導で白鬚神社付近に百五十本の八重桜が植えられる。

天保《てんぽう》三年（一八三二）頃、名主・坂田三七郎《さかたさんしちろう》主導で堤上に二百本。これによって、三囲神社《みめぐりじんじゃ》から木母寺《もくぼじ》に至る花の雲が実現した。

弘化《こうか》三年（一八四六）、洪水により被害を受けた桜を、須崎村《すさきむら》の宇田川総兵衛《うだがわそうべえ》なる人物が独力で百五十六本補った。

嘉永《かえい》七年（一八五四）、二代目鞠塢が「花勧進《はなかんじん》」と号して若木の寄進を乞い、大々的に補植。

明治七年（一八七四）、俳人・其角堂永機《きかくどうえいき》などの尽力で一千株。

同十六年、将軍家の侍講《じこう》（主君に儒書などを講義する役職）であり、瓦解《がかい》ののちにジャーナリストとなった成島柳北《なるしまりゅうほく》が、大倉喜八郎《おおくらきはちろう》と共にまた一千本。明治後半の桜は、大部分がこのときに植えられた。

明治四十年（一九〇七）、洪水による桜の損壊。

四十三年春に、隅田川七福神《すみだがわしちふくじん》の社寺で構成された「隅田七福会《すみだしちふくかい》」主催で六百八十本の八重桜を植えた。しかし、これは八月の水害で大打撃を受ける。土手の補強工事がそれに追い打ちをかけて花を傷《いた》めた。

大正《たいしょう》四年（一九一五）頃、事問団子《こととひだんご》の主人などが復興を目指したものの、交通量の増加と第一《だいいち》次大戦《じたいせん》に伴って、本所向島《ほんじょむこうじま》が工場地帯となったことから環境が悪化。成果が上がらないうちに、関東大震災《かんとうだいしんさい》（一九二三）となる。

震災後、帝都復興院総裁《ていとふっこういんそうさい》・後藤新平《ごとうしんぺい》によって、隅田川の両岸に公園が造られることになる。向島側には桜を三列に植え、浅草《あさくさ》側には柳を植えて、プールや小船が入る入江を造設。

工事は大正十四年（一九二五）着工、六年後の昭和六年三月落成。総工事費は現在の金額で二百億円以上。この年の四月一日から、墨堤の桜は東京市に移管される。が、当然、これもすべて太平洋戦争《たいへいようせんそう》でおシャカとなる……。

墨堤の桜は波瀾万丈だ。

だが、この桜を時代時代の文化人達が育て、守ってきたことはわかっていただけたと思う。

右の記録はほぼ、白鬚神社宮司・今井栄《いまいさかえ》著『墨東歳時記《ぼくとうさいじき》』に依って記した。

今井氏は明治三十四年（一九〇一）生まれというから、今の宮司さんはその孫辺りか。

当時の向島界隈の風景・風俗が記されている『墨東歳時記』は、史料としても貴重なものだ。その中には、墨堤の桜が大打撃を受けたという、八月の洪水についての記述もある。

「明治四十三年八月十一日、連日の豪雨がからりと上がって、珍らしくも太陽がさん〳〵と輝いた。この日、隅田川の増水は急激にその速度を加え、正午ごろには向島土手の外側、いわゆる外屋《そとや》はすべて床上浸水し、なお刻々に増して来る水は、ひた〳〵と土手一ぱいに打寄せ、一時間五寸以上というものすごい増水率を示した。身をかゞめて河面をすかして見ると、渦巻く濁流は中高に盛り上がって、すさまじい勢で流れ行く。午後三時すぎ、土手の低い部分は、濁水が土手の上を総越しに越し始める有様で、水防の消防団を中心に、村民は手に手にすきやくわを持って、土俵作りに従事し、これを土手上に並べるのであるが、水勢はその土俵をごろ〳〵と転がし出す始末で、手のつけようがなく、民家の畳、庭石、敷石、なんでも重《おも》しになるものは手当り次第に持出して、土俵の押《おさ》えとし、漸く三段までの高さに土俵を築き上げたのであった。日は暮れるし濁水は益々勢を増すし、提灯を振り振り土手上を警戒する人の姿は、もの〳〵しい限りであったが、ついに綾瀬が切れたという報が入って万事休したのである。」

綾瀬《あやせ》とは、現在の荒川放水路《あらかわほうすいろ》の脇に沿って流れる河川だ。

このときの水害は、梅雨前線にふたつの台風が加わって、関東《かんとう》各地に豪雨をもたらしたのが原因だったとされている。

利根川《とねがわ》・荒川・多摩川《たまがわ》水系の広範囲にわたって河川が氾濫、上流から運ばれてきた土砂や流木によって、各地で堤防が決壊した。結果、埼玉《さいたま》・群馬《ぐんま》・東京と、関東平野すべてが水浸しになってしまった。

被害が大きかったのは群馬県だが、人口の多い東京では、被災者が百五十万人を数え、土地の低い場所は、十二月近くまで水が引かなかったと伝わっている。

今では考えられない大災害だが、実は、このとき、白鬚神社の井戸——神供用水《しんくようすい》が人々を救った。

今井栄宮司は墨東が浸水必至とわかるや否や、井戸の補強をし、井戸側の上にもうひとつ囲いをつけて、濁り水の混入を防いだのだ。

災害になれば、ライフラインが断絶するのは今も同じだ。家屋が損壊すれば水道も出ず、井戸に汚水が入れば、飲み水としては使えない。

今井宮司はそれを見越して井戸を守った。

結果、神供用水は付近一帯の飲料水となり、寺島《てらじま》、隅田、大畑《おおはた》、木下《きね》、請地《うけじ》、遠くは葛飾の四《よ》つ木《ぎ》や渋江《しぶえ》までの人々の救いとなったという。

井戸自体、朝から晩まで消防用の手押しポンプで汲み上げても、びくともしなかったというから、あっぱれだ。

この神供用水は現在も、境内の公衆トイレ手前にひっそり残っている。

注目する人は少ないが、私は神社を訪れるたび、いつも手を合わせることにしている。

明治四十三年の大水害で、首都圏は水に対する弱さを露呈した。

政府はそれを補うために、即座に荒川放水路の建設を決めた。

ちなみに荒川放水路とは、北区《きたく》の岩淵水門《いわぶちすいもん》から、江東区と江戸川区《えどがわく》の境である中川《なかがわ》河口までの間を開削した人工河川を指す。

全長は約二十二キロメートル、幅は約五百メートル。工事は大正二年（一九一三）に始まって、完成は昭和五年（一九三〇）。十七年がかりの大工事だった。

放水路ができてから暫く経つと、両岸は葦原となった。その風景は昭和三十年代まで続き、子供達の格好の遊び場となった。

もちろん、行政や親達が奨励したわけではない。

実際、いきなり泥が深くなるので、危険なことも多かったという。水門の近くには渦ができ、そこにはまって死んだ子もいた。

土手には「川に入るな」と、骸骨の絵が描かれた看板が立っていたと聞く。

子供達の遊び場として、戦前、荒川の河川敷には規模の大きな公共プールがあったという。五十メートルのものがひとつと、二十五メートルのものが四つあったというからデカイ。

子供はそこでも遊んだが、それでもやはり膝辺りまで川に浸かって、魚を捕るのはやめなかった。

法事で集った親戚に訊くと、こんな思い出を語ってくれた。

「バッタもいたし、すごく大きなギンヤンマやオニヤンマもいたね。鮒《ふな》やハゼも泳いでいたし、蟹やシジミも採れたんだよ」

「蟹はどんな種類がいたの？」

尋ねると、シオマネキという答えが返ってきた。

シオマネキは河口付近の海岸に棲息する蟹だ。ならば、放水路の河口にもいたかもしれない。

そう考えていたとき、叔母が異議を唱えた。

「シオマネキじゃないわよ。平家蟹《へいけがに》よ、あれ」

「そ、それは絶対、あり得ないから」

即座に私が否定すると、自信なさげに叔母は首を傾げて続けた。

「じゃあ、源氏蟹《げんじがに》だったかしら……」

訂正すべきはそこじゃないから。大体、源氏蟹ってなんなんだ。

皆で大笑いしていると、叔父がまともな答えを返した。

「モクゾウガニだよ」

モクゾウガニというのはモクズガニの俗称だ。老酒《ラオチュウ》で漬《つ》ければ上海蟹《シャンハイがに》になる。そんなものまで獲《と》れたのか。

しきりに感心していると、今度は母がおかしなことを言い出した。

「うちの玄関横にも蟹が棲んでたのよ」

「え？　なんで？」

「玄関の横に五百円玉ほどの穴が開いていたでしょ。そこにいたの」

言われてみれば、確かに舗装される以前、母の実家の玄関脇には、穴が開いていた記憶がある。そして、確かにその穴は「蟹《かに》の穴《あな》」と呼ばれていた。

穴は小さかったが、深かった。そんなものがなぜあったのか、今となってはわからない。が、そこに蟹のいたわけは、誰かが獲ってきた蟹が逃げ、住み着いたというのが真相らしい。

「でも、お祖母ちゃんは、その穴は荒川に繫がっていると言っていたわね」

多分、荒川で獲ってきた蟹だったのだろう……。

つい親族の馬鹿話につきあわせてしまったが、完全な人工河川でも環境さえ整えば、動植物は定着する。荒川放水路もまた、今のような護岸工事がなされる前は、自然豊かな場所だったのだ。

だが、放水路本来の目的は、飽くまで水害を防ぐためだ。

完成から十七年後の昭和二十二年（一九四七）、カスリーン台風《たいふう》により、再度、関東は水没した。このときは利根川及びその支流が次々決壊し、水は埼玉県から荒川の東一帯に広がって、遂には東京湾に注いだという。

幸い、放水路のお陰で、川の西側に当たる墨東地区は無事だった。だが、水への恐怖はいや増した。

そこに、今度は地盤沈下の問題が重なってきた。

高度経済成長期に、工場が大量の地下水を汲み上げたためだ。特に江東区・墨田区・江戸川区の沈下は大きく、いわゆるゼロメートル地帯が出来上がった。

これによって、堤防は時と共に強化・嵩上《かさあ》げされて、人々を水から守るコンクリートの壁と変じた。

隅田川の堤防などは「カミソリ堤防」と呼ばれたほどで、一旦、水に落ちると手掛かりがなく這い上がることが不可能だったため、人も動物も溺死してしまった。桜並木はあったけど、川面の景色はまったく見えない。殺伐としたものだったのだ。

近年になって漸《ようや》く行政にもゆとりが出たのか、河川敷には遊歩道が造られて、景色も楽しめるようになってきた。

そのうち、荒川にもモクゾウガニの戻る日が来るかもしれない。


水害時に人々を救った白鬚神社は、車道から石段を下りた場所にある。

低い土地にあるのは地盤沈下の影響ではなく、車道が昔の墨堤に当たっているからだ。

白鬚神社の社地は最大時には五百二十坪もあって松や欅《けやき》が生い茂り、白鬚の森と呼ばれていたという。

この神社は向島百花園と深い繋がりを持っている。

今井栄宮司の奥さんは、向島百花園・五代目佐原鞠塢の娘。ふたりの間に生まれた娘さんのうち、ひとりは白鬚神社に、ひとりは百花園にて、今も七福神のふたつを守っている。

ちなみに百花園にいる洋子《ようこ》さんは昭和元年の生まれ。今もお元気で、お正月には売店に顔を出している。

七福神詣でのルート中、中程に位置する百花園では、おでんや甘酒が頂ける。ここでちょっとひと息つくのが、七福神詣での楽しみだ。

さすがに四十年以上通っていると、向こうもこっちを憶えていて、目が合えば、会釈《えしゃく》くらいは交わし合う。狎《な》れ合いすぎない距離感が、東京らしくて好ましい。

七福神中、百花園は福禄寿尊《ふくろくじゅそん》を祀《まつ》っている。とはいえ、ここは社寺ではないので、正月中だけ、園内にある小祠《しょうし》でご本尊を開帳する。ご本尊は陶器のお面だ。

戦前までは、現在、茶屋のある場所が佐原家の母屋だったため、その客間を開放して参拝させていたらしい。だが、ここも空襲で、すべて焼けてしまった。

幸い、川沿いにある白鬚神社は焼け残り、今井宮司は空襲後、五代目鞠塢を助けにいった。すると、崩れ落ちた母屋の中、なぜか福禄寿尊だけが無傷のまま残っていた。ただ、炎に炙《あぶ》られたご本尊は、触れられないほど熱せられていた。ここで水を掛けたりすれば、その瞬間に陶器は割れる。自然に熱が冷めるまでご本尊は一週間、そのままに置かれていたという。

江戸時代から丹精込めた庭をすべて燃やされて、五代目鞠塢は心労のため、空襲から六日後に亡くなったという。ご本尊から熱が取れるのと、入れ替わりだったのではないか。

百花園については『考証《こうしょう》 江戸《えど》を歩《ある》く』の記事が面白い。

それによると、初代鞠塢は、仙台《せんだい》出身の骨董商で、絵師・酒井抱一《さかいほういつ》や狂歌師・大田南畝《おおたなんぽ》などと懇意だったらしい。それら文人墨客《ぶんじんぼっかく》のサロンとして、文化《ぶんか》二年（一八〇五）に当地を購入し、交友のあった文化人達に梅の木の寄付を持ちかけた。

梅はたちまち三百六十本集まって、鞠塢は寄付した人達に庭の造作を一切任せた。

と、「調った庭より、百花咲き乱れているのがいい」とか「四《よ》つ目垣《めがき》はものものしいから、いっそ荒縄にしてしまえ」とか好き勝手なことを言った挙げ句、まったく型破りの庭園を造った。

これが大評判となり、開園一周年には、江戸に名のある文人や自称風流人達がわんさと訪ねてきたという。

当初、園は「花屋敷《はなやしき》」と呼ばれていたが、開園から四年後に、酒井抱一の命名によって「百花園」と定まった。梅は百花の王だからだ。

その後、日本在来の草木をも多数栽培するようになり、百花園は徐々に今の姿に近づいていった。

文政《ぶんせい》十一年（一八二八）、初代鞠塢が亡くなる三年前には、家斉公も来臨している。このとき、将軍が立ち寄った建物は「御成座敷《おなりざしき》」と称されて、安政《あんせい》の大地震《だいじしん》、東京大空襲《とうきょうだいくうしゅう》、近年の老朽化と三度の再建を経て、今も園内に建っている。

その後も十二代将軍家慶《いえよし》公が来駕《らいが》したり、明治には乃木希典《のぎまれすけ》や伊藤博文《いとうひろぶみ》、大正天皇《たいしょうてんのう》も皇太子のときに行啓《ぎょうけい》している。

ただ、明治になると、環境の変化や水害などで、百花園は荒れてしまう。一時は廃園の危機に瀕《ひん》したが、小倉常吉《おぐらつねきち》（小倉石油《おぐらせきゆ》の社長）が手を差し伸べて債務をすべて片づけた上、庭園を旧観に戻し、佐原家に居住権と営業権を無償で与えた。なんとも太っ腹な御仁だ。

その後、昭和十四年（一九三九）に百花園は東京市に譲渡。公営化されて、戦災後も復興を遂げた。珍しいのは、公営化されたのちも佐原家が敷地内に住み、戦後、住居が移った後も、茶店を経営していることだ。

それらの権利を東京市、そして東京都が許可しているとは、お上にしては、なかなか粋な計らいと言っていいだろう。

この百花園の土地は元々「多賀屋敷《たがやしき》」と呼ばれていた場所だった。

そう。「玉ノ井《たまのい》」という地名のもととなった女性を愛人とした、旗本・多賀藤十郎《とうじゅうろう》の屋敷跡だ。

伝説によると、多賀藤十郎は百花園のすぐ側にある法泉寺《ほうせんじ》と蓮華寺《れんげじ》の寺領から年貢を取り立てたため、寺社奉行から切腹を申し渡される。藤十郎側の言い分は聞き入れられず、彼は多賀屋敷内で自害した、とある。

しかし、藤十郎という人物は実際の多賀家にはいない。近い名前として、三代目に藤次郎《とうじろう》という人物がいるが、年貢取り立ての事件はない。その問題が起きたのは、二代目三郎兵衛常往《さぶろうひょうえつねゆき》のときだ。だが、彼も切腹はしていない。

——『寺島村《てらじまむら》ゆかりの旗本家《はたもとけ》「多賀氏《たがし》を探《さぐ》る」』を参考に、ちょっと史実をまとめておこう。

多賀家は二代将軍徳川秀忠《とくがわひでただ》公のとき、市中警護を役とする大番組《おおばんぐみ》となり、七百石の旗本となる。

二代目は記したとおり、近隣の寺と悶着《もんちゃく》を起こす。

三代目が藤次郎。史料によると、藤次郎の家督相続は天和《てんな》三年（一六八三）。二代目が継いでから二十六年後だ。少し短い気もするが、お家は断絶していない。

ただ、藤次郎は大番組から外されて小普請組《こぶしんぐみ》入りしているので、旗本からお目見え以下の御家人《ごけにん》になったことになる。先代の不始末の責任を負わされた可能性もある。

『墨田区史《すみだくし》』によると、藤次郎は元禄《げんろく》十六年（一七〇三）に隠居。この年、屋敷内で処刑されたと記されている。

理由は不明だが、これもまた事実かどうかは定かではなく、家は断絶することなく、四代目主税《ちから》が出ている。

四代目は汚名をそそいだか、再び大番組に列する。が、享保《きょうほう》元年（一七一六）、同僚と刃傷《にんじょう》に及んで死没。ここで多賀家は絶家となる。

以来、文化《ぶんか》二年（一八〇五）に佐原鞠塢がこの地を購入するまでの八十九年間、「多賀屋敷」は空き家のまま、放置されることになる。

なぜか。――理由はひとつ。〝出る〟からだ。

話によると、多賀屋敷には怨霊が棲み、村に災害を起こしたとある。

屋敷内にとどまらず、村人にまで禍いを為すとは、ちょっとただ事ではない感じがする。

そのため、歴代の里正《りせい》（村長）はいずれも障りを受けて、長続きせずに終わったが、明治初年、当時の里正が霊神の小祠を建てて以来、多賀氏の怨霊は鎮まったという。

裏を返せば、百花園ができてから七十年ほどの間は、園内に多賀氏の怨霊が跳梁《ちょうりょう》していたということだ。

実際、どんなことが起きたのか、生憎、語る資料はない。ただ、今でも百花園入口の左手奥には、「多賀神社」と称する石の祠が建っている。すべてを事実無根の噂だと切り捨てることはできないだろう。

またここは、泉鏡花《いずみきょうか》などの文人達が百物語を催した場所でもある。彼らが多賀家の因縁をどこまで知っていたかは不明だが、百物語の舞台としてはおあつらえ向きだったに違いない。

個人的に不思議なのは、多賀氏四代のうち、二代、三代が自害しただの処刑されたのだというデマに塗《まみ》れていることだ。四代目は実際に刃傷で死没しているが、前の二代の話と相俟《あいま》って、妙に陰惨な感じがする。

その話がすべて、藤十郎という架空の人物に集約されて、藤十郎は寺領を私した悪人となり、その処刑地が屋敷内であったため、怨霊が出るという話になった。

多賀の一族は在地で嫌われていたのだろうか。

多賀家は本来裕福で、「多賀屋敷」も「抱屋敷《かかえやしき》」という、自費で取得した私有地だった。その資産が横領や横車によって蓄えられたものだとしたら、村人達の憎しみを買うのもわからないではない。

誰かの悪意や恨みによって、伝説は作られたのか。それとも、正式な記録の外で、屋敷内で人が死に、または殺されて、それを知った人の囁きが伝説として残ったのか。

真実はわからないけれど、私は累《かさね》ヶ淵《ふち》同様、この話にはなんとなく、生々しい薄気味悪さを感じる。

そして、それ以上に、怨霊の棲む屋敷を買って、今に残る名園を造った初代鞠塢の剛胆さに、恐れ入ってしまうのだ。

路地風景

橘館通り（昭和 40 年頃）

子育地蔵《こそだてじぞう》の平八《へいはち》一族、百花園《ひゃっかえん》の佐原《さはら》家、白鬚神社《しらひげじんじゃ》。

この辺りの人達は、代々ずっと同じ土地に住み続けている。こういう人達のことを土地の言葉では「地つき」という。つまり、東京生まれの東京《とうきょう》育ちで、東京以外に寄る辺のない土着民だ。

この「地つき」の人間は今、百万人いないとされている。

平成《へいせい》二十六年のデータによると、東京都人口総数は、約一千三百三十七万人。

つまり日本の総人口のうち、十人にひとりは東京住まいでありながら、そこにいる地つきの人間は八パーセントにも満たないわけだ。

大雑把に考えて、東京っ子は十三人にひとりほど。繁華街を歩く百人のうち、十人未満ということになる。

いや、東京には、近県からの通勤通学者、国内外からの観光客なども多勢いる。だから、新《しん》宿《じゅく》辺りでは、百人の中、数人いればいいほうだろう。

他府県で、ここまで地元民が少ない場所はないに違いない。

つまり、東京っ子は完璧なる弱者。レッドデータブックに載ってもいい存在なのだ。

ゆえに、私は他県の人が言う「東京人の気質」というものを信じない。

ほかならば、県民気質というものは存在するだろう。しかし、今、東京にいる人の気質は、地つきのものとは言い難い。むしろ、総合的な日本人そのものに近いと考えている。強《し》いて言うなら、故郷を離れて暮らすことを選んだ日本人、あるいは都会を好む日本人の気質に近いか。それらが塊《かたまり》となって、「東京人」を形成しているのだ。

もっとも、東京は江戸《えど》の頃から日本中の人が集まった場所だ。

「三代続けば江戸っ子」という言葉は、三代ここで暮らす人が少ないからこそ生まれた言葉だ。地つきの人間もほとんどは、過去にどこかからやってきた。

飛鳥《あすか》時代から亀戸《かめいど》にいるらしい香取神社《かとりじんじゃ》の一族でさえ、もともとは千葉《ちば》から来た人達だ。私もまた、父方母方それぞれ、辿れば他県に辿り着く。

そんな地方出身者ばかりのこの土地で、どのようにして江戸っ子・東京っ子・地つきっ子は形成されていくのだろうか。

推測でしかないのだが、それは、皆が江戸っ子や東京っ子らしく振る舞いたいと思うところから始まる気がする。

江戸落語に出てくる熊《くま》さん八《はっ》つぁんのような人間に、実際、お目に掛かったことはない。しかし、彼らの喋り方や生き様は江戸っ子のテキストとして、「らしさ」を教える役に立った。

また、地つきを自認し、江戸のヒーロー・ヒロインでなければならなかった町火消《まちびけ》しや魚河岸《うおがし》の男衆、芸者や習い事のお師匠《ししょ》さんなども、一所懸命、江戸っ子らしく、粋であるよう振る舞って、それがまたテキストとなって、人々に江戸っ子らしさを学ばせたのだ。

そういうテキストやコミュニティの中で、江戸っ子の気性はこうだ。東京じゃそんなことは言わねえよ、と人に言われたり言ったりしながら、土地の性質を摑んでくる……。

多分、それが江戸・東京の水に馴染《なじ》むということだ。

そして、そうこうするうちに、なんとなく表情や動作が変わってきて、東京の人らしい「きかん気」な顔つきや、やたらせっかちで口は悪いが、案外、臆病で情に脆《もろ》いところが出てきて、「今」来た人達とは違う何かが芽生えてくる。そうして、何代か経つうちに、土地にどっしり根を張って、地つきの人間になっていく。

私はこれが土地の力――地霊の力だと思う。

実際、東京っ子は東京っ子のことを、互いにきちんと見分けられる。

タクシーの運転手が行き先を復唱しただけでもわかるし、それで「あれ？ 運転手さん、東京の人？」と尋ねると、「そういうお客さんも、東京だね」と、向こうも即座に返してくる。

別に「東京のシト？」なんて、言ってない。言葉のリズムや、ちょっとした語尾の使い方が違うのだ。

同じ関西弁《かんさいべん》でも、京都《きょうと》と奈良《なら》、大阪《おおさか》の言葉が違うごとくに、ほとんどが標準語を喋っているように思われる東京でも、地元の人間は嗅ぎ分けるのだから面白い。

ただ、わざわざ確認し合って喜ぶほどに、本当に、東京っ子の数は少ない。

そうなってしまった理由は、関東大震災《かんとうだいしんさい》と戦争によって多数の人が亡くなったこと。そのとき東京を離れて、そのまま戻らなかった人が多かったこと。加えて、近年の地価の上昇により、固定資産税や相続税が払いきれずに移住した人が多々あること、だ。

東京っ子はここで暮らしているというだけで、特に金持ちというわけではない。無論、裕福な人もいるけれど、それ以外の人のほうが数多い。なのに、地価だけが上昇し、家を手放さざるを得なくなってしまった人達がいた。

また、自分は住み続けられても、周りに知り合いが誰もいなくなってしまった、と歎く声も聞いている。

その傾向は、戦後、高級住宅街とみなされた場所ほど顕著《けんちょ》だ。

幸いにして、墨東《ぼくとう》地区は戦後の新興開発から逃れたために、地つきの人間が多く残った。だが、それもスカイツリーに伴う再開発で、急速に変わってきてしまっている。

地つきといえる人間は、また減っていくに違いない。

新しく来た人達が、三代続いて「江戸っ子」となり、やがて地つきになっていくのか。

往時とはコミュニティの形が違う現在、心許ない部分もある。が、地霊の気質や水に馴染んで、それらしくなっていく気もしている。

できれば、我が故郷は故郷らしい風景で、我が故郷に住む人達は、故郷らしい言葉や顔つきをずっと保っていてほしい――。

贅沢な願いではないだろう。

この気持ちは東京っ子のみならず、日本、いや、世界中の人達が自分の故郷に対し、抱くものに違いないから。

墨堤の桜でちらりと名前だけが出た、「事問団子《ことといだんご》」も地つきの店だ。

この界隈の銘菓といえば、「事問団子」と「長命寺桜《ちょうめいじさくら》もち」、「志満（じま）ん草餅《くさもち》」となる。

いや、美味しい店はほかにもあるが、有名どころではこの三軒だ。

一番歴史が古いのは「桜もち」で、享保《きょうほう》二年（一七一七）。土手の桜の葉を塩漬けにして、桜餅を考案した。

これは家斉公が桜を植え付けたときよりも、七十八年ほど早い。

並木とまではいかないまでも、古くから川沿いには桜があったということか。

ほかの二件は「桜もち」よりずっと下って、「志満ん草餅」が明治《めいじ》二年、「事問団子」は明治四年の創業となる。

面白いのが「事問団子」の創業由来で、牛島神社《うしじまじんじゃ》が現在地に移転する前、土手の参道に、植木屋の外山佐吉《とやまさきち》が団子屋を出したことに始まるという。

平八に続いて、また植木屋だ。とはいえ、佐吉は普通の植木屋さんだ。ゆえに、彼が作った団子は不味《まず》くて、さっぱり売れなかったらしい。

そこに、ふらりと入ってきたのが長命寺逗留中の隠士《いんし》、花城翁《かじょうおう》なる人物。

「これはなんという団子だ?」と訊くと、佐吉は素直に「名がないんで」と頭を掻いた。

花城翁はそんな佐吉を気に入ったのか、「では、事問団子はどうだ。そうしなさい」とアドバイスをしたという。

「言問」という名は、東《あずま》に下ってきた在原業平《ありわらのなりひら》の詠《よ》んだ歌に由来する。

　名にし負はば　いざこと問はむ都鳥　わが思ふ人はありやなしやと

だが、実際、業平が歌を詠んだとされるのは、白鬚橋《しらひげばし》付近にあった「橋場《はしば》の渡《わた》し」だ。今の言問橋ができたのは、遥かに下った昭和三年（一九二八）。

つまり、佐吉の団子屋は場所も地名も「言問」となんの関係もなかったわけだ。だが、この名前が大いに受けて、事問団子は名店となった。

若干、話が脇に逸れるが、ここで改めて、在原業平と墨東について語っておこう。

史実はさておき、『伊勢物語《いせものがたり》』の主人公と見なされた業平は、京《きょう》の都《みやこ》から隅田川《すみだがわ》にやってくる。そして舟に乗り「都鳥《みやこどり》」の歌を詠んだりするわけだ。

『伊勢物語』は当時の文人達にとっては基礎教養だった上、都鳥の歌は名歌だ。在原業平が平《へい》安《あん》時代の天才的な歌人であり、美男子とされたことも一役買って、隅田川と業平朝臣《あそん》は切っても切れない関係となった。

著名な話がいつの間にか、事実のごとく伝わっていくのは『四谷怪談《よつやかいだん》』などと同じだ。いつしか、業平は本当に隅田川に来たことになり、挙げ句、歌を詠んだ舟は転覆し、溺死したことになってしまった。

スカイツリーの業平橋側には、大正時代まで南蔵院《なんぞういん》（墨田区吾妻橋《あづまばし》三―六）という寺があったが、ここにあった「業平塚《なりひらづか》」は、その溺死した業平の遺体を埋めたところと伝わる。『江戸名所記《えどめいしょき》』には、塚は舟の形をしていたとある。また、一説では業平との関係はともかく、古墳があったのではないかと推測されている。

江戸時代初期に記された『遊歴雑記《ゆうれきざっき》』には、南蔵院山号の由来として、こんな話が載っている。――家光《いえみつ》公が業平の古跡を尋ねて、南蔵院に立ち寄ると、寺僧が土中より掘り出したという木造座像を出してきた。家光公はこれこそ業平が東国下向の際に自刻したものと考えて、南蔵院の山号を業平山《なりひらさん》とし、境内に業平天満宮《なりひらてんまんぐう》を造るように命じた、と。

家光公もノリがいいと言いますか……。

何はともあれ、これやそれやで近辺の地名は業平になり、業平橋が架かり、「おしなりくん」が生まれたわけだ。

業平さん、大人気。

それにしても、都に帰したくなくて、ここで殺してしまうとは、贔屓《ひいき》の引き倒しもいいところだろう。

更に余談として、塚があった南蔵院は、大岡裁《おおおかさば》きの「しばられ地蔵《じぞう》」があった所としても有名だ。現在、寺は葛飾区（東水元《ひがしみずもと》二―二八―二五）に移転して、お地蔵様も移っている。もちろん、お寺の山号は業平山のままである。

――話を戻そう。

この大スターにあやかった事問団子は繁盛し、そののち、維新のときに安く買い置いた庭石に値が出て、資金繰りも潤沢になった。

そこで店主は店の南西の田圃《たんぼ》を買って「事問の岡《こととい　おか》」と名をつけて、業平さんを祀った「事問の祠《こととい　ほこら》」を建立したところ、これがまたまた大いに受けた。今、店の側に架かっている言問橋は、この店と「事問の岡」から命名されたと伝わるほどだ。

墨東の人々は、余程、業平の故事を愛していたのだろう。

その人気に後押しされて、団子は味も吟味されるようになり、墨東の名物となったのだ。

我が家では、今でも年始回りのときは、事問団子を手土産とするのが慣例になっている。

店内は老舗《しにせ》らしい閑雅《かんが》な造りで、床の間に掛かる伊藤晴雨《いとうせいう》描く隅田川の風景も、なかなかいい味を出している。

もちろん、団子自体も美味《うま》いので、安心していただきたい。


お菓子の話が出たのに乗じて、少し幼い頃の思い出を語ろう。

東京下町の名物として、人気があるのが「もんじゃ焼」だ。

今のもんじゃ焼は、魚介類だの肉だのチーズだのが入った豪華なものになっているが、元来、もんじゃははまともな食べ物ですらなかった。

お好み焼と同列に語る向きもあるけれど、私には言わせれば、とんでもない。

お好み焼は大人のものだ。

浅草の名店「染太郎《そめたろう》」や歌舞伎座の裏のお店など、東京のお好み焼屋は、ちょっとこなれた粋な感じで、文化人が色紙を書いて残すような店だった。

対して、もんじゃ焼は半分遊びで、ガキの駄菓子。

伝えによると、もんじゃ焼は「文字焼《もんじやき》」の意で、水に溶いたうどん粉を鉄板に流し、文字や絵を描くという遊びに端緒《たんしょ》があるという。

ゆえに、もんじゃの生地はどんなに焼いてもゲル状になるだけ。固まらないほどに緩い。そして、遊び半分のジャンクフードだった証拠として、バブル以前のもんじゃ焼は、ほとんどが駄菓子屋で食べられていた。

鉄板が熱いから危険だとか、そんなことは言わなかった時代だ。

真夏はさすがに敬遠したが、私はもんじゃが好きだったので、残りのスリーシーズンは月に何度も通ったものだ。

近くに店は二軒あり、一ヶ所は駄菓子屋、もう一ヶ所は「もんじゃ屋」だ。店の名前は忘れた……というより「もんじゃ屋」以外の呼び方をした憶えがない。

その店は子供相手の専門店で、畳の上には四台の鉄板焼のテーブルが据えられていた。

子供達は学校ごとになんとなく行きつけの店というのがあって、私の通っていた小学校の生徒らは、主に「もんじゃ屋」に出入りしていた。

下校後、一度家に戻って、「もんじゃ屋行ってくる」と言い置いて、いそいそ店の格子戸を開ける。と、待ち合わせ相手や、知った顔が大きな鉄板を囲んでいる。

「あれ、来てたんだ」

などと笑って、オバチャンに慣れた口調で「もんじゃひとつ」と注文し、これまた勝手知ったる風情で、壁に吊るされているベビースターラーメンの小袋をひとつ。お小遣いに余裕があれば、冷蔵庫からジュースなどを取り出して置く。

そうして、もんじゃを焼きながら、お喋りしたり、うどん粉でベタベタになった漫画雑誌を読みふける……。

まったく、居酒屋通いのオジサン達とオンナシだ。

もんじゃはたしか、一人前が三十円だったと思う。

この値段は地域によって若干差があり、錦糸町《きんしちょう》辺りでは五十円。具材も少し豪華だったと聞いている。だが、当時の京島《きょうじま》辺りのもんじゃはほとんど具がなく、薄いうどん粉の溶き汁に千《せん》切《ぎ》りキャベツが少々と、切りイカ、小さな乾燥桜エビがパラパラ散っていただけだった。

もんじゃの生地は青いポリバケツに入っていて、注文すると、大きな柄杓《ひしゃく》でボウルの中に入れてくれる。そこに自分でソースを混ぜて、好みの味を作るのだ。ソースは今のものとは違い、さらっとしていて辛かった。衛生的とは言い難いが、お腹を壊したことはない。

次にその液体を焼くのだが、生地は緩いし具はないしで、そのままだと流れてしまう。そこで投入されるのが、ベビースターラーメンだ。

ラーメンをボウルに投入し、もんじゃの生地に馴染ませたあと、最初にそれを鉄板に敷いて、ドーナツ状に土手を作る。その真ん中に生地を入れ、もんじゃの流出を防ぐのだ。

熱が加わって、水分が蒸発してくると、もんじゃはどろっと固まってくる。そうなったらラーメンと混ぜ、小さなハガシで掬って食べる。

ハガシというのは、お好み焼きをひっくり返すためのアレだ。地方ではコテとかヘラとか言うが、墨東地区では今でも多分、ハガシじゃないと通じまい。

そんなことを繰り返し、そろそろ仕舞いという頃のお楽しみが「おせんべ」だ。

「おせんべ」はもんじゃの生地を薄く伸ばして鉄板で焼き、カリカリにしたもの。作りたがる人も多いけど、うまくできないという声もまた、多い。

実はこれ、今どきの具沢山の贅沢もんじゃでは、ほぼ不可能の代物《しろもの》なのだ。具を除《の》けてもうまくはいかない。なぜなら、美味しい「おせんべ」に、油分は必要ないからだ。ゆえに、肉や揚げ玉が入った生地では作れない。

お節介ながら、コツを記すと、まず鉄板の油を紙などできれいに拭き取ること。そして、具のないもんじゃを注文することだ。

私達が食べていたもんじゃは、もともとうどん粉のスープみたいなものだったので、最初から油分はほとんどなかった。ベビースターラーメンも、少し残る程度なら、邪魔にならない。

食べ物ともいえないそういう生地を、油を拭き取った鉄板に流す。そして、普通に食べながら、ハガシで生地を鉄板に擦り付けていく。

好みの厚さになったなら、乾くまで適当に放置する。そして、それから慎重に――皺ができたり、破れたりしないように注意しながら、大きなハガシで、まさに剝がすのだ。

端が焦げるまで待てば、サクサクの「おせんべ」になるし、生乾きのときに剝がせば、もっちりとした食感になる。

ちなみに私はサクサク派。大きくて、紙のように薄い「おせんべ」ができたときは、妙に嬉しくなるものだ。

機会があったら、是非、お試しあれ。

「もんじゃ屋」は年中無休だったが、駄菓子屋のもんじゃは冬のみだった。しかし、駄菓子屋のメインはやはり駄菓子。それから玩具の類《たぐい》である。

駄菓子屋は近所に三軒あって、売っているものは似ていたが、店の雰囲気はそれぞれだった。

子供に人気があったのは、狭い店の壁から床まで、品物が溢れている店だ。

ジャンクな菓子類、メンコやベーゴマ、ビー玉、塗り絵、紙の着せ替え人形、シール、型抜き。高いものでは銀玉鉄砲などの玩具から、羽子板や凧、花火などの季節商品も置いてあった。

それらを小銭を握りしめ、計算しながら買っていく。メンコを買ったら、麩菓子《ふがし》は買えない。酢イカ二本で、お釣りはいくら。これでクジが引けるかしらん……。

駄菓子屋は、子供の経済観念を培《つちか》うための場所でもあった。

とはいえ。今思い起こすと、菓子類は相当不衛生だったし、有害だった。チクロの入った人工着色料は、まだ禁止されてなかったし、剝き出しの寒天ゼリーなどは、黴《ばい》菌《きん》の培地《ばいち》そのものだ。

食べられる紙なんていうのも売っていて、巻物状の和紙に似た紙に、毒々しい色合いで、お伽《とぎ》噺《ばなし》などの絵が描かれている。人工着色料の絵の具には、妙な甘味がついており、それを味がなくなるまで、くちゃくちゃ嚙んで啜っていた。

紙自体は食べられなかったので、名称はほぼ詐欺なのだが……問題は無論、そこではない。みんな、よく無事に育ったものだ。

拍子木《ひょうしぎ》を鳴らして、紙芝居屋もやってきた。

売られる菓子は駄菓子屋と大差なかったが、私は型抜きに似た飴抜きというものにハマっていた。

板状の型抜きは、針などを使って溝のとおりに模様を刳《く》り貫《ぬ》く玩具。飴抜きはそれと同等のものを、うまく舐めて取り出すお菓子だ。

シナモン味で、舌にピリッとくる甘さが大好きだったのだが……やはり体には悪そうだ。

町に来た物売りは、ほかにもあった。

チャルメラを吹いて来るラーメン屋。今で言うハンドベルを鳴らしてくるおでん屋。「玄米《げんまい》パンのほっかほかー」と来る玄米パン。飴細工屋は、ふと気づくと町角にいた。

こうやって並べると、随分、古い時代のことを記していると思われようが、下町では、この風景は昭和五十年過ぎまで続いた。

私が生まれる少し前までは、夏になると、天秤棒を担いだ金魚売りや虫売り、風鈴売りも来たと聞く。

金魚売りは桶、虫売りは縦長に重ねた籠、風鈴売りは天秤棒の両側に、沢山のガラス風鈴を涼しげに鳴らしてきたという。

彼らは皆、東京《とうきよう》オリンピック前後で姿を消した。オリンピックで、東京はまた変化したのだ。

私はできればもう十年、早く生まれて、金魚売りをじかに見たかった。いや、戦争はご免だが、江戸時代の墨東――せめて、戦前の墨東は見てみたい。

なぜなら、上の世代の駄菓子屋は、もっと面白そうだからだ。

駄菓子屋という商店の成立時期はわからない。ただ、戦前にはもうあった。

正確な年代は不明だが、親戚達の話に依ると、一銭で買えたのは、飴玉二個。ベーゴマも二個。もんじゃも一人前一銭だったという。

また正月ならではの駄菓子には、ソースカツというのがあったらしい。薄いハムを揚げたもので自分でソースをつけて食べる。想像すると美味そうだ。

戦前も戦後も「クジ」は人気だ。

三角クジだったり、紐の先に景品やお菓子のついたものもクジと言った。

戦前にあったクジの紙は、辞書のそれのごとく薄かった。ゆえに、ほかの店で引いた当たりクジを、爪の間に隠し持ち、すり替える子供もいたという。駄菓子屋の店主も、悪ガキの所行は承知の上なので、クジを剝く手先をじっと見ている。それでもすり替えてしまうような、指先の器用な子供もいた。

もっとすごい強者《つわもの》がいたのは、飴のクジだ。

竹串の先についた飴を食い抜くと、当たりの場合、先端が赤く塗ってある。やはり店主は見ているが、その目の前で、棒の先をクレヨンで赤く塗り、当たりにしてしまうというのだ。

なんの修行をしていたのやら。

ただ、店も正直だったわけではない。

クジの一等商品はプラモデルなどの豪華なものが飾ってあったが、一等の当たりクジは最初から入っていないといわれていた。

このカラクリは今のテキ屋などでもある話だが、これを不正だと騒ぐような野暮はどこにもいなかった。わかっていて楽しむのが、この手の遊びだ。

駄菓子屋での女の子の人気は、着せ替え人形、塗り絵にあった。塗り絵の下絵は、中原淳一《なかはらじゅんいち》や松本《まつもと》かつぢが描いていたというから豪華だ。

いや、プラモデルの箱の絵は小松崎茂《こまつざきしげる》だったし、絵本の挿絵《さしえ》は高畠華宵《たかばたけかしょう》だった時代だ。そういう意味では、今よりも、ある意味、豊かな時代だった。

母の話では、塗り絵を仕上げて店に持っていくと、上手い子供の絵は張り出され、缶バッジの賞品がもらえたという。

店先に張り出されるので、皆、塗り絵には気合が入った。

当時の駄菓子屋は、経済を学ぶ場所でもあったし、美術学校でもあったのだ。

私の行きつけの駄菓子屋は、京島《きょうじま》一丁目——昔の寺島《てらじま》にあった。

江戸時代の寺島は田舎でしかなかったが、明治以降、人はどんどん増えて、戦前にはもう人口密集地になっていた。

ゆえに商店はもとより、戦前の明治通りには、ずらりと夜店が並んだという。曲馬団《きょくばだん》つまりサーカスも来て、テントを張ったというから驚きだ。

戦後、京成曳舟《けいせいひきふね》駅側のたから通りには、屋根の下に個人店舗が並んだ「寺島ストア」という施設ができた。聞いたところ、構造はアメ横と同じようなので、もしかするとヤミ市だったのかもしれない。

近くには昭和《しょうわ》版百円ショップ「十銭《じっせん》ストア」もあった。だが、「十銭ストア」なのに金時計が五円で売っていたりしたという。

このたから通りから少し歩くと、ときどきテレビでも取り上げられる「キラキラ橘商店街《たちばなしょうてんがい》」に出る。

ちょっと恥ずかしいこの名称は、近年つけられたものであり、以前は「橘館《たちばなかん》通り」。私達は「タチカン通り」などと略していた。

橘館は映画館の名だ。

私が物心ついた頃はもう映画館はなくなっていたが、親戚の話に依ると、橘館通りはこの界隈の中心と言っていい場所だったという。

映画館があっただけではない。

商店街の南、原《はら》公園の近くには、寺島座《てらじまざ》という芝居小屋があり、また「タカマツ・プロダクション」という映画会社の撮影所もあった。

撮影所には、大河内傳次郎《おおこうちでんじろう》や阪東妻三郎《ばんどうつまさぶろう》が出入りしていたというが、いつものことだったので、見に行ったりはしなかったという。

つまり、橘館通りは芸能通りで、それらの施設があったために、賑わい、商店街になっていったのだ。

往時の面影を知りたい人は、商店街北寄りにあるスーパーを覗いてみるといい。

このスーパーは、橋館の建物を改築して、店としている。無論、今は何も残ってないが、入口や、階段下にあるドアの形をよく見ると、映画館だった頃の面影が窺える。

また、エスカレーターが普及する前、このスーパーには二階へ至るベルトコンベアがあった。それが面白くて、子供達は用もないのに二階へ上がったりしたものだ。

戦後暫くの間、映画は娯楽の花形だったが、子供達には高嶺《たかね》の花だ。それでも、お金がなくっても、映画館に行く子供はいた。

ニュース映画を観るためだ。

家庭にテレビがなかった時代、世間の動向を知る手段は新聞・ラジオ、そして映画館で流されるニュースだった。今、ドキュメンタリー番組などで使われる戦前戦中の映像は、ほとんどがこのニュース映画から採られている。

ニュース映画はテレビが普及すると共に消えていったと伝わるが、実際に観た人の話では、もう少し後まで上映されていたようだ。

子供達は、これを観に映画館の中に入った。意識が高かった……わけではない。少し前まで、本編の前に流されるニュースはタダで観られたからだ。

もちろん、あわよくば、本編まで居残ろうという魂胆はあった。が、映画館側もそれはちゃんとわかっていて、ほとんど追い出されてしまったという。

従兄の話によると、昭和四十年代のあるとき、このニュース映画で墨田区京島二丁目が世界一の人口密集地だという報道が流れたという。

まさに、橘館通りの辺りだ。

従兄はまさか、自分の地元を映画館で見るとは思わず、ドキドキしたと語っていた。なんでも世界一だと嬉しかったのだ。

少しのち、私も小学校の社会の授業で、京島が世界一の人口密集地だと習った。

やはり、嬉しくてドキドキした。

その京島一丁目と、二、三丁目の境――たから通りには、東京都で一番最初にスクランブル交差点ができた。こういうものを作らねば追いつかないほどに、当時の京島には人が溢れていたわけだ。

その「世界一」だった橘館通りを横切る道は、これまた江戸時代そのままの道だ。

交差する場所には京島三丁目交番があるが、以前の名前は「愛国橋《あいこくばし》交番」。地図では確認できないが、どうも小さな川が流れて、橋が架かっていたらしい。

また、現スカイツリーの東を通る四つ目《よめ》通りを北に行き、京島地区に入ると、「とらばし児童遊園」――通称「とらばし公園」がある。ここにも昔、「虎橋《とらばし》」という橋があった。こちらは古い地図の中、水路が通りを横切っている。曳舟川《ひきふねがわ》のみならず、この辺りは川だらけだったのだ。

「愛国橋」と「虎橋」は通行の便利を図るため、原忠三郎《はらちゅうざぶろう》という人物が個人で架けたものという。そればかりか、虎橋の通りそのものもこの人が個人で造成した。

彼の所有地だったのか、それとも行政の許可を得たのか、許可なんかいらない時代だったのか。いずれにしても奇特な御仁だ。

ちなみに、「虎橋」という勇猛な名は、原忠三郎の妻の名前「虎」からきている。個人の橋だったから、好きな名がつけられたというわけだ。

この通りもまた、昔は夜店が並ぶほどに賑わっていて、昭和十八年（一九四三）までは、「とらばしどうり」という東武亀戸線《とうぶかめいどせん》の駅まであった。だが、これもまた、空襲で焼け落ちて、以後、通りは寂れてしまった。

この通りの中程にある「とらばし公園」は、今でこそ、遊具もなく殺風景だが、以前は公園のど真ん中に、沢山の石を埋め込んだコンクリート製の小山があった。

私達はそこで遊び、近くの今川焼《いまがわやき》屋で買い食いをした。いや、気軽に買えるほど安くはなかったはずなので、親に買ってもらったのか。ともかく、この公園の側には今川焼の店があった。

今川焼は、太鼓焼《たいこやき》や大判焼《おおばんやき》とも呼ばれるお菓子だ。最近は色々な商品名で売られているが、地元では今川焼とのみ言っていた。

公園側にあった今川焼屋は、偏屈《へんくつ》そうなオヤジがやっていた。それは別に構わなかったが、あるとき、親が「あの店は姥捨《うばす》て山の人がやっているのよ」と言いだした。

訊けば、日本の地方には姥捨てという風習があり、年寄りを山に捨ててくるという。そして、今川焼の店主はそのことを本に書いた人なのだ、と。

そう。

今川焼屋の偏屈オヤジは『楢山節考《ならやまぶしこう》』の作者、深沢七郎《ふかざわしちろう》だったのだ。

嘘ではない。ウィキペディアには、深沢氏は昭和四十六年（一九七一）、東武曳舟駅近くに「夢屋《ゆめや》」という今川焼屋を開いたと記されている。

包装紙は横尾忠則《よこおただのり》のデザインだったというから驚きだ。今なら絶対、大事にとっておくと思うが、生憎《あいにく》、食べられもしない包装紙は、子供の記憶には残っていない。

大体、深沢七郎手作りの今川焼自体、感激ものに違いない。しかし、幼い私は、聞いた話を完全に曲解してしまった。

つまり、「本当にあった姥捨ての話を書いた人」を「姥捨てをやった本人が書いた話」と思い、店主は自分のお母さんを山に捨てようとしたのだと信じたのだ。

親から話を聞いた後でも、今川焼は買いに行ったが、そのたび、この人のお母さんはもう死んじゃったのかな、とか、やっぱり捨ててきたのかな、とか考えて、店主と目を合わせられなかったのを憶えている。まったく、困った子供である。

ただ、今でも今川焼を食べるたび、あの店のほうが美味しかったな、と思うのだから、深沢七郎が焼いた今川焼は相当美味《びみ》だったに違いない。

大先輩を犯罪者扱いしたのはまことに申し訳ないが、ここはひとまず、美味しいものを食べたというだけでよしとしておこう。

戦争が激しくなる以前、明治から昭和十二年まで、この近くには屠殺場《とさつば》もあった。正確な場所は伏せておくが、「寺島屠獣所」といい、前の通りは「屠殺場通り」などと呼ばれていた。

この屠殺所は、子供達が小遣い稼ぎをするところでもあった。場所柄どうしても集まってくる蝿を捕り、マッチ箱に詰めて持っていくと、お菓子などがもらえたという。

施設が移転したのちは空き地になって、今度は子供の遊び場になった。敷地内には池があり、大きなトンボが採れたらしいが、水の中からときどき牛の骨なんかが出てきて、びっくりしたこともあると聞く。

面白いことに、ここの跡地にも、いまだに建物が建っていない。

置《お》いてけ堀《ぼり》や深川三角屋敷《ふかがわさんかくやしき》の跡同様、因縁《いんねん》ある場所とみなされて、そのままにしてあるのだろうか。この手の歴史は滅多に本にも載らないのだから、ほっかむりして、マンションを建ててしまっても構うまい。しかし、そうはなってない。

地つきの人は因縁の地を敢えて語りはしないけど、そうっと余所《よそ》に除けておく。

それが、この界隈に住む人の優しさのひとつなのかもしれない。

屠殺場通りで、もうひとつ興味深いのは、私達の時代、この辺りには幽霊が出ると噂されていたことだ。

話自体はまったく稚拙で、「昔、この辺りは病院だったので、幽霊の看護婦さんが空の担送車を押してくる」というものだ。

実際、病院があった記録はなく、親にも否定され続けたが、跡地近くで遊んでいると、ときどきそんな話になった。

屠殺所のことは、まだ知らなかった。

死にまつわる土地の記憶が、子供達の無意識のどこかから滲んできたのだろうか。


ニュース映画だの姥捨て山だの、いつの話かと思う人もいるだろうが、繰り返しておく。半世紀も経っていない時代の話だ。

ドブの色が日替わりで変わっていたように、当時はまだ衛生観念も低く、環境への配慮もなかった。

光化学《こうかがく》スモッグなんて言葉ができたのも、この頃だ。

そういう日は空全体が鈍い銀色に輝いた。夜になっても空気は悪く、星なんて、ほとんど見えない。思えば、劣悪な環境だったが、私達はそれを当たり前として過ごしていた。

そんな日常の中、東京の空気がきれいになるときが、年に二回だけあった。

正月と八月の旧盆だ。

そのとき、すべての工場は止まった。そして、地方から出てきた人はみんな田舎に帰省した。今はそんなことはないけれど、当時の盆と正月は、東京には東京っ子以外、ほとんどいなくなったのだ。

空は澄み、町は喧噪もなく静まり返り、人影はもちろん、車も疎《まば》らだ。幹線道路すら空《す》いていて、信号を守る必要もない。町を我が物にしたような、あのときの解放感は忘れられない。澄んだ空気と、開けた視界と、静寂と。

この東京を満喫できるのは、帰る田舎を持っていない私達だけの特権だった。

だが、帰省先を持たないということは、旅の機会が減ることでもある。どこに行くにも、お金もかかる。ゆえに、行き先はそのときの経済状態によって左右された。

幸い、私は親の旅好きに助けられた感じだが、その中、幼い頃の夏に一度だけ、汽車に乗った記憶がある。

行き先は、たしか千葉《ちば》の房総《ぼうそう》だ。

調べてみると、当時の房総西線《ぼうそうさいせん》と房総東線《ぼうそうとうせん》で、昭和四十四年（一九六九）まで、両国《りょうごく》駅発の「C57　105」という型の蒸気機関車が走っていた。

都内最後のＳＬだという。

どうやら、私はぎりぎりで、この機関車に乗ったらしい。

当時、既に蒸気機関車は大昔のものという感じがあった。座席も窓枠も床もみな、黒光りした木でできていて、床は歩くと上下に軋んだ。トイレは当然のごとく和式で、下を覗くと線路が見えた。そう。排泄物はそのまんま、線路に落ちていたわけだ。

このトイレの形式は汽車だけでなく、ほかの特急列車でも随分後までそのままだった。特急の通るような線路はとてもバッチかったのだ。

ドアも手動だったから、走行中でも好きに開いた。さすがに自分では開けなかったが、誰かが開けたドアの外に流れる景色をドキドキしながら眺めたものだ。

冷房はもちろん扇風機もなく、窓は全開。風向きによっては、機関車の黒い煙が入ってくる。ひどくなると窓を閉めたが、それでも汽車から降りたとき、皆、なんとなく煤《すす》けていた。

たった一度きりではあるが、忘れ難い思い出だ。

公共交通機関では、路面電車も走っていた。

いわゆるチンチン電車というやつで、今も東京の北と西に何本かが残っている。

東京のほとんどの路面電車は、一九七〇年代までに廃止された。

今になって惜しいと思うのは、押上から浅草までの区間を走っていたものだ。

これが残っていたら、スカイツリーと浅草の二大観光地を結ぶ交通手段として、さぞ賑わったことと思う。

路面電車より早くなくなったものには、架線から電気を使って走るトロリーバスもあった。が、生憎《あいにく》、これは記憶にもない。

それにしても、車が普及していなかった頃の交通手段は、多様で面白い。

路面電車も東京中を縦横無尽に走っていたし、隅田川を渡る渡し船も、昭和四十一年（一九六六）まで、汐入《しおいり》のほうに残っていた。

車は確かに便利だけれど、土地がないといわれる東京で、どれほどの場所が駐車場に割《さ》かれているいることか。

それを考えるともう少し、古い時代の交通手段を残しておいても良かった気がする。

駒止石と大銀杏（昭和 40 年頃）

徳之山稲荷神社

これまで、向島《むこうじま》と本所《ほんじょ》を一緒に語ってきたが、ふたつの地域は随分、異なっている。記してきたとおり、向島は江戸《えど》の鄙《ひな》、長閑《のどか》な行楽地だったため、田圃《たんぼ》道もそのまま残っている。文化的な香もある一方で、田舎臭い部分もある。

本所は明暦《めいれき》の大火《たいか》（一六五七）ののち、大規模な開発・整備が行われた地だ。もとは向島同様の田畑の多い低湿地だったが、道と河川を整備して、主として武家屋敷を移転した。そのため、道はほぼ碁盤の目となり、ひとつひとつの区画も大きい。現代の地図を見ても、向島と本所の境ははっきりわかる。

本所地区の開発は本所築地《つきじ》奉行である徳山五兵衛重政《とくのやまごへえしげまさ》・山崎四郎左衛門重政《やまざきしろうざえもんしげまさ》が管轄した。亀戸天神遷座のときに名前の出た、「ふたり重政」だ。

ふたりのうち、徳山五兵衛はその功績を讃えられ、死後、稲荷神として祀《まつ》られた。

往時、二千五百十七坪あった屋敷跡には、今、徳之山稲荷神社《とくのやまいなりじんじゃ》（墨田区石原《いしわら》一―三六―一〇）が建っている。

無論、敷地は狭いけど、それでも、神社というよりも、宅地の中に入ったような気分になるのが不思議な感じだ。

社の脇には「日本左衛門《にほんざえもん》首洗い井戸跡」というものがある。

日本左衛門は歌舞伎《かぶき》『白浪五人男《しらなみごにんおとこ》』のひとり、日本駄右衛門《にっぽんだえもん》のモデルになった盗賊で、五兵衛に捕らえられたという。

　伝説では、捕らえた日本左衛門に思い残したことはないかと尋ねると、「日光《にっこう》を見たことがない」と言ったため、五兵衛は日光参拝を許したのちに処刑したことになっている。

　しかし、これは史実ではない。

　実際には、五兵衛の孫・徳山五兵衛秀栄《ひでいえ》が火附盗賊改方《ひつけとうぞくあらためかた》の職にあったとき、日本左衛門の捕縛を命ぜられたものの果たせず、日本左衛門は京都《きょうと》で自首した後、伝馬町《でんまちょう》で斬首されている。

　首は一味の根拠地である遠州《えんしゅう》見附宿《みつけじゅく》で晒されたので、屋敷跡に首洗いの井戸と碑が残っているのはおかしい、となる。

　とはいえ、詮索は野暮な話だ。

　怨霊に仕立てられてしまった多賀《たが》藤十郎《とうじゅうろう》とは対照的に、徳山五兵衛は人徳者として周囲に知られていたのだろう。


　本所と呼ばれた地域は隅田川《すみだがわ》を西に置き、おおよそ竪川《たてかわ》と横川《よこかわ》、横川が西に折れての源森川《げんもりがわ》という、川に囲まれた地域となる。

　先にも記したが、時代劇でお馴染《なじみ》なのは「本所割下水《ほんじょわりげすい》」だ。

　割下水というのは、広い道路の中央を流れる排水溝のことを指す。南割下水・北割下水とあるが、普通「割下水」といえば、南のことだ。

最初は開発に伴って造られた簡素な排水溝だったようだが、徐々に護岸を整備し、木橋を架けて、岸に木を植え、生活の便と風情を整えた。

しかし、この水路のせいで、辺りは非常に蚊が多く、冬でも蚊帳を吊るさねばならないほどだったと伝わっている。

こういう場所に、無役《むやく》の御家人《ごけにん》や貧乏旗本《はたもと》が住んでいたというわけだ。

治安のほどが疑わしいが、割下水は葛飾北斎《かつしかほくさい》・三遊亭圓朝《さんゆうていえんちょう》という天才達をも輩出した。

その圓朝作『怪談　乳房榎《ちぶさえのき》』の磯貝浪江《いそがいなみえ》の住まいは、本所割下水という設定だ。圓朝は自分の居住地を、悪人の住《す》み処《か》としたことになる。

この南割下水は、関東大震災《かんとうだいしんさい》まで残っていた。

現在は埋め立てられて暗渠《あんきょ》となり、江東青物市場《こうとうあおものいちば》から錦糸堀《きんしぼり》方面に至る幹線道路となっている。

ちなみに、北割下水は、今の春日《かすが》通りに相当する。

この本所を区切る竪川は東西に、横川は南北に流れている。そのため、今、普通に地図を見ると、名前が逆に思えてしまう。だが、調べてみたところ、これは江戸城《えどじょう》から見て、縦か横かで名前がついたものらしい。横川の東を平行に走る横十間川《よこじっけんがわ》も、以前はなんで「横」なんだろうと不思議に思っていたのだが、多分、理屈は同じだろう。わかりやすいようで、わかりづらい。

いずれにせよ、ある意味、情緒のないこの名称は本所開発の名残でもある。

お役所仕事的な命名は、橋にも反映されていて、竪川に架かる橋は隅田川から旧中川《きゅうなかがわ》に至るまで、一《ひと》ッ目《め》之橋《のはし》から六《む》ッ目《め》（渡し場）と命名された。

橋は今でも一之橋《いちのはし》、二之橋《にのはし》……として残っている。

界隈の幹線道路でもある三《み》ッ目《め》通り・四《よ》ッ目《め》通りも、橋によって命名された。

余談になるが、私は道の名前など気にかけない子供だったので、中学生の頃、初めて三ッ目通りの名を知った。そのときは三ッ目小僧しか思い浮かばず、妖怪の名前がついた通りがあるのかと、本当に仰天したものだ。

そして、「一つ目（小僧）通りもあったりして」と、ドキドキしながら父に尋ねると、通りはないが橋はあると答えられ、すっかり頭が混乱した。

いつ頃、誤解が解けたか忘れたが、さすがは七不思議のある土地だ、と、数年間はひとりで感心していたという馬鹿者だ（更なる余談だが、農免道路《のうめんどうろ》の名称を初めて聞いたときも、能面道路と脳内変換して、しばらくの間、戦《おのの》いていた）。

その一ッ目之橋の袂近くに、一《ひと》つ目《め》弁天《べんてん》（墨田区千歳《ちとせ》一―八―二）という神社がある。この名を初めて知ったときも、一つ目の弁天様なんて……と、やはり、びっくりしたものだった。

正式名称を江島杉山神社《えじますぎやまじんじゃ》といい、創建は元禄《げんろく》六年（一六九三）。天才鍼灸師《しんきゅうし》・杉山《すぎやま》和一《わいち》検校《けんぎょう》が五代将軍綱吉《つなよし》公から拝領した土地に、かつて彼が修行した江《え》ノ島弁財天《しまべんざいてん》を分社して祀らせたことに始まるという。

杉山検校は、今でも治療に用いられている管鍼《かんしん》の発明者だ。

当地を拝領したわけは、治療した綱吉公から褒美を尋ねられたとき、「ひとつ、目が欲しゅうございます」と答えたためだ。

昔は目の不自由な人が、按摩《あんま》や鍼灸の職に就いた。検校も盲目だったので、右のごとく答えたわけだ。多分、無理を言うことで、欲しいものはございません、と暗に遠慮したのだろう。しかし、そこは将軍様だ。機転を利かせて、ちゃんと褒美を与えてしまった。

生類憐《しょうるいあわれ》みの令《れい》のお陰で、綱吉公の評判は悪いが、公は決して暗愚《あんぐ》ではない。

拝領した一ツ目の地に、検校は江の島を模した岩窟を造った。それは今も残っていて、境内の一角に、下町らしからぬ景色を現している。

江戸時代、この門前には五軒の娼家が並んでいた。その南隣にあった深川八幡宮御旅所《ふかがわはちまんぐうおたびしょ》にもまた、小さな岡場所《おかばしょ》が存在した。

『近世風俗志《きんせいふうぞくし》』には、こう記されている。

「弁天の娼家は水府〔水戸〕候の会所（武家の住宅に設けられ、歌会、茶会、月見などの会合に用いられた施設）に対す故か、三絃を禁じ拍手（手をたたくこと）を禁ず」

つまり、武家を憚《はばか》って、客が人を呼ぶときは畳を叩いたというわけだ。

なんだか陰気臭い娼家だが、ここの女性は質が良く、金一分の値段がついたため、「金猫《きんねこ》」と称されていたという。隣の御旅所は「銀猫《ぎんねこ》」と呼ばれ、値段は金二朱（金一分の四分の一）だったとか。

どちらにしても、少しでも流行る社寺の前には、必ず岡場所があった。

江戸時代、男の信心は何を信心してるのか、わかったもんじゃねえってこったね。

一ッ目之橋の界隈――竪川が注ぐ辺りの隅田川は、大きな寄洲《よりす》ができるほど、湾曲して流れが速く、また川幅が広かった。

その地形を利用して、岸辺には御石置場《おいしおきば》や御船蔵《おふなぐら》が並んでいた。

御石置場は名のとおり、石を保管した場所だ。川沿いに数ヶ所あったが、竪川の河口両脇のものは、それぞれ結構広かった。

その広場を利用して、享保《きょうほう》十八年（一七三三）四月、吉宗《よしむね》公がベトナムから取り寄せた象が公開されている。隅田川沿いに象のいる風景は、さぞや珍奇なものだっただろう。

この御石置場に隣接するのが御船蔵。湾のように入り込んでいたのが御竹蔵《おたけぐら》。

御船蔵は文字どおり、船を繫留《けいりゅう》する場所で、御竹蔵は幕府の資材置き場。のちに米蔵になった。

現在の東京都慰霊堂《とうきょうといれいどう》から、江戸東京博物館《えどとうきょうはくぶつかん》辺りまでが該当地となる。

この辺りから両国橋《りょうごくばし》、現蔵前橋《くらまえばし》辺りの川っ淵には、両岸に沢山の木の杭が打たれていた。

俗にいう「百本杭《ひゃっぽんぐい》」だ。

杭は流れを緩衝《かんしょう》し、川岸を保護するためのものだが、これが隅田川の風物詩となり、歌舞伎《かぶき》の舞台にもなった。

『三人吉三《さんにんきちさ》廓《くるわの》初買《はつがい》』では、両国橋近辺で、お嬢吉三《じょうきちさ》が百両奪って夜鷹《よたか》を殺し、川へ突き落としている。

風物詩とはいえ、この近辺は御竹蔵のせいで町から隔離され、街路灯もない時代の夜ともなれば、周囲は真の闇だった。犯罪には使いやすかろう。

ちなみにお嬢吉三の名台詞、「月も朧《おぼろ》に白魚の　篝《かがり》も霞む春の空」とは、春、佃島《つくだじま》の漁師達が、篝火《かがりび》を焚いて白魚を捕獲する風景を指している。

当時の隅田川は白魚が捕れるほどに澄んでいたのだ。篝火の明かりが隅田川に映る景色はさぞ、美しかったに違いない。

また、幸田露伴《こうだろはん》は『水《みず》の東京《とうきょう》』という作品で、「このあたり川の東の方水深くして、百本杭の辺はまた特《こと》に深し。こゝにて鯉を釣る人の多きは人の知るところなり。」と記している。

実際、百本杭は格好の釣り場だったため、日中はそこそこ人がいた。「置いてけ堀」の話のように、夜釣りを楽しむ人もいただろう。

そう考えると、篝火に浮かび上がった川端で、お嬢吉三が夜鷹を殺すのは、現実的には不可能だったようにも思える。

しかし、決してここは安全安心な釣り場ではない。

百本杭は水死人の寄る場所でもあった。

芥川龍之介《あくたがわりゅうのすけ》は『大導寺信輔《だいどうじしんすけ》の半生《はんせい》』の中でこう記している。

「或朝焼けの消えかかった朝、父と彼とはいつものように百本杭へ散歩に行った。百本杭は大川の河岸でも特に釣り師の多い場所だった。しかしその朝は見渡した所、一人も釣り師は見えなかった。広い河岸には石垣の間に舟虫の動いているばかりだった。彼は父に今朝に限って釣り師の見えぬ訣《わけ》を尋ねようとした。が、まだ口を開かぬうちに忽《たちま》ちその答を発見した。朝焼けの揺らめいた川波には坊主頭の死骸が一人、磯臭い水草や五味《ごみ》のからんだ乱杭の間に漂っていた。――彼は未だにありありとこの朝の百本杭を覚えている。」

この作品は芥川の自伝的小説とされていて、彼は実際、百本杭に漂う死体を見たらしい。

話が逸れるが、この界隈では、水死人の捜索に、中央区《ちゅうおうく》にある水天宮《すいてんぐう》のお札を用いることがあった。

水天宮のご祭神は天御中主大神《あめのみなかぬしのおおかみ》・安徳天皇《あんとくてんのう》・二位《にい》の尼《あま》・建礼門院《けんれいもんいん》だ。

壇《だん》ノ浦《うら》の戦にて、平家《へいけ》方の二位の尼は、当時八歳だった安徳天皇を抱いて入水した。建礼門院はその二位の尼の娘であり、安徳天皇の母親だ。

現在の水天宮は安産祈願で有名だが、ここは入水した貴人の魂を鎮めるための神社でもある。

日本は面白い国で、目を患《わずら》って死んだ人は目の病を治す神様になるし、病をもたらす神はそのまま、病を除ける神になる。

『平家物語《へいけものがたり》』で「波の底にも都の候《そうろう》ぞ」と言い、沈んだ祖母と孫もまた、同じように水死者を助ける――死者を無事に親族のもとに送り届ける神様と考えられていたのだろう。

だから、水死人が見つからないときは、水天宮のお札を流した。すると、お札が寄り着いた場所で、死者が発見されるという。

『大導寺信輔の半生』にもあるように、水流の加減でゴミの溜まる場所は決まってくる。そこにはお札も死体も寄った。お札の流れ着く先に水死体があるというのは、あながち迷信でもないわけだ。

百本杭は隅田川の護岸工事が始まって以降、次第に抜かれ、今では跡地に看板が立っているだけになってしまった。

それでも、昭和《しょうわ》後半までは、朽ちた杭の頭がいくつか、水面から覗いていたらしい。

今も水中には、先端部分が残っている可能性がある。

御竹蔵の対岸には、舟を使っての吉原《よしわら》通いの目印となった「首尾《しゅび》の松《まつ》」が生えていた。

現在、その場所には七代目の松と碑が立っている。

「首尾の松」という名の由来はいくつかあるが、一番有名な話は、三代将軍家光《いえみつ》公のものだ。

台風の被害状況を視察するため、府内巡察を行った将軍一行は、水嵩《みずかさ》の増した隅田川で足止めを喰らった。

まだ、両国橋の架かる以前だ。

将軍は対岸の様子を見てくるように命じたが、川の様子に怖じ気づき、誰も声を上げようとしない。そのとき、当時、家光公の小姓であった阿部豊後守忠秋《あべぶんごのかみただあき》が進み出て、濁流渦巻く隅田川に馬を乗り入れ、見事、対岸に渡って使命を果たした。この故事により、傍らにあった松を「首尾の松」と呼んだという。

隅田川を馬で渡るなど俄には信じられないが、当時は寄洲も多かったので、場所を選べば不可能ではなかったのだろう。もっとも、水戸《みと》の黄門《こうもん》様も、若い頃、やはり暴れ川と化した隅田川を泳いで渡っている。

人が渡れる川ならば、馬にも充分、できたはずだ。

渡った馬を繋いだ石は、墨田区側の川岸で「駒止石《こまどめいし》」と呼ばれている。石だけに、こちらは枯れることなく現存し、今は川岸から場所を移して、旧安田庭園《やすだていえん》内に置かれている。

晴れがましいエピソードではあるものの、呑気に構えられないのが、この界隈だ。

松のほぼ向かい、平戸新田藩松浦《ひらどしんでんはんまつうら》家上屋敷には椎《しい》の大木が立っていた。そのため、松浦家は通称「椎《しい》の木屋敷《きやしき》」と呼ばれてた。

この大木こそが、本所七不思議のひとつ、「落葉《おちば》なしの椎《しい》」である。椎の木は川に張り出すほどの大木だったにも拘わらず、いつ見ても一片の葉も落ちてなかったという。

現実的な理由では、松浦家の家臣がマメに掃除をしていたからとされるが、どうだろう。

この「椎の木屋敷」のあった場所には、大正《たいしょう》十五年（一九二六）、両国公会堂《りょうごくこうかいどう》が建設された。

震災後に竣工した、文化財的なモダン建築だ。しかし、現在は老朽化のため、一般には使用されていない。

ニュースによると、公会堂は二〇一五年に解体され、跡地には、現在渋谷《しぶや》にある刀剣博物館《とうけんはくぶつかん》を移転する予定になっているという。

私は刀が好きなので、楽しみではあるのだが、正直、ここに刀剣博物館が来ることが、いいのか悪いのかわからない。

なぜなら、この一帯は、関東大震災《かんとうだいしんさい》にて最も多くの死者を出した、陸軍被服廠《りくぐんひふくしょう》跡に近接しているからだ。

――改めて、関東大震災について述べておこう。

大正十二年（一九二三）九月朔日《ついたち》、午前十一時五十八分、その地震は起きた。

震源は神奈川県相模湾《かながわけんさがみわん》北西沖。マグニチュードは七・九。

最新の研究では、本震の三分後に東京湾《とうきょうわん》北部を震源にマグニチュード七・二、五分後に山梨《やまなし》県《けん》東部震源マグニチュード七・三という、巨大地震が立て続けに連動したとされている。

結果、神奈川・千葉・埼玉・静岡・山梨に及ぶ関東一円で震度六以上の揺れが発生し、沿岸部では津波も起きた。

被災者は約百九十万人。死亡あるいは行方不明者は十万五千人を超え、建物被害は全壊十万九千余棟、全焼二十一万二千余棟と伝わる。

つい最近、東日本大震災《ひがしにほんだいしんさい》に遭った私達には、この地震の凄まじさが、想像できるに違いない。

規模に拘わらず、地震というのはいまだに予知できたためしがないが、こんな話を聞いたことがある。

関東大震災が起きる一週間近く前から、くたびれた感じの初老の男が、鍋だか薬罐《やかん》だかを叩きつつ、「とんでもない地震が来るぞ、大地震が来るぞ、みんな逃げろ！」と町を回って叫んだという。

そのときは、当然ながら、誰も相手にしなかった。だが、結果はご存知のとおりである。

ソースがはっきりしないので、この話は都市伝説の可能性もある。しかし、母が祖母から聞いたという、もっと無気味な話もある。

地震の起きる少し前、お襁褓《むつ》をした赤ん坊——つまり、まだ歩けるはずのない赤ちゃんが、大きな声で「おぎゃあ、おぎゃあ」と泣きながら、路地を走っていったというのだ。

目撃者は何人もいたが、誰もその赤ん坊を見知った人はいなかった、と。

神か妖怪かはわからぬが、こんなモノが出てこざるを得ないほど、関東大震災は凄惨だった。

被害を大きくした最大の原因は、火だ。

犠牲者達のほとんどは、当時の東京府と神奈川県に集中するが、死亡原因の九割は火災によるものとされている。

地震発生時刻がちょうど昼食時に当たったため、多くの家庭が火を使っており、それが木造家屋に移って各地各所で火が上がったのだ。

加えて、当日は台風や強風が多いとされる二百十日に当たっていた。暦どおり、能登半島《のとはんとう》近くには台風があり、東京にも強い風が吹いていた。

そのため、次々に家は延焼し、熱で飛び火し、遂には火災旋風が起きた。

水道管が破裂して、地面は水浸しだったというが、火の勢いには敵わなかった。巻き起こった炎の竜巻は凄まじい勢いで大地を走り、火災現場から離れた人々の命をも一瞬……ひと舐めで奪っていったのだ。

当時、陸軍被服廠には、多くの人が逃げ込んでいた。

隅田川沿いにある被服廠は、軍の衣料品を製作管理する場所だ。建物は頑健で、敷地も広い。そこに逃げれば助かると、誰言うともなく広がって、人々はそこに押しかけた。

大八車に載せた家財道具を持ち込む者、馬を連れ込む者もいて、敷地はまさに立錐《りっすい》の余地《よち》もないほどだったという。

そこを、火災旋風が襲った。

『写真集《しゃしんしゅう》／墨田区《すみだく》の昭和史《しょうわし》』には、誰が撮ったか、火災旋風直前と直後の写真が載っている。

直前の白黒写真は、押しかけた人で真っ黒に見える。直後の写真は、裸の蠟人形が山積みされているのかと勘違いするほど白々としている。

震災による東京の死者は六万八千人を超えたが、その半数以上に当たる三万八千人ほどが、この場で死亡したという。

地震が収まったのち、死体は油をかけて焼かれた。

『江東昔《こうとうむかし》ばなし』には、焼いた後、骨を供養する光景が記されている。

――直径何十メートルもの真っ白いものが、二階屋の屋根より高く円錐形に積み上げられ、根元をぐるりと塔婆で囲ってある。ここで死んだ何万人もの骨だった。

夜になると、近隣には積んだ骨の崩れる音が聞こえてくる。その狭間から「水をくれ、水をくれ」という声がする。それで水を供えると、朝には空になっていたという。

家族が被服廠で亡くなったと覚しき人は、のちにお骨を引き取りに行った。しかし、最早、個人を判別できるものはない。お骨はひとり分として、升《ます》で量って渡された。

それでも引き取り手のない遺骨はあったし、被服廠以外にも、身元のわからない死体は沢山あった。

そんな彼らの霊を慰めるため、昭和五年（一九三〇）、被服廠跡に「震災記念堂《しんさいきねんどう》」が建てられて、身元不明の遺骨が納骨された。また翌年には敷地内に「震災復興記念館《しんさいふっこうきねんかん》」が建った。

そして戦後、東京大空襲《とうきょうだいくうしゅう》などによる戦争犠牲者、約十万五千人の遺骨も併せて奉安し、「震災記念堂」は「東京都慰霊堂《とうきょうといれいどう》」と名を改めた。

資料によると、現在は約十六万三千体の遺骨が安置されているという。

彼らの魂が安らかであるよう、祈らざるを得ないのだが、私にとって、この場所は正直、恐ろしいだけだ。

なぜなら、過去、何回も、私はここで幽霊に遭遇しているからだ。

一度はまだ、幼いときだ。

父に連れられ、慰霊堂のある横網町《よこあみちょう》公園で遊んでいると、兵隊の格好をした男に手を引っぱられた。必死に抵抗しているうちに、遂に肩が脱臼し、途端、男は搔き消えた。

泣き喚く私を、父は訳もわからないまま、慌てて病院に運んでいった。

なぜ、脱臼したのか、その理由を、私は言うことが叶わなかった。

以来、怖くて慰霊堂には入ってないのだが、長じてのち、深夜にタクシーで帰宅したとき、慰霊堂前の信号が赤になった。

どういうわけか、夜間、ここを車で通ると、必ず信号が赤になる。

停車している間は、慰霊堂のほうを見ないようにしているのだが、そのときは、逆側から、白装束——経帷子《きょうかたびら》を着た男がやってきて、車の中を通り過ぎていった。

物理的に車は揺れ、タクシーの運転手も声を上げた。

慌てる運転手に「なんでしょうね」と、私はとぼけて終わらせたのだが……。

そういうわけで、まことに申し訳ないが、私は慰霊堂が怖い。生涯二度と足を踏み入れたくはない。

近く解体されるという両国公会堂は、その慰霊堂から程近い、旧安田庭園内にある。思い込みかもしれないが、その建物もまた、見るたびに不安交じりの恐怖を覚える。人の肌を連想させる、外観の色のせいもあるだろう。

だが、慰霊堂はともかく、近隣の施設まで怖がっているのは大人げない。そう考えて、私は拙著の取材中、駒止石を確認するため、旧安田庭園の中に入った。公会堂は目に入ったが、晴天だったせいもあり、恐怖は湧いてこなかった。大きな池を有する庭園も気持ちがいい。

ここになら、ちょくちょく遊びに来られる。

私はホッとしたのだが——その晩、こんな夢を見た。

火の手が上がる町から逃げていくと、先から大勢の幽霊が来る。彼らに押し戻される形で、再び町のほうに戻ると、大きな鉄扉《てつぴ》の前に出る。

その扉を開けると、完全なる静寂の中、大勢の人が火の海にじっと黙って佇んでいる……。

当たり前の話だが、炎に巻かれたのは、被服廠のみの話ではない。水を求めた多くの人は、旧安田庭園の池に沈み、また隅田川にも飛び込んだ。

今も墨田区側にある吾妻橋《あづまばし》の袂には震災慰霊碑《しんさいいれいひ》があって、毎年、新しい卒塔婆《そとば》が立つ。

やはり、あの辺りは怖い。痛ましい。

刀剣博物館が建つことで、刀の持つ魔除けの力によって、場が浄化されればいいとは思う。だが、その反面、彼らを魔として祓っていいのか、私は考えてしまうのだ。

迷う心の回答は、博物館ができるまで、このまま留保しておきたい。

回向院・怪船

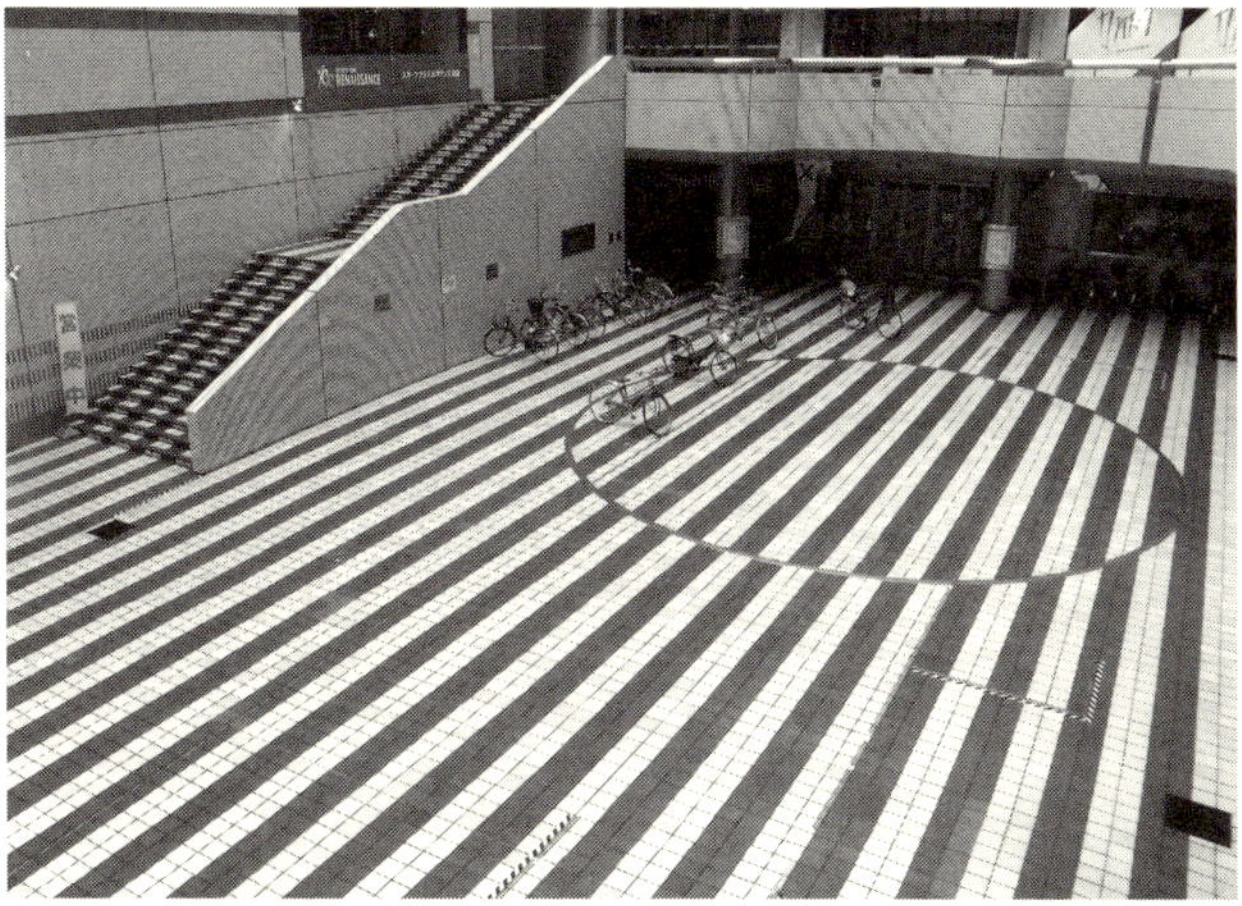
両国旧国技館土俵跡

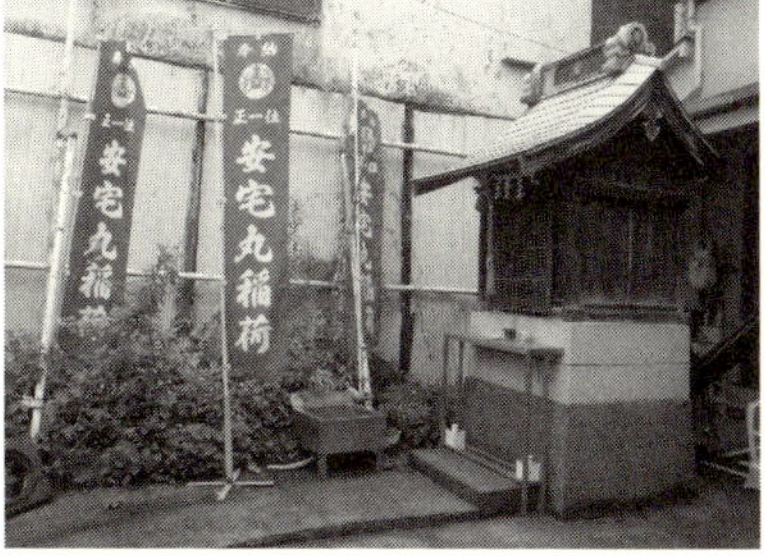

安宅丸稲荷神社

御竹蔵《おたけぐら》のあった辺りから隅田川《すみだがわ》を眺めると、左に見えるのは両国橋《りょうごくばし》だ。

橋を渡れば柳橋《やなぎばし》。渡らず戻れば、回向院《えこういん》（墨田区両国二―八―一〇）となる。

この界隈といえば、まず相撲だろう。

場所が開いている間は人も多く、駅周辺にはちゃんこ鍋の店も沢山ある。

現在の両国国技館《りょうごくこくぎかん》は、昭和《しょうわ》五十九年（一九八四）に建てられた。

その塀脇には「俵星玄蕃《たわらぼしげんば》の道場跡」という看板がある。

俵星玄蕃はご存知『忠臣蔵《ちゅうしんぐら》』に登場する槍の名手だが、創作上の人物とされている。

一方、旧両国国技館は今とは場所が違っていて、回向院の隣に建っていた。その東には、史実としての元禄赤穂事件《げんろくあこうじけん》大量殺戮の現場・吉良《きら》邸跡がある。

新旧・敵味方、架空の人物と史実という対比が面白い。

旧両国国技館の開館は、明治《めいじ》四十二年（一九〇九）だ。

江戸《えど》時代から回向院境内では小屋掛け相撲が行われていた。その小屋を常設の施設とするため、国技館が建設されたのだ。

この建物は案外不運で、開館から十二年後に失火で焼失し、関東大震災《かんとうだいしんさい》で焼失し、東京大空襲《とうきょうだいくうしゅう》でまた被害を受けたり、と散々な目に遭っている。

戦後はＧＨＱに接収され、解除後にはスケートリンクなどができたのち、日本大学《にほんだいがく》に譲渡。日《にち》大講堂《だいこうどう》という名称でコンサートなどが催されたが、遂に昭和五十八年（一九八三）、老朽化のため、解体された。

跡地は複合ビルとなり、回向院入口近くには、旧両国国技館についての説明板が立っている。その立て札から一歩進んで、ビルの中庭を覗いてみると、タイル張りの地面に、大きな正円が描かれているのが見て取れる。

この円が、旧国技館の土俵の位置だ。

相撲は興行ではあるが、もともとは神事でもあった。その聖性を尊んで、土俵の跡を残しているのか。いや、多分、真の理由は、この場所が本来、回向院の敷地内だったことにあるのだろう。

回向院は明暦《めいれき》の大火《たいか》による死者を埋葬・供養するために建てられた。

この大火は明暦三年（一六五七）の一月十八、十九日両日にわたった大災害で、通称「振袖火事《ふりそでかじ》」とも呼ばれる。

「振袖火事」という名の由来は、ある怪談に基づいている。

――数え十六の娘・梅乃は本妙寺《ほんみようじ》への墓参の帰り、ふと擦れ違った寺小姓らしき美少年に一目惚れをしてしまう。だが、どこの誰とも知れぬまま、恋い焦がれて日を過ごすうち、遂に病の床に伏し、彼女はそのまま亡くなってしまった。

葬式の日に、両親は娘の棺に形見の振袖を掛けてやった。

当時のならいとして、こういう遺品は寺男達がもらってもいいことになっていた。そのため、振袖は転売されて、同じく十六歳の娘のものになった。

ところが、この娘も病で亡くなり、振袖は棺に掛けられて、ちょうど梅乃の命日に再び本妙寺に運び込まれた。

寺男はまた、振袖を転売した。それはやはり十六の娘の手に渡り、彼女もほどなく死んでしまった。

振袖は三たび棺に掛けられて、三たび梅乃の命日に寺に持ち込まれてきた。

三人の娘の遺族らは、さすがにただならぬ因縁《いんねん》を感じ、振袖を供養して、燃やすことに決めた。だが、着物が火に投げ込まれたその瞬間、俄《にわか》に強い風が吹き、裾に火のついた振袖は、人が立ち上がったような姿で舞い上がり、本妙寺の軒先に火を移した。

そして、その火は風に煽られ、江戸を焼き尽くす大火となった……。

不思議なことに、この大火災では、出火元となった本妙寺にお咎めが一切なかったばかりか、三年後に幕府は客殿《きやくでん》・庫裡《くり》、六年後には本堂を再建し、十年後には本妙寺を触頭《ふれがしら》という重職に任じている。

異例ともいうべきこの厚遇から、火元は隣接していた老中《ろうじゆう》阿部家《あべけ》であり、本妙寺は幕府の要請により汚名を被ったという説がある。

実際、本妙寺の記録によると、関東大震災までの二百六十年余、阿部家から毎年、明暦の大火の供養料が奉納されていたという。

その他にも、火災の原因は都市の大改造を目論《もくろ》んだ幕府の放火という説もある。が、この火事では江戸城までが燃えている。大改造にしても程があろう。

震災と空襲を除けば、明暦の大火は日本史上最大の被害を出した火災で、江戸城外濠内のほぼすべてを焼き尽くした。

火は十八日の午後二時半すぎ、当時、本郷丸山《ほんごうまるやま》（文京区《ぶんきょうく》本郷五丁目）にあった本妙寺から出火した。

この日は関東大震災と同じく、風が強くて、また、前年十一月から雨が降っていなかったため、炎はあっという間に広がって、本郷から浅草《あさくさ》、隅田川を越え、牛島神社《うしじまじんじゃ》辺りまで広がった。

隅田川河口近くの霊巌寺《れいがんじ》では、一万人近くの避難民が死亡。浅草橋では脱獄の誤報が流れて、役人が木戸を閉ざしたために、逃げ場を失った二万人以上が犠牲となった。

また、当時は軍事防衛上、隅田川には千住大橋《せんじゅおおはし》しか架かっていなかったため、多くの人が対岸に逃れることができずに亡くなった。

火は朝方には鎮火したが、午前十時頃、今度は小石川《こいしかわ》にあった伝通院《でんづういん》近くより出火。飯田橋《いいだばし》から九段《くだん》一帯が延焼した。

この昼過ぎには、今でいう火災旋風らしきつむじ風が起き、江戸城天守閣《てんしゅかく》の窓が開いた。火炎を伴った熱風は城の内側に入り込み、天守閣は燃え、次いで、本丸《ほんまる》・二《に》の丸《まる》も焼失した。

更に、同日夜には麹町からも出火して、京橋《きょうばし》・新橋《しんばし》・芝《しば》までが焼き尽くされていく。信じ難いような不運だ。だからこそ、幕府放火説も出るわけだ。三度続いた火災によって、江戸市街の六割以上が焼土と化し、少ない資料で三万人、多い資料では十万八千人もの人が亡くなったとされている。

またも、十万人規模だ。

明暦の大火・関東大震災・東京大空襲と並べると、多く見て、三十万もの人が東京で焼死していることになる。

江戸・東京はなんという所なんだろう……。

空恐ろしい気もするが、今は明暦の大火について続けよう。

この未曾有《みぞう》の大災害を機に、江戸では徹底的な都市改造が行われた。

道路の拡張、隅田川への架橋、火除地《ひよけち》である広小路や火除土手の新設、武家屋敷・寺社・町屋の移転とそれに伴う地域開発、家屋の建築制限、定火消《じょうびけし》の設置などなど。

今に残る江戸の面影は、このとき以降のものであり、墨東本所の開発も、明暦の大火から始まっている。

火災後、身元不明の遺体は、舟によって隅田川河口近くに運ばれた。そして、そこに「万人《ばんにん》塚《づか》」という墳墓を設け、大法要を執り行った。

浅井了意《あさいりょうい》の『武蔵鐙《むさしあぶみ》』には、今の三階建てにも相当するような、巨大な土饅頭《どまんじゅう》の上に卒塔婆《そとば》を立てて、竹垣で囲った絵が残っている。

この法要のために建ったお堂が、回向院の始まりとなる。

つまり、回向院は土饅頭のあった場所の脇――多くの人々の亡骸《なきがら》の脇に建っているのだ。

当初、無縁寺《むえんじ》とも呼ばれたこの寺は、その後、震災や戦災をはじめとする多くの無縁仏らが寄り添い、鎮まる寺となった。

そして、彼らの供養のため、明和《めいわ》五年（一七六八）より、本堂の〝脇〟で相撲が興行されるようになったのだ。

ここに埋葬された死者達の正確な数はわからない。だが、十万を下ることがないのは確実だ。

その上で相撲は行われ、その上に国技館は建設された。

骨の上……そこにわざわざ国技館を建てたのは、無頓着《むとんちゃく》というよりも、恒久的な供養のためだろう。または相撲と土俵の神性によって、騒ぎやまない死者を封じる、あるいは鎮めるためだったのではなかろうか。

しかし、何万人もの苦痛と無念を鎮めるのは容易ではない。

思えば、旧国技館は三度も火を受けている。墨東すべての運命と同じと言えばそれまでだけど、大火で亡くなった死者が熾火《おきび》となって、時折、陰火《いんか》を吐くのだ――と、そんな想像も湧いてくる。

後年、国技館は回向院と切り離されたことにより、跡地には今、劇場やマンションが並んでいる。それでも、土俵の位置が示された広い空間があるのは意味深だ。

設計者達はわかっていたのか。それとも、地霊が人々の無意識に囁きかけたのか。

素っ気ない中庭に佇めば、その下に眠る死者達の気配を感じ取れるだろうか……。


つい、陰気なことを連ねてしまった。

こんなことを記してしまうと、どこかから苦情が出そうだが、幸い、生者は逞《たくま》しい。

国技館はスケートリンクになったり、コンサート会場になったりと、娯楽の場所としても賑わっていた。相撲も「晴れ」の場であり、立派な娯楽だ。

相撲は鎮魂作法のひとつだが、過去を忘れて歌い、笑うのも、立派な死者の鎮めとなる。

実際、私達はもう、明暦の大火の記憶は持っていない。彼らを悼《いた》むのは、文献を読み、回向院に建っている供養の碑を見るときのみだ。

忘却は、人と土地の魂を慰めるためにも有効なのだ。

この忘却の中、失笑してしまうのは、本場所が終わったあと、旧国技館が「お化け屋敷」になった時期があるとの記録だ。

本物の霊が出るわけではない。

館内すべてを使って迷路に仕立て、イベントとしての「お化け屋敷」が造られたのだ。

途中に避難路が設けられていたほど施設は広く、それ以上に、本当に、怖い化け物屋敷だったらしい。

生憎《あいにく》、時代ははっきりしないが、種村季弘《たねむらすえひろ》編『東京《とうきよう》百話《ひやくわ》〈天《てん》の巻《まき》〉』「国技館でお化け大会」（久保田二郎）に、詳細が記されている。

それによると、土俵のある場所は広場になっていて、広場の奥には一軒のあばら屋があり、ちぎれた青い蚊帳の中に一家四人の惨殺死体が、血みどろになって折り重なっている。その側に縁台があって、千切れた指や耳の形をした餅が入った、血の色のようなお汁粉を、やはり血みどろで死に装束を着たウエイトレスが持ってくる——とある。

血塗《ちまみ》れウエイトレスの出す、お汁粉を食べたいと思うのは、私だけではないだろう。

地下に眠る死者も形無しだ。いや、お化け屋敷なら、死者達も参加していたかもしれない。

——災害の記憶は上書きされる。

関東大震災で十万人、東京大空襲で十万人。その死を経験した東京は、最早、江戸初期の惨劇など目にも入らない。

大体、死者の上で暮らしたくないというのなら、墨東地域に住めはしない。

我々は不慮の死を遂げた人々が倒れ臥していた地を歩き、水死者が漂った川縁で、今、深呼吸をしているのだ。

大火によって亡くなった身元不明者の供養から始まった回向院は、万霊供養のお寺となった。

境内には多くの供養塔があり、明暦の大火はもちろん、関東大震災、東京大空襲、獄死者、溺死者、火難・水難事故にまつわる供養塔や碑が林立している。

犬や猫を象《かたど》った供養碑も沢山、目に入る。

回向院は現在、動物供養の寺院としても知られているが、ここと動物達との縁は、随分、古くからあった。

まず、境内で目につくのは、「猫塚《ねこづか》」だ。

この塚は、困窮した主人を助けるために小判を盗み、殺されてしまった猫を供養したもの。ガラスケースに入っているせいもあり、文字はもうほとんど読めないが、文化十三年（一八一六）に建ったとされる。お寺の人の話によると、「骨はもう、溶けちゃってると思うけど」れっきとした猫の墓だという。

一方、よく探さないとわからないのが、「唐犬八之塚《からいぬはちのつか》」。

こちらは慶応《けいおう》二年（一八六六）建立で、自然石に犬の線彫りが為されている。エピソードは伝わってないが、施主《せしゅ》は「は組新吉《ぐみしんきち》」とある。当時は珍しかった洋犬を町火消しの誰かが可愛がっていたのだろう。近くには、控えめながら、「軍馬勝浦《ぐんばかつうら》」の供養碑もある。

回向院の話ではないが、隅田川七福神《すみだがわしちふくじん》のひとつ、長命寺《ちょうめいじ》の境内には「鼠取養犬《ねずみとりようけん》　六助塚《ろくすけづか》」というものがある。こちらは鼠獲りの名人（犬）を供養したものだ。

可哀想なことに、六助は犬殺しに殺されてしまったため、家人が悲しみ、付近の人々に寄付を募って碑を建てたという。

結構、目立つ大きな塚で、半分埋もれた台石は六助を象っている。微笑んでいるような犬の顔は見るたび、どうしてもその頭を撫でてしまうほどの愛らしさだ。

さて。回向院には、右記の猫塚と犬塚のほかにも、いくつもの「犬猫供養塔」「小鳥供養塔」などがある。施主は邦楽関係者やペットショップ。三味線の皮にされてしまった犬や猫を供養するためのものもある。

ちょっと珍しいのは、オットセイの供養塔だ。大正《たいしょう》十五年（一九二六）と比較的新しいもので、回向院裏口近くに建っている。見世物小屋で飼われていたオットセイを供養したものという話だが、正確なところはわからない。大きな塚ではあるものの、表記が「膃肭臍」となっているので、知らないと見過ごしてしまいがちだ。

動物ではないが、「猫塚」の隣には、鼠小僧次郎吉《ねずみこぞうじろうきち》の墓もある。

鼠小僧は義賊として歌舞伎《かぶき》や小説、ドラマにもなった人物だ。長年捕まらなかった強運にあやかろうと、その墓を削って、お守りにする人の姿は今も絶えない。

実はこれ、私は博打《ばくち》のオマジナイだと思っていたのだが、最近は、受験や商談の成功を願って、墓を削る人が多いらしい。

本物の墓は、昔の人に削られて、すっかり摩耗《まもう》してしまったため、今は削るための石が前に据えられているのだが……。これでも御利益があるのだろうか。

ちなみに、回向院の寺務所では、削った墓石を入れるお守り袋、猫塚の金運守りも頒《わ》けている。

また、表に鼠の絵と「回向院」の文字、裏に「八當利」の文字を記した、鼠小僧のお守りもある。

「當利」は「あたり」と読むのだが、「八つ当たり」というわけではなくて、上の「八」に似た文字は宗教的な文様だ。

「アタリのお守り……やっぱり博打ですよねえ?」

受付の女性に尋ねると、女性は小さく頷いた。

まあ、受験も商談も博打みたいなものだから、拡大解釈というわけでもなかろう。

しかし、鼠小僧も猫塚の猫も、人のためによかれとやった泥棒というのが面白い。こういう者達が祀られて、スターになるのが、回向院の懐の広さと愉快なところといえるだろう。

同じ区画内にはその他、加藤千蔭《かとうちかげ》、山東京伝《さんとうきょうでん》（墓石は岩瀬《いわせ》京田という本名）、竹本義太夫《たけもとぎだゆう》の墓等があるが、その奥、一般の墓地の中にも、興味深い来歴の墓がある。

相撲関係者の墓のひとつに「呼出先祖代々之墓《よびだしせんぞだいだいのはか》」なるものがある。

呼出の先祖という言い方は不思議だが、墓石の隣にある墓誌《ぼし》には、代々の名前が記されている。

朱筆のものも交ざっているところを見ると、現役または存命の人の名も刻んであるようだ。

また、墓地のどんづまりには、陸軍歩兵少佐の墓があり、区分内には「愛馬泰山《たいざん》」の墓が並んでいる。

少佐は「昭和十三年九月戦死」とあるから、そのとき、馬も死んだのか。あるいは遺言として、一緒に葬られたのか。

共に働いた馬をペットと言うのは少し違うかもしれないが、動物好きには、ある意味、理想の墓だろう。私もできれば、愛猫と一緒に眠りたいものだ。

ご本尊はじめ、回向院にはまだまだ語るべきところは沢山ある。が、ここの歴史のせいか、私は墓や塚ばかりに惹《ひ》かれてしまう。

やはり、私にとっての回向院は、何より死者の気配が強い――それゆえに愛しい場所なのだ。


軍事上の理由から、長い間、隅田川には千住大橋しか架かっていなかった。

人も物資も船を使って川を渡っていたのだが、それが災いし、明暦の大火では何万人もの人々が川を渡りきれずに亡くなった。

幕府は被害を重く受けとめ、隅田川に橋を造った。

最初に架けられたのが、両国橋《りょうごくばし》だ。

架橋は万治《まんじ》二年（一六五九）と寛文《かんぶん》元年（一六六一）の二説ある。どちらが本当かは知らないが、いずれの説を採るにせよ、回向院よりは後となる。

回向院の入口は、建立当時は隅田川のほうを向いていた。

お寺の右には、池波正《いけなみしょう》太郎《たろう》『鬼平犯科帳《おにへいはんかちょう》』軍鶏鍋屋《しゃもなべや》五鉄《ごてつ》のモデルとなった「ぼうず志《し》ゃも」という老舗《しにせ》がある。それを正面に見た塀沿いに、「回向院正門跡」の説明板が立っている。

「かつての回向院正門は、江戸城側から両国橋を越えると真正面にあり、橋上からその姿をはっきりと見ることができました。両国橋があたかも回向院参道の一部を成しているかのようで、明暦の大火による焼死者十万人以上を埋葬する回向院の社会的な存在意義を表したものともいえます。」

実際、橋は参道でもあったに違いない。

対岸に渡れず、亡くなった方の魂を、橋を通すことで改めて回向院に導いて供養する。あるいは、回向院にて眠る人達がいつでも故郷に戻れるように、橋はお堂の真っ正面に架けられたのではなかろうか。

江戸時代には、大山参《おおやままい》りの水垢離《みずごり》も、この橋の際で行われた。

水垢離は相模国《さがみのくに》（現神奈川県）にある大山阿夫利神社《おおやまあふりじんじゃ》に詣でるためのものである。

職人達が多く信仰したために、この行事は祭りのごとく賑々しいものだったと伝わっている。

死者の眠る場所は活き活きとした生者の場でもあり、死者と生者の架け橋は、神と人との架け橋でもあったのだ。

時代が下るに従って、両国橋は何度も架け替えられて、今の橋は当時より少しばかり下流にある。回向院もまた向きを変えた。

隅田川に沢山の橋が架かっている現在、死者達の往来も昔より自由になったということだろう。

御船蔵のあった辺りは、今はすっかり埋め立てられて、江東区《こうとうく》新大橋《しんおおはし》一丁目という住所になっている。

だが、関東大震災後に区画整理が為される以前、この界隈は深川《ふかがわ》安宅町《あたけちょう》と呼ばれていた。

町名の由来は、江戸幕府史上最大の御座船《ござぶね》「安宅丸《あたけまる》」が繋留されていたことにある。

安宅丸（別名天下丸《てんかまる》）は、長さ三間《けん》（約五百四十五センチメートル）もの竜頭の彫刻を施した木造軍船だ。

全長百二十五尺（三十八メートル弱）、幅五十三・六尺（約二十メートル）、船体や上構のすべてに銅板を張り巡らせ、その外板の厚みは一尺もあり、船首寄りには天守閣を思わせる二層の櫓《やぐら》を置いていた。

四千石の米（一万俵）と、多数の兵や馬などを載せることができたらしいが、その動力は当然、人力で、二人掛かりで百挺の艪《ろ》を漕いで動かしたとされている。

まさに化け物じみた巨船だ。

この安宅丸造船については、北条《ほうじょう》氏から豊臣《とよとみ》家を経て、徳川家康《とくがわいえやす》公の手に渡った等、色々な説があるのだが、一般的には、三代将軍家光《いえみつ》公が向井《むかい》将監《しょうげん》に造船を命じたとされている。

そう。河童の喧嘩に関わった、あの向井将監だ。

将監は命を受けた二年後に、伊豆《いず》の伊東《いとう》で安宅丸を完成させた。そして、船は寛永十年（一六三三）頃、御船蔵に繋がれた。

船が隅田川を上るときには、中村屋《なかむらや》の初代勘三郎《かんざぶろう》が、美声をもって音頭を取ったというから華々しい。

以来、安宅丸は江戸名物のひとつになった。

だが、あまりに巨大で重かったため、実用としては機能せず、幕府の権威を示すだけのお飾りでしかなかったらしい。

結果、維持費のみが嵩《かさ》んで、補修もままならなくなったため、天和《てんな》二年（一六八二）、時の大老・堀田正俊《ほったまさとし》によって解体される。

五十年ほどの命だったわけだ。

短命だったその巨船に因《ちな》んで、御船蔵辺りには安宅町の名がついた。

解体時、船の守護として祀られていた船玉《ふなだま》様は、日蓮宗《にちれんしゅう》の妙泉寺《みょうせんじ》（江戸川区谷河内《えどがわくやごうち》一―六―一二）が譲り受け、安宅丸御玉稲荷《おたまいなり》として祀り直した。神仏分離令《しんぶつぶんりれい》以降、稲荷は妙見大菩薩《みょうけんだいぼさつ》と改称したが、お堂は今でも残っている。

……こう締め括ってもいいのだが、話の胆《きも》はこれからだ。

どうして、船の守護神をわざわざ祀り直したりしたのだろうか。

理由は、安宅丸には魂が宿っていたためだ。

実は、この安宅丸、数々の怪談で彩られているのだ。

まず、解体前の安宅丸はプライドが高く、志《こころざし》の低い者や罪人が乗ろうとすると、唸り声を上げ、その乗船を拒否したという。

のち、繫留されたまま放置されると、故郷が恋しくなったのか、今度は夜ごと、「伊豆へ行こう、伊豆へ行こう」と唸りだしたと伝わっている。その日によっては泣き声がしたり、青い光が点ったり、または船が赤く染まったりもしたために、人々は恐怖に戦《おのの》いた。

そうして遂にある嵐の晩、安宅丸は繫がれていた太い鎖を引きちぎり、ひとりで生まれ故郷に向かって動きだしてしまうのだ。

船は三浦半島《みうらはんとう》で捕らえられたが、このことが原因で、安宅丸は廃船となったと伝わっている。

つまり、船の解体は維持費の問題ではなかったわけだ。

それだけではない。

解体されたのち、安宅丸は祟りを為す存在になる。

最初に犠牲となったのは、船を解体した堀田正俊だ。

堀田正俊は、将軍綱吉《つなよし》公を館林《たてばやし》から迎えた功績によって、三千石の小大名から十三万石の大名に出世。遂には、大老になった人物だ。

安宅丸は、彼が大老に任命された年に解体される。が、資料によると、正俊が船を解体したのは、財政を救うためではなく、船の金具が純金であることを知ったがゆえに芝居を打って、金の横領をしたのだという。

これが事実なら、大した悪党といえようが、報いはすぐに顕れた。

安宅丸解体から二年後の貞享《じょうきょう》元年（一六八四）、正俊は従叔父《じゅうしゅくふ》で若年寄《わかどしより》である美濃青野《みのあおの》藩主・稲葉正休《いなばまさやす》によって、江戸城中で刺し殺されてしまうのだ。

幕府の記録によれば、原因は稲葉正休「発狂のため」。

その場で、正休も殺されているので、事件は様々な憶測を呼んだが、世間の人はこれを「安宅丸の祟り」と言って笑ったという。

堀田正俊の死は笑われ、安宅丸は名を残す。巨船は皆に愛されていたのだ。

しかし、話はまだ終わらない。

次に、市井《しせい》の人・酒屋市兵衛《さかやいちべえ》という者が、解体後の船板を買って穴蔵の蓋にしたところ、店で働いていた女に安宅丸が取り憑いて狂乱した。

安宅丸は女の口を借りて市兵衛を脅し、罵って、とうとう、蔵を造り直させてしまったという。

やはり、相当、プライドが高い。自分の一部が穴蔵の蓋になるなんぞ、断じて許せなかったのだろう。

恐れを為した人々は安宅丸を供養して、塚を造って魂を鎮めた。そして、その塚のある場所が「安宅」と呼ばれた、とされているのだ。

先に記したことをひっくり返すが、つまり安宅丸が繋留された場所だったから、安宅町になったのではなく、安宅丸を祀った塚があった場所が「安宅」と呼ばれ、それがのちの町名になった、というのが真相なのだ。

国語辞典によると、「あた・ける」というのは、暴れ騒ぐという意味だとか。妖怪に縁ある向井将監によって造られて、「安宅」を「あたか」とは読まず、「あたけ」とした時点で既に、この船にまつわるエピソードは用意されていたのかもしれない。

安宅丸の話は多分、日本史上、最大の「器物の怪談」だ。

巨大建造物が喋り、動いて、解体されたのちの板一枚までが、ここまで祟る話はない。

だが、怪談・妖怪好きの間でも、安宅丸が大きく取り上げられることはない。

なぜなら、通説では、「伊豆へ行こう」の話は、堀田正俊が捏造《ねつぞう》したものとされているからだ。

安宅丸を解体するため、正俊は船の側に家臣を潜らせ、怪しい声を出させた。そして、幽霊船だという噂を広めて、幕府の権威を失墜することなく、船の解体に及んだのだ。

――この説がまことしやかに流布《るふ》したために、安宅丸の怪談はつまらないものになってしまった。

しかし、堀田正俊が刺し殺されたのは事実だ。

稲葉正休の「発狂」は、酒屋で働いた女同様、安宅丸の怨念が取り憑いたためではなかったか。

生憎《あいにく》、現在、安宅丸を供養した塚は残っていない。ところが、『江東《こうとう》ふるさと文庫《ぶんこ》⑥　古老《ころう》が語《かた》る江東区《こうとうく》のよもやま話《ばなし》』には、戦後の安宅丸について、興味深い話が載っている。

新大橋二丁目在住とある、杉浦明《すぎうらあきら》氏からの聞き取りだ。

「（前略）それで、新大橋の袂のところに、安宅丸の守護神を祀ったご神体があって、大震災にも焼け残ったんですが、空襲で、御神体がどっかへいっちゃったんです。そのあと、一丁目の向こうのなんとかいううちで、病人がでたり、いろいろなことがあるんで、専門家にみてもらったら、「縁の下に御神体があるような様子だから、いっぺん探してみたらどうだ」というんで、みんな探したわけです。そしたら、安宅丸稲荷の御神体が出てきたわけです。それで、このうちのすぐ前っ側《かわ》にもってきて、祀ってあんですよ。」

――「専門家」というのは、霊能者のことに違いない。

だが、「安宅丸の守護神」とはなんなのか。船玉様は妙泉寺に祀られたはずだ。ご分霊があったのか。それとも、単語の選び方の問題で、安宅丸の霊魂そのものを指すのか。

何にせよ、安宅丸の怪異が作り話なら、時代の隔たった杉浦氏の話は不思議だ。

「一丁目の向こうのなんとかいううち」は、「専門家」に言われるまで、床下にご神体があるなんて、夢にも思わなかったはずだろう。

にも拘わらず、安宅丸は祟りを為した。

祀り直されたという塚は、今はどこにあるのだろうか。

縁の下で見つかったご神体は、再びどこかに祀られたという。だが、「一丁目の向こうのなんとかいううち」から「このうちのすぐ前っ側」では、どこのことやら見当がつかない。

杉浦氏は新大橋二丁目在住なので、その近辺という目星はつく。が、本に記されたプロフィールによると、氏は大正元年の生まれ。本の発行は昭和六十二年。既に亡くなっているかもしれないし、転居した可能性もある。

どうしても気に掛かるので、私は安宅丸稲荷神社《あたけまるいなりじんじゃ》を調べてみることにした。

手っ取り早いのは、祀り直された安宅丸の社を見つけることだ。これが見つかれば、杉浦氏の話の裏付けになるし、安宅丸の祟りの証拠にもなる。

しかし、地図や文献で調べても、それらしい場所は見当たらない。

空襲で燃えてしまったのか。いや、神社は簡単にはなくならない。燃えても再建されるのが社寺だ。それでも記録に出てこないなら、杉浦明氏の家を捜すしかない。

電話帳では見つからなかった。年齢的に、家長が替わっている可能性も高いし、商売上、屋号を使っていたら、一般のやり方では発見できない。

仕方ないので、私は現地に赴いて、飛び込みで不動産屋に入った。

事情を話すと、歴史好きだというご主人が、住宅地図を見せてくださった。

「杉浦」姓は二軒あった。住所を書き留め、礼を言い、今度は各家にて聞き込みをする。

そうしたところ、どんぴしゃり。杉浦明氏の家に当たった。

思ったとおり、明氏は既に亡くなってしまっていたが、対応してくださったお孫さんも、安宅丸の話は聞いていたという。ただ、神社の在処まではご存知なかった。

それでも話をするうちに、「このうちのすぐ前っ側」がだんだん絞り込めてきたので、ふたりでそこに向かってみた。

すると……すると、あったのだ！

個人の所有地の中に、安宅丸稲荷は鎮座していた。

赤く塗られた社の両脇に、「正一位　安宅丸稲荷大明神」の幟《のぼり》が立っている。

あまり手入れはよくなかったが、新しい幟が立っていたので、管理はされているのだろう。

戻ってから地図で調べると、本多荘《ほんだそう》というアパートの名が記されていた（新大橋二―五―九）。

門が閉まっていたために、参拝は叶わなかった。けど、しつこく捜した甲斐あって、安宅丸稲荷は見つかった。

安宅丸はやはり祟りを為して、その魂のあることを、戦後も我々に知らしめていたのだ。

ちなみに、静岡県伊東市《しずおかけんいとうし》には、安宅丸造船に用いられた楠《くすのき》を伐採した跡が、春日神社《かすがじんじゃ》として残っている。また、近隣には造船のための鉄釘が作られたタタラ場跡もあるという。

故郷でも、安宅丸の思い出は大切にされている。

この巨船が人々に愛され、注目されていたのは確実だ。

現在、東京湾《とうきょうわん》・日の出桟橋《ひのでさんばし》からは「御座船　安宅丸」が運行されている。

安宅丸の形を模した観光船で、本物より大分小さいが、安宅丸の姿と名が甦ったのは、なんとも嬉しいことである。

そう。調べているうちに、私はすっかり、魂を持つ御座船・安宅丸のファンになってしまったのだ。

観光船の安宅丸は、お台場《だいば》のほうを周遊するが、ここの海には「船幽霊」がいたらしい。『古老が語る江東区のよもやま話』では、明治三十三年生まれの伊藤進一郎《いとうしんいちろう》氏がこう語っている。

「一二、三の時でしたね。釣りにいっての帰り、お台場通るころには、暗くなっちゃう。そうすると、「オーイ、オーイ」と声が聞こえるんです。だんだん近づいてくると、船頭が、「口をきくんじゃない」といって、用意してきた、底の抜けた杓とか土瓶の底のないやつをほおるんです。そうすると、みんな鎮めたと思って、声が聞こえなくなる。永代橋にくると、みんなホッとしましたね。海ぼうずとか海で死んだ人の怨霊だとかいわれましたけど、今考えてもわからないです。」

十二、三歳といえば、明治末か、大正元年（一九一二、三）だ。

今から百年ほど前まで、東京湾にはリアルな妖怪達が跋扈《ばっこ》していたことになる。

そういえば、本年（二〇一五）二月、『水天宮利生深川《すいてんぐうめぐみのふかがわ》』という歌舞伎《かぶき》を観る機会があった。作者は河竹黙阿弥《かわたけもくあみ》、明治維新直後を舞台にした作品だ。その劇中、幸四郎《こうしろう》演じる船津幸兵衛《ふなつこうべえ》が狂乱したとき、家の縁から手をかざし、「船幽霊だ、船幽霊だ」と騒ぐ場面があった。

演目の舞台は深川だ。近くの海は、まさにお台場。この辺りに船幽霊が出ることは、明治までは広く知られていたのだろう。

伊藤氏はまた、隅田川の河口である永代橋《えいたいばし》付近に出た妖怪のことも語っている。

「うちのおばあちゃんが、渋沢倉庫の横の河岸っぷちの柳の植わっているところから、川を見ている女の人に、「ねえさん、何やってんだ」といったら、のっぺらぼーなので、腰ぬかして、熱だして、しばらくして死んじゃった。背中からおんぶされて、みたら三つ目小僧だって、そういうのほんとうにあったんです」

うん。本当にあったんだろう。

江戸は妖怪の巣窟《そうくつ》だ。

彼らは徐々に減っていったが、戦後暫《しばら》くまではまだ、安宅丸のように元気のあるモノ達も、沢山存在していたのである。

仙気稲荷神社

砂村新田六地蔵

舞台が深川《ふかがわ》に移ったので、この辺りの話をしよう。

深川といえば門前仲町《もんぜんなかちょう》の賑わいや、富岡八幡宮《とみおかはちまんぐう》、深川不動尊《ふかがわふどうそん》などの神社仏閣、素朴で美味《おい》しい深川飯《ふかがわめし》に、粋の代表・辰巳芸者《たつみげいしゃ》……と、晴れやかなイメージのある場所で、代表的な下町のひとつと思われている。

しかし、本所《ほんじょ》と向島《むこうじま》が違うごとく、深川もまた、ほかの地域と同列に語るわけにはいかない。

なぜなら、ここは木場《きば》で働き、海で生きる人々の町だからだ。

木材を扱う労働者と漁民が多く住む深川は、他のどの地域より活気があり、人の気質もまた荒かった。深川芸者が鉄火《てっか》でお俠《きゃん》となったのも、そんな男達を相手にしたためだ。

だから、同じ墨東《ぼくとう》地域でも「深川は違う」と言う人がいる。深川っ子も自分達はほかの地域とは違うと言う。

良い意味でも悪い意味でも、深川の人とその生活は墨東の中で突出している。

現在、『江東区民《こうとうくみん》まつり中央《ちゅうおう》まつり』では、毎年「木場の木遣《きや》り」、「角乗《かくのり》」、「深川の力持《ちからもち》」が披露されている。

角乗は木場で「川並《かわなみ》」と呼ばれた筏《いかだ》師達が伝えた芸だ。

彼らは材木を乗りこなして、鳶口《とびぐち》一本で筏に組む。その仕事の余技として発展したのが、角乗だ。知っている人も多いと思うが、角材の上に台を重ねて逆立ちしたり、人を乗せた籠をふたりで担ぎ、角材を水上で転がして進んでみせたりと、とんでもない平衡感覚が要求される技である。

一方、力持という芸は、蔵として栄えた佐賀町《さがちょう》を中心に伝わっている。こちらは米俵や酒樽の運搬から派生したもので、徐々に曲持《きょくも》ちに発展した。

深川界隈は、素人でも四斗や五斗の俵を「差した」ほど、力自慢が多かった。そのせいか、そこから発展した芸は、最早、人間業とも思えぬものだ。

米俵をお手玉のように扱うことを手始めに、投げられた俵を逆さにした脚立《きゃたつ》で受けたり、升で受けたりして、片手で差し上げる。「七福神宝《しちふくじんたから》の入《い》り船《ふね》」という大技では、ひとりが腹の上に米俵を四つ載せ、その上にまた舟を載せ、舟の上には俵を持った人が三人乗る。バランスが崩れないように、周りで舟を押さえているが、持ち上げているわけではない。

こういう技は筋力だけで務まるものではないとされるが、何をどうすると可能なのか、私にはまったくわからない。それ以上に、米俵を運ぶ仕事の合間に、米俵を担ぐ芸をしようと思う気持ちもまったく理解できない。不可解と言ったら、叱られるだろうか。

この深川のみならず、墨東には力自慢が多かった。

界隈の社寺に詣でると、卵のような形の大石が奉納されているのを見掛ける。これは「力《ちから》石《いし》」といい、男達の力試しに用いられた石である。

石は二十貫《かん》（七五キロ）から六十貫（二二五キロ）のものが普通にあって、一《ひと》つ目《め》弁天《べんてん》・江島杉《えじますぎ》山神社《やまじんじゃ》の力石は、九十三貫——なんと、三四九キロもあるという。

この力石、現在、江東区では八十一個、墨田区内では三十二個が確認されている。労働者が多かったためとはいうものの、これはこれで凄まじい。

こういうことを記していると、深川辺りは威勢の良い、賑やかな場所に思えてくるが、仕事が退《ひ》けたあとの時間は、その分、寂しい場所でもあった。

小林清親《こばやしきよちか》の弟子であった井上安治《いのうえやすじ》は『東京真画名所図解《とうきょうしんがめいしょずかい》』にて「木場」を描いている。安治はほかのどんな浮世絵師より闇を闇として描いた画家だが、中でも木場の夜景は暗く、見ているだけで、静けさが身に沁みる作品になっている。

深川・木場は、昼と夜との明暗の差が大きい地域だったのだ。

言葉を替えて、何度も記している気がするが、隅田川の東は「水の都」だ。だが、向島と本所の水が、河川と池沼《ちしょう》であるのに対し、深川の水は縦横に走る掘割と、南に開けた海となる。

往時の地図や写真を見ると、広い掘割に囲まれた造成地は、陸というよりは、湖に島が並んだごとくに思える。

それらの「島」には、材木問屋が贅沢な邸宅や、趣向を凝らした庭をしつらえていたという。文人の愛した隅田川縁とはまた違う、開放的で風雅な水の風景が深川には広がっていたのだ。

もっとも、昭和《しょうわ》五十年頃までの写真には、その「湖」には沢山の材木が浮かび、陸地の問屋や製材所には、林のごとく木が立て掛けられていた。

やはり、普通一般の別荘地とは言い難い風景だったに違いない。

そんな木場も今は埋め立てられて、木場公園《きばこうえん》（江東区平野《ひらの》四―六―一）となっている。川にも材木は浮かんでないが、堀があった通りにはまだ、いくつかの材木屋が残っている。

深川に限った話ではないが、墨東にて通りの傍に材木屋を見かけたときは、その通りは川だった可能性が高いと考えていい。そこから戦前、江戸《えど》時代まで遡ってみるのも面白い。

但し、江戸開府当時の深川は、地名もついてないような葦の茂る三角州《さんかくす》だった。そこを摂津《せっつ》から来たと伝わる深川八郎右衛門《はちろうえもん》が開拓し、地名を深川と定めたのだ。

この八郎右衛門が屋敷に建てた祠《ほこら》が、今の深川神明宮《ふかがわしんめいぐう》（江東区森下《もりした》一―三―一七）だ。

普段は静かな神社だが、深川神明宮こそは、深川発祥の地であると共に当地の総鎮守《そうちんじゅ》。格式の高いお社《やしろ》だ。

また、神明宮のある森下は、カレーパン発祥の地でもある。

森下交差点近くの「カトレア」という店が元祖で、時間になると揚げたてが並ぶ。私の好物のひとつだが……深川開拓とは関係ない。

今の地図で見ると、森下は随分と海から離れて思える。

もとの地形では、張り出していた越中島《えっちゅうじま》を除いて、永代《えいたい》通りから南はすべて海だった。それが江戸以降、加速度をつけて埋め立てられて、現在は二倍――いや、三倍近い面積になっている。

同時に深川地域を含む江東区も広がり続けている。

永代通りから下を、地図で確認してみてほしい。すべてが埋立地で、すべてが江東区だ。合併以外に面積が増え続ける市区などは、ここ以外にはないだろう。

以前、手に取った江東区報に「江東区がまた広くなりました」とか記されていて、びっくりした記憶がある。

江東区は現在進行形で、領土を拡大し続けているのだ。

そのうち、伊豆七島《いずしちとう》も、江東区と繋がるかもしれない……。


材木を蓄えておく場所は、江東区に二ヶ所存在した。

ひとつは、今、記した深川の木場。もうひとつは、もとの亀戸村――現在の猿江《さるえ》にあった御材《おざい》木蔵《もくぐら》だ。

こちらも今は埋め立てられて、猿江恩賜公園《さるえおんしこうえん》（江東区住吉《すみよし》二丁目・毛利《もうり》二丁目）になっている。

木場公園も猿江恩賜公園も、どちらも歩きでのある公園で、往時の広さが偲ばれる。

木場が江戸全般の木材を扱っていたのに対し、御材木蔵は幕府の用材を貯木していた。

明治以降は皇室《こうしつ》所有の貯木場となり、都立公園となったのは大正《たいしょう》十三年だ。

この公園の南西には、地名の由来となった猿江神社《さるえじんじゃ》（江東区猿江二―二―一七）が建っている。

ここの伝説がまた、面白い。

――後三年《ごさんねん》の役《えき》（一〇八三～八七）の頃、附近の入り江に武士の屍《しかばね》が漂い着いた。屍は毎夜、光明を発したために、村人は丁重に葬った。

武士の鎧には源《みなもとの》頼義《よりよし》の臣「猿藤太《さるのとうた》」と記してあった。よって「猿藤太」の頭文字と入江の「江」を取り、猿江稲荷《さるえいなり》として祀《まつ》ったという。

別の伝説では、猿藤太は奥州《おうしゅう》攻めで活躍したが、この地の入り江にて力尽きてしまったとある。猿藤太って俵藤太《たわらのとうた》の親戚かしら、とか、鎧って名札付いているんだ、とか、なんで東京湾《とうきょうわん》に流れ着いたんだ、とか、光るってどういうことよ、とか。細かいところが気になるが、追及しても仕方ない。

確かなのは、この神社の鎮座地は、開発以前は海際だったということだ。

神社は関東大震災《かんとうだいしんさい》で焼失したが、当時としては珍しい鉄筋コンクリートで再建されたため、大空襲では焼けずに残った。

その後、建て直されたかどうかは、生憎《あいにく》、確認してないが、やや無骨な社殿は今も、地元の崇《すう》敬《けい》を受けている。

北砂《きたすな》の下には、南砂《みなみすな》という町がある。

『江東区《こうとうく》の民俗《みんぞく》』城東編《じょうとうへん》及び深川編《ふかがわへん》によると、都営南砂住宅《とえいみなみすなじゅうたく》（江東区南砂二丁目）辺りはもともと水田だったらしい。

そこを今から八十年ほど前、海の泥で埋めたのだが、四、五年の間は塩が吹いて、草も生えなかったと伝わっている。

また、この界隈は昭和三十七年（一九六二）に漁業権が放棄されるまで、海苔の養殖が盛んだった。

収穫期に当たる十一月から三月の間は、あちこちで海苔を干していて、昔の写真を見ると、都営住宅界隈にも沢山の海苔が写っている。

つまり、そこまで海に近かったという話だが、『江東区の民俗　城東編』には、なんと、現南砂七、八丁目の「さくら道《みち》」が「置《お》いてけ堀《ぼり》」だったと記してある。

本書における、四ヶ所目の「置いてけ堀」の登場だ。だが、本所どころか、ここはもう、堀ですらない海際だ。棲んでいたのは海棲の河童か何かだったのだろうか。

とはいえ、江戸時代、界隈で有名だったのは、河童ではなく、仙気稲荷神社《せんきいなりじんじゃ》（江東区南砂三―四―二）のほうだ。

万治二年（一六五九）、当地が開拓されたとき、鎮守の社として創建されて、当初は砂村稲荷《すなむらいなり》などと呼ばれていたらしい。それが文化《ぶんか》・文政《ぶんせい》（一八〇四～二九）辺りから、男性に多い下腹部痛――疝気《せんき》に霊験があるとされ、「砂町の疝気稲荷」と呼ばれて栄えた。

面白いのは、男女を問わず、腰より下の病はなんでも疝気だと言ってお参りすれば、平癒《へいゆ》するとされていたことだ。

人も神様もいいかげんなところが、民間信仰らしくて微笑ましい。

また、いつ始まり、いつなくなったかは定かでないが、神社では「疝気丸《せんきまる》」という薬も出しており、これがまた、よく効いたという話も残っている。

生憎、ここも空襲で燃え、一時期、仮宮が建てられたが、昭和四十二年（一九六七）、神職と共に千葉県習志野市《ちばけんならしのし》に移転。跡地には都営住宅が建ってしまった。

しかし、それから三年後、地元の人々が文字を替え、「仙気稲荷神社」として再建。保存会を結成し、現在も維持されている。

神主と共に神社が移転するというのはあまり聞かない話だが、何か事情があったのだろうか。

昭和二十八年（一九五三）に刊行された『芝居名所一幕見《しばいめいしょひとまくみ》』には、刊行当時の疝気稲荷の風景として、草の茂る広い野原と点在する家の写真が載っている。

空襲後のものなので、むしろ江戸の時代より殺風景かもしれないが、埋立地ならではの平ったい感じと、疎《まば》らな人家がもの寂しい。

仙気稲荷のすぐ側には、ちょっと怖い話がある。

――長州藩毛利《ちょうしゅうはんもうり》家の下屋敷が砂村新田《すなむらしんでん》（江東区南砂1〜7丁目、東砂8丁目一部）にあった屋敷跡を掘ったら、十字路から塩漬けになった坊主が甕《かめ》に入って、出てきた。だから、子供の時分、悪いことをすると「塩坊《しおぼう》さんがくるよ」とおどされた。（『江東区の民俗　城東編』）

この十字路というのは、明治通り沿い、仙気稲荷の建つ場所だ。

「塩坊さん」という言い方も嫌だが、塩漬けの坊さんが甕に入って埋められていたというのがゾッとする。

だが、何よりも恐ろしいのは、これがただの伝説ではなく、半ば史実であることだ。

仙気稲荷の境内に道路工事が入ったとき、なんと、地下から十数個の甕が発掘されているのだ。

中には白骨化した髑髏《しゃれこうべ》がひとつずつ、そのうち数個はふたつの髑髏が一緒に入れられていたという。

一体、何があったのか。

ただ、実際の長州藩毛利家の下屋敷は渋谷《しぶや》にあったので、右の記述は正確ではない。

『江戸《えど》東京《とうきょう》重《かさ》ね地図《ちず》』にて照合すると、該当するのは、「長門《ながと》萩《はぎ》藩（長州）毛利《もうり》松平《まつだいら》大膳太夫《だいぜんだいぶ》慶親《よしちか》抱地《かかえち》」「出雲《いずも》松江《まつえ》藩《はん》松平《まつだいら》出羽守《でわのかみ》定安《さだやす》の抱地《かかえち》」だ。

抱地というのは、大名が民間所有の農地などを個人で購入した土地を指す。江戸時代、南砂の辺りには、いくつもの抱地と、抱地の中に建つ抱屋敷《かかえやしき》が存在していた。

武家屋敷という場所は、一般町人が中を窺うことは叶わなかった。

特に下屋敷や抱屋敷は、幕府の監視も行き届かない治外法権地帯に近く、今も歴史家を悩ませるほど、資料も存在していない。

その中で、十何人もの人間がなんらかの理由で死亡して、甕に首を入れられ、埋められた……。

現在、仙気稲荷神社は明治通り沿いのマンション裏手に建っている。お社自体は手入れが行き届いていて、好ましい感じがするのだが、前を横切る道を挟んだ正面に、妙な空き地があるのが気に掛かる。

空き地を有する都営住宅の看板には「児童遊園」とのみ記してあるが、よく見ると、そこに立つ木と、神社の境内にある木とが、種類も大きさもほぼ同じだ。もとはひとつの敷地であったことが容易に想像できる。

ここからわかるのは、境内に入った道路工事とは、現神社正面の道を造成するもので、その工事によって神社は分断されて、道の向こうが境内から外されてしまったということだ。

そして、神社前のその道こそが、髑髏を入れた甕の埋まっていた場所である——ということだ。

それに気づいてしまったとき、私は思わず道から外れた。

道も、分断されて残った空き地も、過去を思うと気味悪い。

甕を埋めた犯人が毛利か松平か、明らかにすることはできないが、『江東区の民俗　城東編』には、「塩坊さん」以外にも、毛利家にまつわる短い怪談が載っている。

「近所の家にお嫁さんが来たというので見に行ったら、汽車の線路の上を赤い提灯の行列が動いていた。その赤い提灯は毛利屋敷の松の上にあがってゆれていた。志演尊空神社の狐がだましたといわれた。」

志演尊空神社《しのぶそんくうじんじゃ》は、戦後、志演稲荷《しのぶいなり》と尊空稲荷《そんくういなり》のふたつがまとまってできた神社だ。話者がいつの時代の話をしているのかは定かでないが、志演稲荷は「降魔稲荷《ごうまいなり》」と呼ばれたほどの霊験があった。ここのお狐様がそんな悪さをするようには、思えないのだが……。しかし、どこの狐のいたずらにしても、舞台はやはり「毛利屋敷」だ。

もうひとつ。

毛利屋敷で、「夜な夜な異様な声がするという噂が広がりました。女の赤ん坊の声がするというんです。もう大評判になりまして、新聞沙汰にまでなったもんだから、東京方面からたくさんの人がきて、そのために屋台までならんだくらいでした。

夏のことでした。結局は食用蛙の声ということに落ち着いたんですが、女の赤ん坊の声と食用蛙の声を聞き間違えるなんておかしい話です。」

屋台が並ぶとは笑えるが、いずれにせよ当時の「毛利屋敷」は怪異があってもおかしくない場所として、認識されていたのだろう。実際、地元の住民自身が「東京方面からたくさんの人がきて」と語っている。

少し前まで、この界隈は、東京のうちにも入らないほど、鄙《ひな》びて淋しい、そうして暗い、陰気な場所だったのだ。

砂町より南――新開地である江東区の南部には、私の気を惹《ひ》くものはない。

しかし、同じ埋立地でも、江戸時代のものは面白い。

道本山東海院霊巌寺《どうほんざんとうかいいんれいがんじ》（江東区白河《しらかわ》一―三―三二）はもともと、今の日本橋《にほんばし》、茅場町《かやばちょう》辺りにあった浄土宗《じょうどしゅう》寺院だ。

創建時は寺地が狭かったため、河童と安宅丸《あたけまる》に縁のある向井将監《むかいしょうげん》の下屋敷を拝領した。屋敷は隅田川《すみだがわ》河口にあって、ほとんど芦沼だったという。

しかし、霊巌寺はそこを埋め立てて、なんと島を造成してしまう。

これがいわゆる霊巌島《れいがんじま》、現在の中央区新川《ちゅうおうくしんかわ》一、二丁目だ。

埋め立て当初は水気が抜けず、踏むとぶよぶよしたために、蒟蒻島《こんにゃくじま》などと呼ばれたそうだが、なんともフロンティア精神溢れた寺だ。

寛永《かんえい》元年（一六二四）、この埋立地に移った霊巌寺は、数年後に檀林《だんりん》（僧侶の養成機関・学問所）となり、関東十八檀林《かんとうじゅうはちだんりん》に数えられるまでになる。

江戸の寺院中屈指の規模で、多くの僧がここで修行をしたと伝わる。が、明暦《めいれき》の大火《たいか》で焼失し、境内と周辺に避難した一万人近くが犠牲になった。

このことによって、万治元年（一六五八）、霊巌寺は現在地に移る。

境内には江戸六地蔵《えどろくじぞう》の第五番目が安置され、また、明治六年までは江戸の七大火葬場（茶毘《だび》所《じょ》）のひとつとして、境内除地《よけち》に火屋があったと伝わっている。

墓地には、江東区唯一の国史蹟・松平定信《まつだいらさだのぶ》の墓所がある。

ここは旧町名を深川霊巌町《ふかがわれいがんちょう》といったが、松平定信が陸奥国白河藩《むつのくにしらかわはん》の人だったことに因《ちな》んで、近年、白河町《しらかわちょう》と改名された。有名人ならではだ。

しかし、ここにはもうひとり、多分、松平定信よりも人口に膾炙《かいしゃ》している人の墓がある。土左衛門《どざえもん》さんだ。

水死人ではない。水死人の俗称「土左衛門」の語源となった相撲取り、成瀬川《なるせがわ》土左衛門が霊巌寺には眠っている。

成瀬川土左衛門は十八世紀前半、享保《きょうほう》辺りに活躍した力士だが、死因は決して水死ではない。単に色白で締まりのない肥満体だったため、容貌が水死体に似ているとされ、溺死体の喩《たと》えとして彼の名が使われるようになったのだ。

考えてみると、酷い話だ。土左衛門さん、江戸っ子に嫌われていたのだろうか。

霊巌島同様の埋立地である永代島《えいたいじま》には、富岡八幡宮《とみおかはちまんぐう》（江東区富岡一―二〇―三）がある。永代島は江戸時代の「夢の島《ゆめのしま》」ともいうべき場所で、市中のゴミをここに投棄し、陸地と成した場所のひとつだ。

徳川幕府が開かれて以降、人口が増えるに従って、幕府は周到なゴミ対策を施行した。空き地や下水へゴミを捨てることを禁じ、川縁から便所を撤去させ、市中のゴミは永代島をはじめとする隅田川河口に集中して投棄させた。そして、水路堀削時の土砂や、火災・震災時に出た瓦礫《がれき》も利用し、埋立地としていったのだ。

本書にて、終戦後、政府は瓦礫を扱いかねて、川の埋め立てにかこつけてゴミを処理したと記したが、その方法は江戸時代から引き継がれていたというわけだ。

幕末、江戸を訪れた外国人は、その清潔さに感嘆したと伝わるが、それはすべて長年のゴミ対策の賜《たまもの》だ。

富岡八幡宮のある門前仲町は深川の「顔」のひとつだが、もともとは「夢の島」なのだ。

いや、悪口を言っているわけではない。ここがあったからこそ、江戸は世界一清潔な大都市となったのだ。

とはいえ、永代島が処理場と定まったのは明暦元年（一六五五）。富岡八幡宮が創建されたのは、寛永《かんえい》四年（一六二七）だ。神様も暫《しばら》くは閉口したことと思われる。

しかし、そののちの埋め立てにより、富岡八幡宮は六万五百八坪という広大な社有地を得、江戸最大の八幡様となったのだから、禍転じて福と為す――これぞ、ご神徳というものに違いない。

結果、富岡八幡宮は明治以降、東京府から奉幣《ほうへい》を受ける府社となり、戦後は神社本庁から、主に人事面で特別の待遇を受ける別表神社《べっぴょうじんじゃ》となった。

八月に斎行される例祭は、赤坂日枝神社《あかさかひえじんじゃ》の山王祭《さんのうまつり》、神田明神《かんだみょうじん》の神田祭《かんだまつり》と共に「江戸三大祭《えどさんだいまつり》」のひとつに数えられている。

三年に一度の本祭りのときは、黄金《おうごん》の宮神輿《みやみこし》をはじめ、百二十基を超える町神輿が氏子地域から繰り出される。その賑々しさと晴れがましさは喩えようもなく、まさに江戸っ子の面目躍如《めんもくやくじょ》たる祭りといっていいだろう。

盛夏に行われるこのお祭りは、通称「水掛け祭《みずかけまつり》」と呼ばれ、あちこちで神輿に水が掛けられる。バケツやら何やらで、まったく遠慮会釈《えしゃく》なく水をぶっかけるのだが、特に永代橋での消防署のホースによる放水は見せ場のひとつだ。

だが、この永代橋において、過去、富岡八幡宮の祭礼は悲惨な事故を引き起こしている。文化《ぶんか》四年（一八〇七）八月十九日の祭礼のとき、あまりに多くの参詣客が押し寄せたため、深川側の橋脚が沈下。それによって桁《けた》が崩落し、一千四百人以上が亡くなったのだ。

荒っぽい江戸の祭りでは、喧嘩はもちろん、怪我人が出るのも珍しくない。神輿の通った跡に、踏みちぎられた足の指が落ちていたなんて話も聞いたことがある。

しかし、この落橋事故は、祭りの昂揚《こうよう》ですむ話ではない。

結果、橋の普請《ふしん》に関わった役人、祭りの責任者達はすべて遠島などの処罰を受け、犠牲者には幕府から弔問金・見舞金が支払われた。

この教訓を活《い》かしてか、明治三十年（一八九七）、永代橋は道路橋としては日本初の鉄橋となった。現在の橋は以前より少し南に架かっているが、これでもう、祭りのときに橋が落ちることはないだろう。

富岡八幡宮は大社だが、その裏手にも小さいながら、面白い神社が建っていた。

江戸の頃、そこには旗本大久保《おおくぼ》氏の屋敷があって、屋敷の中には蕎麦切稲荷《そばきりいなり》が祀られていた。

水天宮《すいてんぐう》も同じだが、時として、大名家の屋敷稲荷は町の人々の崇敬《すうけい》を集めた。そういうときは、日を限って大名家は門を開け、庶民の参拝を許したのだ。

大久保氏の屋敷稲荷も、宝暦・明和（一七五一～七二）の頃、誰言うとなく「ここの稲荷は蕎麦切を好む」との噂が広がり、多くの人が参詣しては蕎麦を供えるようになった。

結果、ご神前には、お供えの蕎麦が山のように積まれたという。

正直、衛生的とは言い難い。

堪えかねて、大久保氏が稲荷参詣を禁じたところ、今度は屋敷の垣越しに、蕎麦が投げ込まれるようになったというからオソロシイ。

空から蕎麦が降ってきては、大久保さんも頭を抱えたに違いない。

生憎、社はもう跡形も無くなってしまっているが、参考までに記しておくと、場所は冬木《ふゆき》六丁目辺りだ。


永代島と同じく、ゴミ処理から生まれた土地が「六万坪《ろくまんつぼ》」と「十万坪《じゅうまんつぼ》」だ。

六万坪は現江東区東陽《とうよう》六・七丁目。十万坪は今の江東区千石《せんごく》・石島《いしじま》・千田《せんだ》・海辺《うみべ》・扇橋《おうぎばし》に亘る一帯だ。

いずれも海岸の低湿地を塵埃《じんあい》で埋め立てた地で、六万坪は宝永《ほうえい》七年（一七一〇）より開発、十万坪は享保《きょうほう》八年（一七二三）から開発が始まっている。

まさか本当に六万坪や十万坪はないと思うが、広重《ひろしげ》の『名所江戸百景《めいしょえどひゃっけい》』「深川洲崎十万坪《ふかがわすさきじゅうまんつぼ》」

に描かれたごとく、ここはともかく呆れるほど広大な埋立地だった。

南砂同様、海を埋め立てた場所は、四、五年は真っ白に塩が吹く。時によって、それは二、三ミリくらいにまで積もり、真冬は特に雪のように白く見えたと聞いている。

今はすぐ舗装されてしまうので、あまり実感は湧かないが、多分、近年の埋立地もアスファルトの下は同じだろう。

当然、塩気を含んだ土地に農作物は育たない。ゆえに、そういう場所は長い間、そのまま放置されていた。

広重が『名所江戸百景』を制作したのは、安政《あんせい》三年（一八五六）からほぼ二年間とされている。享保の埋め立て開始から百年以上が経ってもまだ、十万坪は荒涼とした野っ原のままであったのだ。土地が落ち着くまで放っておく、当時の人も大概、気が長いといえようが……。

それほどに寂しい十万坪で、「妲妃《だっき》のお百《ひゃく》」は桑名屋徳兵衛《くわなやとくべえ》を殺害した。

「おい徳兵衛さん、いくら怒鳴っても人里はなれた十万坪、聞き手は私とおっかぁと石の地蔵の三人きり」

廻船問屋《かいせんどんや》桑名屋徳兵衛の妾・お百は、妊娠中であった本妻を追い出したのち、散財を尽くして、とうとう、桑名屋を破産に追い込む。

徳兵衛とお百は江戸に向かうが、道中、お百は大泥棒彦五郎《ひこごろう》の女になって、徳兵衛を捨てる。

その後、深川にて芸妓屋を営んでいたお百は、ある日、偶然、落ちぶれ果てた徳兵衛と再会。

縋る徳兵衛を十万坪に誘い出し、お百は出刃包丁で、男を殺して海に落とすのだ。

殺害された徳兵衛はすかさず火の玉と共に化けて出る。それに、お百はこう言い放つ。

「おまえはとんだ親切者、提灯代わりに照らしておくれか」

……ここまで来ると、いっそ格好いい。

民谷伊右衛門《たみやいえもん》の向こうを張る、最強の女性色悪《いろあく》だ。

講談や歌舞伎《かぶき》になった、徳兵衛殺しのこのシーンは、ある種の怪談なのだけど、この話は怨念・怨霊の恐ろしさより、稀代の毒婦とされた女の生き様のほうが光っている。

『四谷怪談《よつやかいだん》』において、伊右衛門はお岩《いわ》様の亡霊に勝てない。同じ無念の死でも、徳兵衛の亡霊はお百に鼻であしらわれる。

結局、生きていても死んでいても、女のほうが強いのか。

右に記した徳兵衛殺しは、河竹黙阿弥《かわたけもくあみ》作『善悪両面児手柏《ぜんあくりょうめんこのてがしわ》』の台詞。話の中のお百は創作上の人物だ。

だが、お岩様が実在したように、お百のモデルも実在していた。

そして、実在のお岩様が物語とは異なるように、本当のお百もまた、妲妃のお百とは違う人生を歩んでいる。

基本文献に当たれなかったので確証は取れてないのだが、寄せ集めによると、実在したお百の生涯は以下のようになる。

——京都木津川《きょうときづがわ》に住む漁師の家に、お百は私生児として生まれた。

五歳のときに母を亡くしたが、たまたま話を耳に挟んだ難波《なにわ》の廻船問屋・桑名屋徳兵衛に引き取られる。

十二歳になったとき、彼女は京都祇園《ぎおん》の色茶屋に預けられる。つまり、売られたわけだ。だが、大阪の富豪・鴻池善右衛門《こうのいけぜんえもん》に見初《みそ》められ、数百両または数千両とも伝わる金額で身請けされた。善右衛門とは三年を共に過ごしたが、そののち、江戸の歌舞伎役者・津打門三郎《つうちもんざぶろう》と通じたために見放され、彼女は門三郎と共に江戸へ行く。

しかし、門三郎の義兄弟・松本幸四郎《まつもとこうしろう》と噂が立ったため、門三郎とは離縁。今に続く新吉原《しんよしわら》の有名茶屋・海老屋《えびや》の仲居頭となった。

そうするうちに、今度は海老屋と同様の名店・尾張屋《おわりや》の主人の後妻となる。しかし、それも束の間、一年後、秋田藩佐竹《あきたはんさたけ》家家臣・那珂忠左衛門《なかちゅうざえもん》に惚れられて、忠左衛門は拝み倒して、お百を妾として迎え入れる。

のち、財政難対策の失敗による秋田騒動《あきたそうどう》（宝暦《ほうれき》八年・一七五八）が勃発《ぼっぱつ》し、忠左衛門は切腹。奉公人の立場であったお百はお咎めなしで解雇され、名前を「りつ」と改めたのち、高利貸し高《たか》間磯右衛門三郎《まいそえもんさぶろう》の妾となって生涯を終える……。

貧しい家の私生児が富豪や役者に愛されて、妾とはいえ、一時は武家の女房にまで上り詰めるのだ。

どれほど、いい女だったのだろうか。

話に依ると、那珂忠左衛門の妾となった当時、お百は既に五十歳になっていたという。それでも、男に恋い乞われ、その後も生涯に亘って、異性が放っておかないのだからすごい。

絶世の美女としての妲妃の名は、伊達ではないというわけだ。

もちろん、実在したお百は、桑名屋徳兵衛を殺していない。だが、この男性遍歴が仇となり、彼女は物語の中で毒婦に祭り上げられてしまった。

そして、自分の欲のためには人殺しをも厭《いと》わない、冷徹な女として描かれていく。

挙げ句、こんな話も出てくる。

「隠亡堀の岸に今でも六地蔵があるが、それは妲妃のお百に殺された男たちの供養のために建てたものであった」(『江東昔ばなし』)

この六地蔵(江東区南砂二―二八―二七)は空襲によって破壊されたが、戦後に再建。今は「砂《すな》村新田六地蔵《むらしんでんろくじぞう》」として、お堂に安置されている。

実際の由来は定かではないが、水死人、または隠亡堀《おんぼうぼり》にて荼毘《だび》に付《ふ》された囚人や無縁仏を供養するためのものと伝わっている。

お百とは本来、なんの関係もないのだが、隠亡堀は十万坪の際を流れる。物語にて、お百に殺される徳兵衛の怒声を聞いていたという「石の地蔵」とは、六地蔵を指していたのかもしれない。

隠亡堀は負の場所だ。

怪談の特等席でもある。

そんな場所で、新たな伝説が作られるほど、悪女としてのお百の話はインパクトあるものだったのだろう。


お百を題材にした話はいくつかある。

六地蔵に付随する物語も、ひとつのアレンジバージョンだ。

こちらはお百を近代の洲崎遊廓の芸者とし、強欲で、典型的な悪女とする。そして、徳兵衛ならぬ徳三を殺し、最後はその息子によって、十万坪にて仇を討たれる。

六地蔵は徳三の息子が建てたという設定らしい。

これも『四谷怪談』同様だ。実在の人物を基《もと》に創作された物語が、ひとり歩きをして橋の名となったり、六地蔵の縁起になっていく。

当時の物語の力、怪談の力は、現実に滲み出るほど強かったのか。それとも、隠亡堀と十万坪を有する深川は、怪談を引き寄せる特別な魔力を有していたのだろうか。

『善悪両面児手柏』のほか、立川談志《たてかわだんし》の怪談噺《ばなし》『妲妃のお百』も、深川・墨東を舞台としている。

――「虫も殺さないようないい器量」のお百は名を変えて、岡場所である深川櫓下《やぐらした》にある美《み》濃屋《のや》の女主人に収まっている。

そこに顔見知りの元芸者・目を患《わずら》って尾羽打ち枯らした峰吉《みねきち》が娘を連れてやってくる。お百は親切ごかしに峰吉を療養に出し、隙に娘を吉原に売る。

療養から戻って娘を案じる峰吉に、お百は適当な嘘を重ねる。が、だんだん、面倒くさくなり、金の無心に来た子分に殺害を命じる。

子分は峰吉を向島の土手に連れ出して、日の暮れた雨の中で殺してしまう……。

徳兵衛同様、峰吉もすぐさま、火の玉を伴った幽霊と変じて出るのだが、そこまでの語りが興味深い。

「深川の櫓下を出て。古江町から水場の橋。霊巌の墓場を右に見て。高橋から二つ目。御竹蔵をまっつぐ、大川橋。渡らず右に切れた向島の土手でございます。」

「木母寺の土手。真っ暗。待乳山聖天《まつちやましょうてん》の鐘が響く。」

――「深川櫓下《ふかがわやぐらした》」は現在の門前仲町交差点の辺り（江東区門前仲町二―四）にあった。清澄《きよすみ》通りが走り、首都高《しゅとこう》をも臨める場所が、岡場所だったというわけだ。

ふたりはここから西方向の「古江町《ふるえちょう》」に向かい、若干、東に戻る感じで、「水場《みずば》の橋《はし》」を渡る。

「水場の橋」というのは、仙台堀川《せんだいぼりかわ》に架かる海辺橋《うみべばし》のことを指す。

この界隈は埋立地のため、水が悪く、飲料水は水船という船から供給されていた。その船が着く場所が「水場」だ。明治三十二年（一八九九）に上水道が引かれるまで、「水場」は深川の生活における重要な場所だったのだ。

その海辺橋をまっすぐ上がると、霊巌寺に行き当たる。話からすると、「霊巌の墓場」は寺の西にあったらしい。

その先の「高橋《たかはし》」は小名木川《おなぎがわ》を渡った界隈。「二つ目《ふため》」は竪川《たてかわ》に架かる「二ツ目之橋《ふためのはし》」、今の「二の橋」だ。そこを渡って、ふたりは御竹蔵《おたけぐら》の西を通って、「大川橋《おおかわばし》」即ち吾妻橋《あづまばし》を渡らずに、源森川《げんもりがわ》沿いを右に折れ、源森橋辺りの橋を渡って、あとはずーっと、土手を歩いて歩いて……本書の初めに出てきた木母寺《もくぼじ》、鐘《かね》ヶ淵《ふち》辺りに到着する。

大寺や御竹蔵の脇、土手沿いと、人気《ひとけ》のないところを選んで歩いているのがよくわかる。

地理を知っている人になら、ふたりが辿った道筋と、周囲の寂しい風景がまざまざと浮かぶに違いない。短いながら、秀逸な語りだ。

木母寺辺りは「真っ……暗な土手。聞こえてくるのは降る雨の音と、ぬかるみを歩くふたりの足音だけ」。

そんな場所で殺されて、川に投げ込まれた峰吉の死骸は「大きな輪をいくつも……いくつも、いくつも、いくつも描いて」沈んでいく。

難所とされた鐘ヶ淵の複雑な流れが、峰吉の死体を呑み込んでいくのだ。

きっと梅若丸《うめわかまる》も、同じ流れに引き込まれたに違いない。

深川十万坪・隠亡堀と似たように、鐘ヶ淵もまた物寂しくて恐ろしく、それゆえに物語を醸し出す怪談の名所だったのだ。

墨東——南の果てと北の果て。

南の闇から北の闇へと、話は戻った。

ここに至る少し前、深川は怪談を引き寄せる特別な魔力を有していたのか、と私は記した。それは、墨東全体にもいえることではないのだろうか。

いや、墨東は怪談の故郷そのものだ。

改めて、眺め渡して気づくのは、この地における死者の多さ。そして、怪談の豊かさだ。

多くの人が亡くなった地は、その魂が永遠であることを証明するごとく、数多《あまた》の怪談を生み出してきた。

乳房榎《ちぶさえのき》、牡丹灯籠《ぼたんどうろう》、累《かさね》ヶ淵《ふち》、四谷怪談、七不思議《ななふしぎ》、舟幽霊《ふなゆうれい》に河童《かっぱ》、安宅丸《あたけまる》。

この地を歩けば怪異に当たり、足の裏には死者を感じる。

その一方で、神仏は奇瑞《きずい》を顕《あらわ》して、強い力で直接、我々人間に語り掛けてくる。

まったく面白い土地だ。

江戸の風流をいまだに残し、つい最近まで風鈴売りの涼やかな音《ね》の響く傍ら、生コンだのスクランブル交差点だの、スカイツリーだのという時代時代の最先端が生まれ、試されるのがこの土地だ。

将軍様や近現代の富豪達、文人墨客《ぼっかく》、天才達に愛されながら、長屋の女将さんや力持ちの職人や、遊女・娼婦を抱え込み、世界一の人口密度を誇ったのも、この土地だ。

豊かというか、雑多というか。陰も陽も、勢い盛んだ。

数多の死者と多くの生者。

過去の道と、今、未来。

墨東という名前の地霊は、それらすべてを受けとめて、殺し、喰らって、また産み出すのだ。

あとがき

戦後七十年、東京大空襲の日に本原稿は仕上がった。四年もかけた執筆が狙い澄ましたかのように、この日に形となったのだ。日付の意味に気づいたときは、正直、少し慌てたが、それが本書の望みなら、敢えて抗することもなかろう。

読んで、調べて、歩いて、聞いて、また歩いて、本書は形になった。

今はインターネットから、いくらでも情報が収集できる。ゆえに、誰もが知っている有名な歴史やエピソードより、自分が見聞きしたものと、墨東で生きる人々が語った話に重点を置いた。もっとも、同地域については、過去にも様々な媒体で細かいことを書き散らかしている。だから、既刊と重なってしまう部分もあるのだが、情報は変わらないので仕方ない。そこは、ご勘弁願いたい。

また、両親はじめ個人から聞いた話には、もしかすると、記憶違いや勘違いもあるかもしれない。けれども、それはそのまま記しておいた。曖昧な記憶は曖昧なままで、彼らの歴史であるからだ。

いずれにせよ、怪談や社寺にこだわらない本を出すのは初めてだ。期待外れとなってしまった読者もきっといるだろう。

しかし、怪談もまた、それぞれの土地と人が抱える思い出だ。笑い話もあれば悲しい話もある中で、ひらりと捲《めく》れた暖簾《のれん》の先に垣間見えるのが、怪異というものだろう。

平素、私は怪談を書き、物の怪を愛してやまない質だが、歴史の欠片を求めることも、今は亡き時代の面影を慕うという点では同じだ。

実際、潮の引いた河口の泥に、不思議なほど古い陶片を見つけることと、そこに佇む溺死者の霊を見ることとは、あまり変わらないのではなかろうか。

考古学的な意味ではなくて、土地も思い出を持っている。そして、地霊は時として、路地の植木鉢ひとつを手懸かりに、饒舌に古事《ふること》を語りだす。

それらに耳をそばだてて聞き取ったのが本書だが、残念ながら、エピソードのうち、半分近くは入れられなかった。墨田区と江東区。たったふたつの区について記しただけにも拘わらず、沢山の逸話が漏れてしまった。

銭湯、空き地、ダンスホール、船上生活者、叔父の遭遇した幽霊や、小さな町の活気溢れる祭りの風景、警察署長までが騙された啖呵売《たんかばい》とテキ屋の手口……。記せなかった話は数多い。

だが、どんなエピソードを選ぼうと、墨東、江戸、東京は、町も人も活き活きとしている。猥雑で、悲惨で、貧しいけれど、あっけらかんとして諦めがいい。

そんなにたいしたところかねえ、と、苦笑する向きもあろうけど、これは詮方ないことだ。故郷について記すのは、どうしても近視眼的になるし、お国自慢になりがちだ。いや、なりがちどころか、自慢たらたらの部分もあるが、そこはもう開き直った。

どんな土地でも、外部と内部の目は違う。

特に東京は、圧倒的に外からの視線が多いところだ。そんな中で、隅田川のむこッかしには住んだこともない人間が、故郷の記憶を記すのも一興というものだろう。

苦労もあったが、楽しかった。

お国贔屓丸出しだけど、どんなに悲惨な過去があろうと、この墨東に生まれて良かった。ここの話が書けて良かった。

私は今、そう思っている。


——最後になりましたが、沢山の話を提供してくださった皆様、本当にありがとうございました。長い執筆期間の間に亡くなってしまった伯父さんには、申し訳ない気持ちでいっぱいです。墓前に拙著を捧げます。

また、気長に気長に原稿を待ち続けてくださった青土社さんには、お詫びと共に感謝と御礼を申し上げます。

そして、もちろん、本書を手に取ってくださった皆様にも。
怖い話、辛い話もあるけれど、それが墨東という地霊の性《さが》です。
拙著をひとつの手懸かりに、ふらりと、お好みの場所を訪れてくだされば幸いです。

平成二十七年六月吉日

加門七海

主要参考文献一覧

『隅田川とその両岸』（全九巻）豊島寛彰　芳洲書院
『新撰東京名所圖會　公園之部』（合本）東陽堂
『新編武蔵國風土記稿』間宮士信等編　白井哲哉解説　文献出版
『新編　東京繁昌記』木村荘八著　尾崎秀樹編　岩波文庫
『色刷り明治東京名所絵』井上安治画　木下龍也編　角川書店
『新版　江戸から東京へ』（全九巻）矢田挿雲　中公文庫
『東京百話〈天の巻〉』種村季弘編　ちくま文庫
『考証・江戸を歩く』稲垣史生　隅田川文庫
『芝居名所一幕見』戸板康二　白水社
三弥井民俗選書『江戸隅田川界隈』中尾達郎　三弥井書店
『江戸東京重ね地図』中川惠司／吉原健一郎　エーピーピーカンパニー
『江戸東京怪談文学散歩』東雅夫　角川選書
『ぼくらは怪談巡礼団』東雅夫　加門七海　KADOKAWA/メディアファクトリー
『花街・色街・艶な街　色街編』上村敏彦　街と暮らし社

『猫の花魁遊び　江戸下町の民話・伝説集』岡崎柾男　げんごろう
『怪剣士丹下左膳あらわる　剣戟と妖艶美の画家・小田富弥の世界』松本品子編　国書刊行会

『関東大震災を歩く　現代に生きる災害の記憶』武村雅之　吉川弘文館
『帝都大震火災系統地圖　一九二三年（大正十二年九月）刊』財団法人　東京歴史文化財団
『地図で読む東京大空襲　両国生まれの実体験をもとに』菊地正浩　草思社
『大東京戦災焼失地図』日地出版

『墨田区史跡散歩（東京史跡ガイド7）』小島惟孝　学生社
『墨田区の昭和史　写真集』「墨田区の昭和史」編纂委員会　千秋社
『墨田区の民間伝承・民間信仰』墨田区教育委員会
『濹東向島の道』鈴木都宣　文芸社
『寺島村ゆかりの旗本家「多賀氏を探る」』鈴木都宣　下町タイムス社
『向島百花園（東京公園文庫17）』前島康彦　（財）東京都公園協会
『墨東歳時記　江戸下町の生活と行事』今井栄　有明書房

『江東昔ばなし』田辺貞之助　菁柿堂
『江東区の民俗　城東編』江東区教育委員会
『江東区の民俗　深川編』江東区教育委員会

『江東区の文化財』1〜7　江東区地域振興部文化観光課文化財係
『江東のいまむかし　〜昭和の想い出、平成の風景〜』江東区教育委員会
江東ふるさと文庫6『古老が語る　江東区のよもやま話』東京都江東区総務部広報課
『昭和30年・40年代の墨田区　なつかしい昭和の記録』三冬社
『昭和30年・40年代の江東区　なつかしい昭和の記録』三冬社

墨東地霊散歩

2015年8月15日　第1刷発行
2015年9月20日　第2刷発行

著者――加門七海
発行者――清水一人
発行所――青土社
東京都千代田区神田神保町1-29　市瀬ビル〒101-0051
［電話］03-3291-9831（編集）03-3294-7829（営業）
［振替］00190-7-192955
印刷所――ディグ（本文）
方英社（カバー・表紙・扉）
製本所――小泉製本
装幀――高麗隆彦

ISBN978-4-7917-6866-0
Printed in Japan